松宮園子
Sonoko Matsumiya

関西学院大学研究叢書　第263編

欲望のポートレート

英語圏小説に見る
肖像、人形、
そして
ヒューマノイド

Portraits of Desire

小鳥遊書房

目次

第二章　「フェイクの証」の図版写真

第三章　抽象を目指す彫像

アガサ・クリスティ『ホロー荘の殺人』（一九四六）　107

第四章　中間存在としての人形

第五章　「私」になるヒューマノイド

【凡例】

・引用文献の頁数は、引用部末尾に（　）で示した。アラビア数字およびローマ数字は原書の頁数を、漢数字は、訳書がありそれを用いている場合、その頁数を表す。

・英語文献はすべて、筆者による訳出である。参考にさせていただいた訳書は、巻末の引用資料一覧の原書の項に併記している。

序章

ポートレート、そして流動する「自己」

「その人」を形づくるものとは何だろうか。集合写真の中で「その人」を見分けるときには、文字どおり「顔かたち」がすべてとなる。しかし、人混みの中で「その人」を見分けるときには、顔や姿だけではなく、歩き方やいつもの服装といった要素が加わる。さらに「その人」が自分にとって近しい存在であった場合、第三者からの「その人はどんな人？」という問いに、外見のみの描写で答えることは稀だろう。優しい人、厳しい人、頼りになる人、など「内面」について語ることが、「その人」の本質を伝えると私たちは信じている。たとえ何らかの事故や病、あるいは加齢によって「その人」の外見が大きく変わってしまっても、「その人」が「その人」であることは変わらない、と。

それでは、「内面」が変わってしまったらどうなるのか？　子ども時代から「性格が豹変」してしまった、あるいは「心を入れ替え」て人生をやり直す、等の表現が日常的に使われることからも明らかなように、人の内面もまた大きく変化することを私たちは知っている。さらに薬物や病の影響で脳が冒され「別人」になってしまう事例が、現実に多々発生していることも認識している。それでも私たちは「その人」が「その人」であることを信じつづけようとする。それはオスカー・ワイルドが「魂」と呼び、カズオ・イシグロが「人間の中にある特別な何か」（『クララ』306）と呼ぶもの、すなわち「その人」の唯一無二の「自己」が、どこかに存在することを切望しているからではないだろうか。

ワイルドとイシグロという時代も作風もまったく異なる二人の作家は、しかしこの「自己」について考察する術として、共に自らの小説中にポートレートを登場させた。一八九一年出版の『ドリアン・グレイの肖像』においては油彩の肖像画、二〇二一年出版の『クララとお日さま』においてはＡＩ搭載のヒューマノイドである。一九世紀末から現代に至る英語圏文学に登場するポートレートに焦点を当て、そこに表象される「自己」の有り様、そして他者および自分自身の「自己」への絶えざる探求と欲望を検証する本書の構想はこの二つの小説から始まった。「ポートレート（portrait）」は、辞書的には肖像画、肖像写真、塑像、さらには言語による「詳細な描写」や、より一般的な「類似物」「生き写し」などをも意味するフランス語由来の英語であるが、本書では特定の他者を「モデル」として作成された、あくまで「モノ」としての実体を備えた種類の似姿に絞り、具体的には、肖像画、肖像写真、彫像、人形、そしてヒューマノイドを「ポートレート」として扱っていくこととする。

哲学研究者のシンシア・フリーランドは二〇一〇年出版の著書『ポートレートと人間――哲学的探究』の冒頭において、ポートレートを「人間であること、についての文化的英知の積み重ね」であり、「精神の身体との関係性という永遠の哲学的命題に、芸術家と鑑賞者が共に対峙する場」（1）と説明している。彼女の言葉が示唆するように、ポートレートの最大の特徴はその重層性にある。モデルの精神と身体が重なったものを描き出そうとするアーティストは、画布や粘土等のモノにヒトを宿らせようとする。そして完成したそのモノを観る鑑賞者は、その中にモデルと芸術家が重なりあった何かを――アーティストの試みが成功した場合には「生命」を――見出す。さらに、たとえば肖像写真の中に見られる肖像画の影響のように、ポートレートの多様な媒体そのものにおいても、時代によって変化するモノとしての進化と技術の歴史が積み重なっている。このような刺激的題材に関する議論が主に美術史の領域に留まり、哲学的考察が進んでいない現状をフリーランドは指摘するのだが、一方でポートレートはこれまで数多くの作家の関心を捉えており、小説という文字芸術の中にこの視覚芸術が取り込まれるというさらなるオーヴァーラップは、小説ジャンルの初期から現在に至るまで数多の例が確認できる。一九世紀アメリカにおける肖像画、心理学、そして文学を横断する画期的研究を二〇一九年に発表したサラ・ブラックウッドが指摘するように「表象という概念そのものを表象している」ポートレートは、一つのジャンルというよりもむしろ、人間とは何かという巨大なテーマを考える上での非常に強力な「方法論」(5)となり得るからだ。

このように今日の世界において学際的な注目を集め始めているテーマであるが、英語圏小説におけるポートレートの変遷を網羅するような壮大な試みは、本書の範疇にはない。むしろ本書が注目するのは、時代もジャンルも異なる作家たちがテクスト中に創造したポートレートが担う、ヒトとモノ、自己と他者、さらに現実と虚構の境界の流動性を突きつける特異な機能である。この機能が特に顕著に確認され、プロットの中心的な機動力となっている英語圏の五つの作品を抽出し、ポートレートと自己の関係性、そしてそこに表出する自己への欲望を探ることで、この一見きわめて二一世紀的な境界の流動性が、思想家ヴァルター・ベンヤミンの言葉を借りれば「複製技術時代」のはるか以前から、じつは脈々と受け継がれたものであることを確認しつつ、さらにその流動性が各作品世界においていかなる形で展開されているかを考察することが、本書の主要な目的である。関連する同時代の視覚芸術についての検証も重要な一部ではあるが、議論の中心となるのは、第二章を除いては「実物」が提示されず、あくまでも読者の想像力に委ねられる文字テクストの中に存在する虚構の視覚芸術である点で、たとえばブラックウッドのアプローチとは異なっている。

さらに本書独自のアプローチは、絵画、写真、彫像、人形、そしてヒューマノイドという、新旧さまざまな媒体を「ポートレート」という枠組みによって連鎖させることにある。「ヒトの形を捉えたモノ」として二次元と三次元の表象を包含すること、また人形やヒューマノイドという通常では「アート」に分類されにくいものも取り込んでいくことは、やや異例であるかもしれないが、モノにヒトを宿らせたいというその人間の原初的な欲望の発露という共通項を重視する方向性で、従来の研究では関連づけられてこなかった作品間の境界をも揺るがすことを目指していく。

それでは個々の小説に関する議論に移る前に、文学作品に現れるポートレートとこのヒトとモノ、自己と他者、さらに現実と虚構という三種の境界との関係性について整理しておきたい。まずはヒトとモノの境界である。前述したように、本書で取り上げるポートレートはモノとしての実体を備えた種類に限る。つまり鏡像や、ギリシア神話のナルキッソスをとりこにした水面に映る像、あるいは現代の新たなポートレートとして急速に浸透している「ポートレート動画」等は除外し、物体としての質量を備えたものに絞る。作家であり批評家のスーザン・ソンタグは一九七七年出版のエッセイ集『写真論』において、「映画やテレビ番組は壁面を明るく照らし、ゆらめき、そして消えてしまう。しかしスチル写真におけるイメージは一つのモノでもある」(3)と述べ、「収集」と「所蔵」が可能なその特性を強調している。もちろん現代においては映像や動画もまた、手の中のスマートフォン一つあれば「収集」も「所蔵」も瞬時にできてしまうことになったが、それでもやはりソンタグの言う「時間の流れではなく、綺麗に切り取られた断片」(17)であるモノのみが持ち主に与える「所有」の感覚は、現在でも不変なのではないか。

そして写真に限らず、モノであるポートレート全般をめぐる物語は、必然的にその中の人物を「所有」したいと願うアーティストの、あるいは鑑賞者の、欲望の物語となる。どれほどの愛情、富、あるいは力をもってしても、人間を所有することはできない。しかしそのヒトを写した、あるいはかたどったモノならば、文字どおり自分の手中に収め、我が物とし、溺愛しようと破壊しようと意のままにすることができる。ヒトが相手ならば咎められることも、犯罪になることも、モノが相手ならば許される。なぜならモノに生命はないのだから。

ヴィクトリア朝小説を代表する、シャーロット・ブロンテ作の『ジェーン・エア』（一八四七）において、実るはずがないと知りながら雇い主のロチェスターに恋心を募らせる家庭教師ジェーンは、彼の思わせぶりな言葉に激昂し「私のことを自動人形――感情を持たない機械とお思いですか？　口に入れたパンのかけらをもぎ取られ、生命の水をカップから飲もうとすれば奪い取られて、平気でいられるとでも？　私が貧しくて身寄りもなく、美しくもない、ちっぽけな女だから、魂も感情もないと思っているの？」と叫び、「神のもとでは、私たちは等しく人間です」（253）と訴える。私はモノではない、というジェーンの叫びは、自らに誇るべきことは何もないと、物心ついて以来、意識に叩きこまれてきた「みなしご」に許された、唯一の主張であったのだ。

ここでジェーンが口にする「自動人形」すなわち「オートメーション」の歴史は古い。『生きている人形』の著者であるゲイビー・ウッドによれば、プラトンの同時代人でクレーンの発明者とされるアルキュタスは、木材で「飛ぶ鳩」を作ったというが（xv）、一八世紀には楽器を演奏する、さらにはふいご構造により「呼吸」をする等のきわめて精巧な自動人形がさまざまな場所で展示され、観衆の人気を集めていた（23）。そしてすでにこの時点から、ジェーンの台詞が示唆するヒト／モノの単純な二元論がじつは揺らいでいたことを、一八世紀後半の自動人形によるハープシコード演奏の展示に関するレポートから、ウッドは指摘している。

五曲のレパートリーを演奏しながら、彼女の瞳はちらちらと左右に動き、その胸は呼吸しているかのように上下する。ポスターで「鉄の心を持つ純潔の処女」と謳われたこのマシンについて、しかし見物人の一人は「彼女の心は鉄ではないかもしれない」と感じた。展示会に赴いたある記者は「人間からも常には感じられないほどの、不安と気後れのせいで、彼女は明らかに動揺していた」と報告している。あまりに行き過ぎた描写に思えるが、しかしそれは単に、動揺していたのは記者の側であったということかもしれない。たしかに、そこには不安があったのだ。最初期の「動く人形」から最先端のロボットまで、あらゆるアンドロイドが喚起する不安である。魔術と驚異には、怖れが流入する。我々がいとも容易に複製され得ることへの怖れ、そして我々を人間にしているものがもはや判然としないことへの怖れである。(xiii-xiv)

さらに、こうした一八世紀の人々が自らの「怖れ」から想像、あるいは投影していた機械の中の「感情」は、AI搭載のヒューマノイドが現実化した今日、すでに倫理的な問題を提示しつつある。

イシグロと共に現代英国を代表する作家イアン・マキューアンは、やはりAIをテーマとする小説『恋するアダム』を二〇一九年に発表したが、自分が購入したアンドロイドであるアダムをハンマーで襲った主人公は、ある人物に結末部分で次のように責められる。

「[前略]君は一つの生命を破壊しようとした。アダムは感じることができた。自己を持っていた。何から作られたのか、神経細胞からか、マイクロプロセッサーなのか、DNAネットワークなのか、それは問題ではない。特別な能力を持っているのは私たち人間だけだ、と君は思っているのか?[後略]」(303-04)

二一世紀の「ポストヒューマン」に関する複雑な議論の背景の一つとなっているのは、たしかに恐るべきスピードで進化するテクノロジーによるモノの「ヒト」への近似であるが、この二元論の揺らぎは一般的なイメージよりもはるかに長い歴史を持っており、さらにそれはヒトの「モノ」化という議論とも密接に連動している。従来的には人形やアンドロイドを中心に検証されてきたテーマであるが、本書においては二次元のものも含めた包括的なポートレートの表象において、その展開を探っていきたい。

次に、ポートレートをめぐる自己と他者の関係性について見てみよう。本書では「セルフ・ポートレート」すなわち自画像は除外し、アーティストが創造する、自分とは異なる「モデル」の似姿に議論を集中することで、特にこの問題を掘り下げていきたい。アーティストはモデルの「自己」を捉えるべく、その姿かたちを見つめ、それをモノに宿らせようとする。先に引用したソンタグは、写真を撮るという行為の「捕食性」(4)を指摘しているが、アーティストがモデルを飲み込み、ある意味で「餌食」とする感覚は、すべてのポートレートに共通であろう。しかし他方、アーティストによる「支配」の優位性、そして自律性は実際にはきわめて危うい。現代の英語圏文学にも大きな影響を与えている村上春樹は、それまでの作家、ジャーナリスト、翻訳家、あるいは作家志望の若者、という作者自身に連なる「著述系」の主人公から、二〇一七年発表の一四作目の長編小説『騎士団長殺し』ではじめて肖像画家を中心に据え、語り手とした。免色という謎の人物の肖像を、記憶を基に描く彼の創作の模様は以下のように描写される。

　そのとき私の頭に浮かんだ免色は、左斜め前方に顔を向けていた。そしてその目は僅かにこちらに向けられていた。それ以外の顔の角度は私にはなぜか思いつけなかった。私にとってはそれこそがまさに免色渉という人間なのだ。彼は左斜め前方に顔を向けていなくてはならない。そしてその両目は僅かに私の方に向けられていなくてはならない。彼は私の姿を視野に収めている。それ以外に正しく彼を描く構図はあり得ない。

私は少し離れたところから、自分がキャンバスにほとんど一筆書きのように描いたシンプルな構図をしばらく眺めた。それはまだただのかりそめの線画にすぎなかったけれど、私はその輪郭にひとつの生命体の萌芽のようなものを感じ取ることができた。それを源として自然に膨らんでいくはずのものが、おそらくそこにはある。何かが手を伸ばして——それはいったい何だろう？——私の中にある隠されたスイッチをオンにしたようだった。私の内部、奥深いところで長く眠り込んでいた動物がようやく正しい季節の到来を認め、覚醒に向かいつつあるような、そんな漠然とした感覚があった。（190-91）

もちろんこれは、文学作品に登場するポートレート創作のあくまで一例であるが、作品に対してアーティストが持つ「支配」の複雑さ、モデルを捉えようとする画家が、同時に「何か」に捉えられる様が、見事に描き出されている。そしてまさに、アーティスト、モデル、鑑賞者それぞれの意識における、ポートレートによって引き起こされる自己／他者の流動性が、右の引用のようにつぶさに言語化されるのが、小説におけるポートレート表象の醍醐味だろう。

自己と他者の関係性についてはポートレートあるいは文学に留まらず、きわめて多岐にわたる分野でさまざまな興味深い概念が導入され、活発に議論されている。たとえば哲学、倫理学、言語学、さらには脳神経科学をも取り入れながら、國分功一郎が提示する「中動態」の世界は、「画家がモデルを描く」という「能動」と、「画家によってモデルが描かれる」という「受動」では説明できないポートレートをめぐる意志と行為の錯綜に、見事に当てはまるように思われる。たとえば國分は、「私が歩く」という一見シンプルな「能動」の行為においてさえ、実際は自らの意志にかかわらず機能する身体各部の連携、さらには歩行を可能にする道路等の外的条件、「歩き方」の選択に関わる文化的要因等を考えれば、実際には「私のもとで歩行が実現されている」のだと、その曖昧さを次のように指摘する。

意志は物事を意識していなければならない。つまり、自分以外のものから影響を受けている。にもかかわらず、意志はそうして意識された物事からは独立していなければならない。すなわち自発的でなければならない。この矛盾をどう考えたらいいだろうか?〔中略〕意志は自分以外のものに接続されていると同時に、そこから切断されていなければならない。われわれはそのようなじつは曖昧な概念を、しばしば事態や行為の出発点に起き、その原動力と見なしている。(23 強調は原文)

「私が歩く」よりも格段に複雑な「私が免色を描く」という『騎士団長殺し』の「能動」の状況において、「私」の意志に無数の「影響」が作用していることは前述の短い引用からも明らかである。免色というモデルの「視野に収まる」、すなわち彼に「見られる」構図でなくてはならない、と画家は確信し(あるいは確信させられ)、さらに「何か」にスイッチを押されて、自らの内奥の「動物」が覚醒したことを知る。免色を捉えようとする画家は、まさに彼と「接続されていると同時に切断された」状態にあると言えるのではないか。

國分は能動/受動の二項対立の曖昧さを解き明かす手段をインド=ヨーロッパ語にかつて存在していた「中動態」に求めることで、「自分たち自身を思考する際の様式を根本的に改める必要」(294)を説いている。國分の表現を借りれば「思うように行為できない」(186)、不自由かつ不確定な「自己」という新たな認識は、近年大きな注目を集める宗教社会学者チャールズ・テイラーの提唱する「多孔的な自己（porous self）」（37）とも顕著に重なってくる。近代以降の「緩衝材に覆われた自己」、すなわち外部及び他者を隔てる「境界に包囲された自己」（37）に対して、さまざまな影響に包摂され、浸透される「多孔的な自己」は、テイラーの議論においては近代以前の「魔術化した世界」すなわち霊力に満ちた外部に開かれた人間を示している。しかしこの「多孔」という自然科学的でありながら比喩的なイメージは、テイラーの根幹である宗教論に留まらず、現代の「自己」をめぐる多くの議論に応用されており、たとえば文学研究者の小川公代は「内的世界と外的世界とを行き来するようなスピリチュアルで他者への想像力が及ぶ自己」（21-22）と解釈し、文学における「ケア」批評の中心概念の一つとして用いている。また本書の第四章で取り上げるアメリカ人作家シリ・ハストヴェットも「生態学上のモデルに関心を持つ人の多くが、私たちは多孔的で相互依存的な存在であるという事実を打ち出している」と述べ、「人間は皮膚という器官が境界となって、互いに区切られていると当然のように考えているが、私たちは皆、かつて別の人間の体内で分裂を繰り返す細胞の集団だったはずだ」（「フェミニスト・ストーリーズ」）と考察している。このような自己と他者の境界をめぐる今日の刺激的な議論に言及しながら、ポートレートに関わるアーティスト、モデル、そして鑑賞者の、相互に浸食しながら絶え間なく流動する関係性を考察していきたい。

最後に、ポートレートが揺るがす現実と虚構の境界である。表面的には、絵画であれ彫像であれ、ポートレートは現実に生きる人物の「似姿」にすぎず、その生命のない像は「偽り」や「見せかけ」と同一視されることもしばしばである。他ならぬワイルドが『ドリアン・グレイの肖像』において引用するとおり、ウィリアム・シェイクスピアの『ハムレット』で、父親の死を嘆くレアティーズに対して、クローディアス王は「お前は父上の不幸を本当に悲しんだのか？　それとも、その悲しみは心のこもっていない、うわべだけの、絵姿のようなものだったのか？」（第四幕第七場一〇六―〇七）と問いかける。

しかしこの「うわべ」と現実、あるいは本質との境界もまた非常にもろいことを、ポートレートは私たちに突きつける。たとえば写真の被写体となることについて、哲学者ロラン・バルトは次のように語っている。

私の本質、つまり私がそうであるところのものは、私のいかなる像とも異なったところにあるのである。これを要するに私は、そのときどきの状況や年齢に応じて変化する無数の写真のあいだで揺れ動く、不安定な私のイメージが、私の《自我》（言わずと知れた、深い《自我》）とつねに一致することを欲しているのだ。だがしかし、事実はまさにその反対である、と言わなければならない。私のイメージと決して一致しないのは、《自我》のほうなのである。というのも、イメージのほうは、重苦しく、不動で、頑固である（そのため、社会はイメージのほうを信用する）が、《自我》のほうは、軽快で、分裂し、分散していて、まるでもぐり人形のように、私という容器のなかをたえず動きまわり、同じ場所にとどまっていないからである。（二〇）

「社会はイメージのほうを信用する」というバルトの言葉は、人々が「現実」と見なしているものの不安定さを浮き彫りにしている。また同時に、彼の不動ならざる「自我」がここで「人形」にたとえられている点も、彼の言う「（文化的）混乱」（二一）を象徴しているようでもあり、興味深い。

「写真についての覚書」という副題がつけられたこの著書『明るい部屋』の中でバルトは、「描かれた肖像は、どれほど本人に似ていようとも、写真とはまったく異なるものである」（二二）と強調しているが、本書では敢えてポートレートという大きな枠組みの中で各媒体の特性よりも共通項に焦点を当てていきたい。第一章で詳しく述べるように、一九世紀末にワイルドが創造した肖像画は、まだ一般に普及して間もない写真技術と密接に関わっている。その意味では、本書で取り上げるポートレートはすべてベンヤミンが「1900年を境にある水準に到達した」（一二）とする「複製技術時代」の産物であると言えるが、ベンヤミンの議論の中心が「ほんもの」の芸術作品とその複製との関係性であるのに対し、本書の主な焦点はモデルである「現実」のヒトと、その「複製」である肖像の複雑な関係性から生ずる、現実と虚構の交わりである。もちろん、すべては小説において言語で創り上げられる虚構のヒトであり、虚構のポートレートである、という前提によって、この議論がメタフィクショナルな重層性を帯びることは言うまでもない。

哲学者リチャード・ローティが提唱した「言語論的転回（the linguistic turn）」に取って代わる新たな視座として、文学および美術におけるヴィジュアル・イメージの研究で知られるW・J・T・ミッチェルは二〇世紀後半の世界における「画像論的転回（the pictorial turn）」を指摘した。

しばしば「ポストモダン」の時代と称される二〇世紀後半の今、なぜ画像論的転回が発生していると思われるか自問してみると、一つのパラドックスに直面する。一方では、このヴィデオとサイバー技術、電子的複製の時代において、かつてない勢いで新しい形式の視覚的シミュレーションとイリュージョニズムが発達していることは、明々白々である。しかしその一方で、イメージへの怖れ、「イメージの力」がその制作者や操作者をも最終的に滅ぼしてしまうのではないかという不安は、人間が「イメージ」を生み出して以来、存在してきた。偶像崇拝、偶像破壊、偶像愛好、そしてフェティシズムは「ポストモダン」限定の現象ではない

のである。（15）

ミッチェルが述べるように、切迫感をもってイメージの力の今日的意義を考察すると共に、その力の普遍性を実感するために、言語とイメージが拮抗する小説世界におけるポートレートを検証することはきわめて有効な手段であると思われる。

以上のような観点から、本書では五人の作家たちが自らのツールである言語を駆使して、ポートレートによって複雑に流動するこれらの境界をプロットの中で巧みに操りながら、「その人を形づくるものは何か」という問いに対して独自の応答を提示する様を考察していく。言及したさまざまな議論が示唆するように、ヒトとモノ、自己と他者、そして現実と虚構という三種の境界の流動の結果、破綻とも言える状況に陥り、「現実のヒトの自己」が虚構、モノ、他者という、従来的には「境界の外」に留められてきた要素に容赦なく浸食される状況に、現代社会は直面している。そして同様に、五つの作品世界においてもポートレートに触発される形で、さまざまなキャラクターの自己は時に原形を留めないまでに変容を余儀なくされる。ミッチェルが指摘した「イメージへの怖れ」、そして不安は、特にそれがヒトの似姿である場合、著しく増幅される。精神分析の祖であるジークムント・フロイトは有名な「不気味さ」に関する議論の中で、それを引き起こすモティーフの一つとしてドッペルゲンガーを挙げているが、そこで示された「自我の二重化、自我の分割、自我の交換」（二一七）への怖れは、まさに本書で取り上げるほぼすべてのポートレートにおいて、アーティストとモデル、そして鑑賞者の中に喚起されるものである。

しかし本書が最終的に提示を試みたい、緩やかながらも一つの「結論」は、こうした自己をめぐる境界の流動によってもたらされる希望の可能性である。「ヒトの形を捉えたモノ」の出現を契機に、キャラクターの自己は境界を越えて複数化していく。あるときはモノと、あるときは他者と融け合うことは、時に破壊的な影響を彼らに及ぼしながらも、たしかに新たな地平を与える可能性も秘めており、本書の後半においてそうした積極的な流れが顕著になってくる。各人の「自己」を一つのモノに封じ込めることを願い、人は無数のポートレートを生み出してきた。石を刻み、土をこねて作られた原始的な人の像は、やがて絵画や彫像へと発展し、さらには科学技術の進化による映像での記録、複製が加わり、ついにAI搭載のヒューマノイドに至っている。すでに述べたように、本書ではこの欲望の普遍性に留意し、各メディアを包括的に捉えていく方向性を堅持するが、やはり一方で「自己の複数化」に関する今日的文脈もきわめて重要となる。「ポストヒューマン」に関する記念碑的な著作において、哲学者ロージ・ブライドッティは古典的ヒューマニズムの終焉が「危機ではなく、ポジティヴな帰結」(51)を伴うものと主張し、「単一ならざる主体のためのポストヒューマン的倫理は、自己中心的な個人主義という障害を排除することによって、自己と他者(ノンヒューマン及び「自然の」他者を含む)の拡大された意味での相互的繋がりを提示する」(49)と述べているが、本書におけるポートレートによって触発される「自己の複数化」の議論も、最終的にはこうした「拡がり」と「繋がり」を映し出すものとなることを願っている。

それでは、各章で取り上げる作品について概観しよう。時代、土地、そしてポートレートのメディアにおける多様性と同様に、文学ジャンルの面でも、アガサ・クリスティのように芸術表象の文脈ではあまり言及されない作家、またシリ・ハストヴェットのように日本での知名度が高くはない作家の作品を紹介することも主眼とした。さらに本書は、「イメージ」に席巻されているかに見える今日においても、ただ言葉によって紡ぎ出される虚構の世界に関心を持たれるすべての読者に愉しんでいただくことも、大きな目標としている。そのため有名無名を問わず、すべての作品についてあらすじを付し、それぞれの雰囲気を味わっていただくために作品からの引用もかなり多く取り入れた。既読の方には冗長に感じられるかもしれないが、ご容赦いただきたい。

第一章では、すでに言及したアイルランド出身のオスカー・ワイルドによる唯一の長編小説『ドリアン・グレイの肖像』を取り上げるが、おそらく本作は「文学におけるポートレート」と聞いた誰もが、まず連想する小説であろう。しかしじつは原題では「ピクチャー（picture）」というやや両義的な語が用いられているこの有名な肖像画について、一九世紀の写真文化との関連を中心に、当時の科学や哲学の影響を多分に得たその「生命」と、ドリアンの自己との関係性について論ずることとする。

続く第二章では、英国モダニズムを代表するヴァージニア・ウルフ作の『オーランドー』について考察する。執筆当時、恋愛関係にあった英国貴族ヴィタ・サックヴィル＝ウェストへの「ラブレター」として知られる本作には、ヴィタを写した複数の写真、そして肖像画の図版が添付されている。本書で唯一「実物」のポートレートを参照しながらの議論となるこの章では、ヴィタをモデルとする、年齢もジェンダーも超越する主人公オーランドーの表象にこれらのポートレートがいかなる効果を及ぼしているのかを検証すると共に、二人の恋人たちの「自己」の行方について考察していきたい。

第三章では、アガサ・クリスティ作の『ホロー荘の殺人』に登場するさまざまな彫像、そして「芝居のセット」のような殺人現場の描写が、いかに謎解きのプロットと絡み合っているかを分析することで、英国推理小説の黄金期を代表する「ミステリの女王」による芸術表象の意義、そしてモダニズム的「自己」との関連性を明らかにする。

第四章では、文学のみならず美術、心理学、医学等のさまざまな領域にまたがる知見を発信しつづけるアメリカ人作家シリ・ハストヴェットの初期の小説『リリー・ダールの魅惑』を取り上げ、肖像画、人形、そして芝居が交錯するその小説世界を探索する。詳述するように、ハストヴェットの視覚芸術へのこだわりには並々ならぬものがあり、彼女の著作に関する研究書は一様に、彼女が言語によって構築する「ヴィジュアリティ」の独自性に注目している。こうした興味深い批評に言及しつつ、ハストヴェットならではの自己の流動と越境、そして他者との融合について検証してきたい。

そして最後の第五章において、ノーベル文学賞受賞後、日本でも広範な読者層を得ているカズオ・イシグロの最新作『クララとお日さま』の語り手であるAI、そして彼女の「購入者」である少女ジョジーの「ポートレート」について議論する。本書のテーマに基づき、ヒューマノイドであるクララを二〇世紀の児童文学に登場する人形と関連させながら、言及されることの少ないクララの外見に注目し、その「身体」を捨ててジョジーの「ポートレート」に「なる」ことを求められるクララに用意された結末の意義、そしてイシグロが提示する「自己」についての新たなヴィジョンを考察する。

第1章

生命を得る肖像画

オスカー・ワイルド
『ドリアン・グレイの肖像』
(1891)
Oscar Wilde,
The Picture of Dorian Gray

ストーリー

一九世紀末のロンドン社交界に生きる画家バジルは、出会った瞬間から心を奪われた美青年ドリアンをモデルに、素晴らしい肖像画を完成させる。二〇歳そこそこのドリアンは、この自らの肖像画、そしてその場に偶然居合わせたバジルの友人であり、悪名高い耽美主義者ヘンリー卿からの誘惑的な言葉によって、はじめて自分の美と若さの圧倒的な力と、その可能性を知る。また同時に、時間の経過によりそれらを失う恐怖に心打たれたドリアンは、肖像画と自らが逆転するよう――すなわち「絵の方が年老い、自分は不変でいられる」よう、祈りを捧げる。そして、奇怪なことに彼の願いは叶えられる。

欲望のままに人生におけるあらゆる快楽を追求するようになったドリアンは、不品行の限りを尽くし、放蕩三昧の生活を送る。彼と関わり合った男女がことごとく名誉を失い、破滅に追いやられる様が伝えられる中、一点の陰りも衰えも見られないその美貌がドリアンの免罪符となり、彼は人々から怖れられ、噂されながらも、ヘンリー卿と共に社交界できらびやかな生活を送る。しかしその一方で、彼の肖像にはその罪のすべてが刻まれていき、いつしか醜悪な姿と化していた。ドリアンは最初の変化を認めたときから、この恐るべき絵をかつての子ども部屋に隠し、一人ひそかにその変容を観察していた。

このような二重生活を続けながら、ドリアンが三八歳になろうとする頃、久しぶりに再会したバジルに世間の噂となっている悪事の数々について問い詰められる。自分の人生の堕落の原因を作り出した張本人と見なすバジルに責められた彼は、「自分の魂を見せる」と宣言し、ついに変わり果てた肖像画を彼の目にさらす。

そして恐怖におののき、ざんげをするよう懇願するバジルを、激情のままに惨殺してしまう。この殺人さえ、知人の科学者を恐喝して隠しおおせたドリアンだったが、やがて罪と秘密に支配される自らの人生からの解放を切望するようになり、ある夜、肖像画の中のおぞましい自分の姿にナイフを突き立てる。そして恐ろしい叫び声に駆けつけた人々が発見したのは、見事な美青年を描いた無傷の肖像画と、心臓にナイフを受けて横たわる、見るも無惨な醜い、しわだらけの男の死体であった。

「越境」の物語

オスカー・ワイルドによる唯一の長編小説である『ドリアン・グレイの肖像』には、自己の分裂と複数化、そして自己と他者の融合を喚起し、誘発するモノとしての「ポートレート」という、本書のテーマのすべてが凝縮されている。ワイルドという作家の毀誉褒貶に満ちた劇的な人生――一〇代半ばで耽美主義者として一世を風靡し、数々の戯曲で絶大な人気を博しながら、同性愛者として「猥褻行為」のために有罪となり二年の懲役の後、パリにて客死――への尽きざる興味も相まって、本作は二一世紀に入り、ますます広範な批評的関心を集め、またさまざまなメディアでの斬新なアダプテーションも跡を絶たない。最近の例では、英国人作家ウィル・セルフによる二〇世紀末を舞台に映像作家ホールワードの「ヴィデオ・インスタレーション」のモデルとなるドリアンを主人公とする小説『ドリアン』（二〇〇三）、さらにタマラ・ハーヴェイ監督がSNS上に君臨する二〇二〇年のドリアンを描いた映画『ドリアン・グレイの画像』（二〇二一）が挙げられるが、このように一〇〇年以上の時を超えて、現代社会における「イメージ」の世界に本作が易々と適合する様を見ると、ワイルドという作家の時を超えた「モダニティ」をあらためて実感させられる。

その一方で本作の設定には、数多の美術作品のモティーフになってきた、はるか古来のギリシア神話における有名なピグマリオン伝説の裏返しという面もたしかに存在している。自ら象牙を刻んで「理想の女性」を彫像に託したピグマリオン王は、その自らの作品に恋をし、それが人間になることを——たとえその結果、彼女が年老い、死んでしまうとしても——神に祈る（【図1-1】）。しかし、「理想の美」を我が身に見たドリアンは、自らの不滅を願い、その身代わりとして肖像画に変化を背負わせるのだ。その一方、理想の極致とする美を生身のドリアンに見出した画家バジルは、ピグマリオンとは逆の方向性で、その姿を不変の物体、すなわち肖像画に封じ込めようとするが、その試みが失敗に終わったことを自らの命と引き換えに知ることになる。

しかしながら、このパラドックスと反復に満ちた物語をわかりやすいパターンに落とし込むことは至難の業である。前述のピグマリオンとの比較にしても、神々と人々の交歓が大前提であるギリシア神話の世界とは異なり、ヴィクトリア朝末期のロンドンの社会と風俗を一方ではリアリスティックに描き出した小説世界において、「生命を得た肖像画」をどのように解釈すればよいのだろうか。さらに、その圧倒的な美で常人とは切り離された特殊な存在であるかに見えながら、ドリアンと周囲の人物との境界はじつは非常にもろく、バジル、ヘンリー卿、そして束の間の恋人シビルとの絶え間ない一体化を引き起こしている。つまりドリアンと、彼の変貌する肖像画は、けっして単純な「生身の人間とそのポートレート」という、一対一の関係に留まらない。その境界のもろさで「多孔的」

【図 1-1】《ピグマリオンとガラテア》
アーネスト・ノーマンド作。

と言うべき存在ながら、ドリアンが他者と繋がるのは、ただ欲望を介してのみとなる。そしてドリアンに流れ込む他者の欲望、それを受けて彼自身から流れ出す欲望の成果が、口元に残忍さを刻み、手を血で染めるという「生命」を得ながら、物語の結末において世にも清らかな美青年の姿に戻るという、彼の「分身」である肖像画なのだ。この複雑な欲望のネットワーク、ヒトとモノ、自己と他者、そして現実と虚構の境界が流動化し、複雑な融合と分裂を提示する物語世界について、それでは詳しく検証していこう。

「無垢」の肖像

オスカー・ワイルドが、この小説の三人の主要キャラクターについて、「バジルは私自身、ヘンリー卿は世間が見る私、ドリアンはこうありたい私」（サメルズ 56）と述べたのは有名なエピソードである。たしかに、強烈な悪の魅力を放つドリアンとヘンリー卿に比して、清廉かつ無力な印象が強いものの、この画家の欲望の激しさ、そしてドリアンとの近似は、物語の冒頭から明示されている。そもそもバジルについて、読者が最初に得る情報は「数年前に突然消息不明となって大いにゴシップの種となり、さまざまな怪しい憶測が飛び交った」(6) 人物である、というものだ。「怪しい憶測」という思わせぶりな表現には、もちろんこのテクストに充満する同性愛テーマを読み取ることが通例だが、しかし解釈の可能性は多岐にわたる。こうして謎の人物として現れた彼は、完成直前のドリアンの肖像画を賛嘆する友人ヘンリー卿に対し、その絵を公開することはないと断言し、次のように理由を語る。

「心をこめて描かれた肖像画はすべて、モデルのではなく画家の肖像になる。モデルは単なる偶然であり、きっかけにすぎない。画家はモデルではなく、自分自身をキャンバスにさらけだしているんだよ。この絵を展示したくないのは、そこに自分自身の魂の秘密を見せてしまったのでは、と恐れているからだ」(9)

このように、冒頭の段階ですでにこのポートレートに「魂」が映し出されている、とされていることに留意したい。しかも、それはドリアンではなく画家バジルの魂なのだ。だとすれば、やがて起こる画像の変容が示唆するものを、ドリアンの堕落とのみ捉えられるのだろうか。

さらにバジルは、二ヶ月前のパーティでのドリアンとの出会いについて、ヘンリー卿に語る。

「［前略］目が合った瞬間、自分の血の気が引いていくのがわかった。わけもわからない恐怖に襲われたんだ。目の前の彼があまりに魅力的で、その気になれば僕の人格、魂、芸術の何もかもを吸い取ってしまうことがわかった。人生これまで、何であれ他から影響を受けるなど問題外だった。独立独歩の僕の性格を、ハリー、君はよく知っているだろう。自分の主人は自分だけだった。少なくとも、ドリアン・グレイに出会ったあのときまで。あのとき——どう説明すれば良いだろう。恐ろしい危機の瀬戸際にあるぞという囁きが、どこから聞こえた。［後略］」(10-11)

「恐怖」あるいは「恐ろしい危機」という表現が示すように、自らのすべてを「吸い取って」しまうのではないかと思われるほどのドリアンの魅力の核は、あらゆる境界へのその破壊力にある。自主性を誇ってきたバジルの自己はドリアンによって浸食され、現在の彼は「ものごとを見る目も異なり、ものごとを考える頭も異なる」(14)

状態にあり、「ある線のカーヴの中に、ある色の美しさと繊細さの中に」（15）ドリアンの姿を見出してしまう。そしてバジルは、こうした自らの「奇妙な芸術的偶像崇拝のすべて」（15）がドリアンの肖像画に表出していることを恐れるのだ。文学研究者ダニエル・A・ノヴァクが指摘するように、ワイルド自身が本作の「序文」冒頭で、「芸術家とは、美しきものの創造主である。芸術を顕わし、芸術家を隠すことが、芸術の目的である」（3）と断言しているにもかかわらず、このパラドックスに満ちた物語は「芸術家が顕れ、可視化されるさまざまなあり方」（ノヴァク 138）を提示している。

バジルの言葉に大いに興味をかき立てられたヘンリー卿は、渋る彼を説き伏せて、ドリアンが待つアトリエに同行する。そしてついにこの三人が顔を合わせる場面となるのだが、ここで読者の前に繰り広げられるのは、奇妙に既視感のある光景である。すなわち、はじめてヘンリー卿と出会ったドリアンは、「自らの人生を豊かに、完全に生きる」価値を説き、言葉巧みに「誘惑に負けること」を推奨するヘンリー卿の快楽主義に、完全に心を「吸い取られて」しまう。

　半ば口を開け、瞳を異様にきらめかせて、彼は一〇分あまりもそこに呆然と立ち尽くしていた。まったく未知の影響力が自分の中でうごめいていることは、うっすらと意識できた。しかしじつはそれは、自分自身の中から生じた力であるようにも思えた。バジルの友が短く語った、きっと気まぐれに口からこぼれ出たにすぎない、ひねくれたパラドックスに彩られた言葉が、今まで何にも触れられたことがない心の奥底の琴線に触れ、今やその琴線はあやしいリズムにのってうねり、躍動し始めたのが感じられたのだ。（23）

ドリアンの美がバジルを征服したのとまったく同様に、ヘンリー卿の言葉はドリアンの自己を揺るがす。その間、バジルは一心に絵筆を動かし、ついに肖像画を完成させるのだが、画家が捉えたのはじつは生まれ変わったドリアンに他ならない。

「［前略］今日は最高のモデルだったよ。身動き一つしなかったね。おかげで望みどおりの効果を捉えられた――ほころんだ唇と、瞳の輝きを。ハリーがいったい何を話したのか、素晴らしい表情はきっとそのためだね。［後略］」（24）

このように、完成した「ドリアンの」肖像は、その最初の瞬間からきわめて複雑な混淆物となっている。そこにはドリアンによって変化させられたバジルの「魂」が入り、さらに若さと美の極致にあるドリアン像のあやしいまでの輝きは、ヘンリー卿の魔術的な言葉によって、まさにこの瞬間に生まれたものなのだ。

この三者の欲望が封じ込められた肖像画は、最後にドリアンその人に決定的な「影響力」を行使する。「それを見た途端、彼は後ずさりし、頬は歓喜にさっと紅潮した。はじめて自分自身を認めたかのように、瞳には喜びが満ちた。うっとりと、彼は身じろぎ一つせず立ち尽くしていた」（29）。このドリアンと自らの肖像との対面においても、バジルと彼との出会いの衝撃が再現されている。そして「歓喜」にも増してドリアンを圧倒したのは、やはりこの自分の美が時によって破壊されるという「恐怖」だった。その結果、ドリアンは肖像画と自らの逆転を祈念し、そして、そもそもポートレートを作り出したことで、このような苦しみを自分にもたらしたバジルを激しくののしる。ドリアンの「単純で美しい性格」（18）を愛していた画家は、思いがけない彼の言葉に衝撃を受け、「ただの画布と絵の具にすぎない」(31)肖像画をパレット・ナイフで切り裂いてしまおうとするが、それを見たドリアンは「そんなことをしたら人殺しだ」(32)と叫び、彼を押しとどめる。

このきわめてドラマティックな本作の冒頭において、すでに終幕の悲劇が強く暗示されていることは明らかである。また同時に、恐ろしいほどの激しさで「影響力」を行使しあう三人の男性の中に、[1]言わば第四の存在として肖像画が加わることで、ヒトとモノが渾然となったネットワークがいよいよ濃密さを増していく。バジルから肖像画を守ったドリアンは「これに恋してる。この絵は僕の一部だ」(32)と言い、それを聞いた画家は「では君が乾いたら、すぐにワニスをかけ、額に入れて送り届ける。君の一部を、あとは好きにしてくれ」(32 筆者による強調)と答える。一方、ヘンリー卿は「この坊やは本気で絵を欲しがっていないよ。ぼくは本気で欲しい」(32)とバジルに訴えるが、それを聞き入れられず、あたかもその代償のように、彼のもとからドリアンを連れ去ってしまう。そして失意のバジルは二人に向かって「ぼくは本当のドリアンと残る」(33)と、肖像画の傍らで呟くのである。

こうした濃厚な関係性について、作者ワイルドが、当時の英国においてまったき犯罪行為であり社会的タブーであった同性愛を、検閲を逃れながらも匂わせた結果と見なすことはもちろん常道であるが、しかしそれが解釈のすべてではない。ヒトの姿をしたモノの魔力、そうしたモノを生み出したいという欲望、さらにはそれを見たことで掻き立てられる所有欲のドラマは普遍であり、また他方、それぞれの時代と文化の産物としてのモノ——本作では肖像画——に固有の特徴も考慮する必要がある。次節では、リアリズム的な物語の枠組みの中で、「変貌する肖像画」が誕生する原因となるシビルとドリアンのエピソードに注目してみよう。

シビルの「変容」

ドリアンの肖像画の変貌が最初に確認されるのは、完成のほぼひと月後である。肖像画とヘンリー卿の言葉によって新たな自分を発見したドリアンは、それまでの品行方正な生活に飽き足らなくなり、怪しげな地域に足を踏み入れ、場末の芝居小屋で『ロミオとジュリエット』を演じていた若い女優シビルに心奪われ、三週間小屋に通いつめた末に彼女と婚約する。しかし「麗しの王子（Prince Charming）」（59）と彼女が呼ぶドリアンとの出会いによって、またも影響力の連鎖反応が起こり、シビル自身も新たな自己を発見してしまう。それまでのシビルにとって、芝居は悲惨な現実を逃れるための命綱であり、全世界だった。

「あなたに出会う前は、芝居こそが私の人生の現実だった。劇場の中でだけ、私は生きていたの。そのすべてが真実だと思っていたわ。ある夜は私はロザリンド、ある夜はポーシャ。ベアトリスの喜びは私の喜びだったし、コーディーリアの悲しみは私のものだった。何もかもを信じ切っていたのよ。［後略］」（94）

そしてドリアンがひと目でシビルに魅了された理由は、まさに「世界中のあらゆるヒロインが一つになった、単なる個人を越えた存在」（60）としての、舞台上の彼女が提示する複数性であった。「あの小さな象牙色の身体に隠された素晴らしい魂を思うと、畏敬の念に満たされる」（60）とドリアンはヘンリー卿に訴えるが、その「魂」が変幻自在のパッチワークであり、シビル・ヴェイン個人には「けっしてならない」（60）からこそ、その存在は尊いのである。

しかし皮肉にも、「象牙色の身体（ivory body）」が示唆するピグマリオンの大理石像同様、ドリアンの「愛」によって生命を吹き込まれた彼女は「現実のシビル」と化し、虚構の世界への情熱を完全に失って、バジルとヘンリー卿と共に観劇するドリアンの前で粗末な演技に終始してしまう。その結果、幻滅したドリアンは、残酷な言葉で別れを告げ、泣き崩れる彼女を残して、その場を立ち去る。そして屋敷に戻った彼は、自らの肖像の口元に「かすかな残忍さ」（99）が漂い、表情が一変していることを発見して驚愕する。アトリエで口にした自分の願いが叶えられたというあまりの奇怪さに、ドリアンはシビルと復縁し悪を断ちきることを一度は決意するが、そのとき絶望したシビルが服毒自殺を遂げたという知らせをヘンリー卿から受け、呆然とする。そんな彼に、ヘンリー卿は次のように語る。

「［前略］あの娘は本当に生きたことはなかったのだから、本当に死ぬこともないのだよ。少なくとも君にとって、彼女は常に一つの夢、シェイクスピアの劇の中をひらひらと飛び回り、それらの劇をより素晴らしいものにして去って行く一つの幻だった。シェイクスピアの音楽をさらに豊かに、さらに喜びに満ちたものにしてくれる葦笛だったのさ。しかし現実の世界に触れたとたん、それを傷つけ、同時にそれによって傷つけられた。だから死んでしまったのだ。［後略］」（113）

シェイクスピア劇のキャラクターよりも「現実ではない」（113）彼女の死を嘆く涙は無駄になる、というヘンリー卿の言葉を受け入れたドリアンは、この悲劇を忘れ、さらに貪欲に快楽を追求する人生を選んでいくことになる。
ドリアンの最初の「犠牲者」となるシビルは、しかしきわめて彼と近似したキャラクターである。登場時はその美しく清らかな姿の中には無垢な空白のみをたたえ、明確な「自己」がまったく欠如した状態で現われる。しかし衝撃的な美を備えた偶像――ドリアンの場合は自らのポートレート、そしてシビルの場合は「麗しの王子」――との出会いによって、憑かれたようにその空白を埋めようとする。その過程において、両者は共に滅亡する。このような相似から、ドリアンとの出会いは、シビルにとっても「分身」との邂逅であったとも言えるのだ。

生命を得る肖像画

前述したように、リアリズムの枠組みを保つ小説世界において、ドリアンが肖像画の変貌という事態を受け入れるプロセスは非常に興味深く、近年多くの批評的関心の的となっている。この「超常現象」はドリアンをおののかせるものの、その一方で彼はきわめて注意深くそれを観察し、説明を試み、対策を立てようとする。さまざまな段階を経るこのプロセスの詳細を、ここで検証していきたい。

シビルを罵倒して楽屋を出た後、ドリアンは放心状態でロンドンの街をさまよい、夜明けに帰宅してほの暗い部屋の中で肖像画を見たときに異変に気づき、急いで日よけを上げ、流れ込む鮮やかな朝日の中で「口元に刻まれた残忍さ」(99) を確認する。そこではじめて彼は、シビルへの仕打ちの残酷に思いいたり、肖像画が「良心の目に見える象徴」(101) になった不思議に恐怖しながら、シビルに許しを乞い、結婚することで、そのさらなる変化を止めようと決意しながら眠りに落ちる。

そして昼頃に幸福な気持ちで目覚めたドリアンは、肖像画の変化が「ひとえに想像力のせい」(103) であったことをかすかに期待しながらも、不安な気持ちで再び「自身の恥辱の仮面」(104) に対峙する。そして変化が現実であることを確認した彼は、「科学的興味とも言える気持ち」（104）で、あらためてそれを凝視する。

画布の上の形態や色を作り出している化学的原子と、自分の中にある魂の間に、微妙な感応が存在しているのだろうか？　魂が考えたことを化学的原子が具現化するなどあり得るだろうか――魂が夢見たことを化学的原子が実現するなど？　それとも別の、さらに恐るべき理由があるのだろうか？（104）

この時点でもまだ、シビルとの復縁によって罪の償いができると考えるドリアンは、肖像画を「自らの人生の手引き」（105）として改悛することを誓い、シビルへの詫び状を書き始めるのだ。

しかし夕刻になって訪れたヘンリー卿からシビルの死を知らされたドリアンは、改悛の無駄を説くヘンリー卿の言葉に、ついには同意する。舞台上の複数性を失い、生身の恋する女性となったシビルへの愛はすでに消滅しており、自らの仕打ちにも、彼女の死にさえもじつは「心が動いていない」（110）ことを認めるのだ。ヘンリー卿が去った後、再度肖像画を見つめるドリアンは、さらなる変化が起こっていないことを確認し、その事実から新たな仮説を立てる。

自分自身が知るよりも前に、肖像画はシビル・ヴェインの死の知らせを受け取っていたのだ。人生の出来事が起こるたびに、それを感知しているのである。美しい口元を損なうあの邪悪で残酷な表情が、あの娘が何かはわからぬ毒を飲んだその瞬間に現われたことに疑いの余地はない。いや、それとも肖像画は結果には無関心なのだろうか？　魂の内部にうごめくものを、ただ認識するだけなのだろうか？　彼は思い惑い、いつ

か目の前で肖像画に変化が起こるのを見てみたいと願いながら、同時に恐怖に身を震わせた。（114）

自らの「ポートレート」が、罪の「記録」であるのか「予告」であるのかをいぶかしむドリアンは、あたかも実験をおこなう科学者のように変容の「現場」の観察を願う。

さらに注目されるのが、「自分と肖像画の間の感応」（115）が消えるよう、再び祈ることを一瞬考えるドリアンが、そうした因果関係にも疑問を抱いて発する言葉である。

> 身代わりが生まれたのは本当に祈りが原因だったのか？　このすべては、何か不思議な科学的理由のためではないか？　もし想念が生命ある有機体に影響力を行使できるなら、死んだ無機物に対しても同じではないだろうか？　いや、想念や意識的な欲望がなくとも、秘められた愛や不思議な共感の中で原子と原子が反応するように、人間とは切り離された事物であっても、人間の気分や情熱と呼応して鼓動するのではないか？（116）

この場面で、最終的にドリアンは「肖像画が変わるなら、変わるがいい」（116）と、こうした自問自答を断ち切るが、彼が延々と試みる「科学的」理由づけは、じつは同時代の読者にとっては我々が考えるほど荒唐無稽なものではなかった。次節でこの点について詳しく検証していこう。

ヒトとモノの感応

自然科学者チャールズ・ダーウィンがかの『種の起原』を出版したのは一八五九年であり、人間の身体及び精神を「科学的」に説明しようとする欲求は社会全体の巨大なうねりとなっていた。動物と同じく進化する——すなわち退化し得る——人間が、世界に君臨するための究極の拠り所となる「想念」、すなわち「精神」について新たな地平に立った一九世紀末の知識人たちは、激しい危機感、そして高揚感に駆られて、医学、生理学、心理学、哲学、芸術の領域にまたがり、百花繚乱の議論を繰り広げていたのである。

人間の精神の仕組みを、宗教ではなく「科学的」に解明しようという動きが本格化し、脳内の「細胞」や「化学物質」の作用が我々の精神を左右していると認識することによって、有機物と無機物、ヒトとモノの境界は、かつてないレヴェルで揺るがされていた。研究者マイケル・デイヴィスは、ワイルドのテクストと同時代の知識人たち、とりわけワイルド自身が創作ノートでしばしば言及していたという数学者かつ哲学者であるウィリアム・クリフォードの理論との関連を指摘している。人間の脳内の生理学的作用を基本的には他の物理的作用と同一と見なすクリフォードは、しかしすべてを単純な物質主義に還元するのではなく、むしろ無機物の粒子の中にも「精神的なもの（Mind-stuff）」があると考えた（デイヴィス 549）。ドリアンが主張する、人間の精神と肖像画という物質の間の「呼応」は、ゴシック的空想というよりもむしろ、当時の科学的議論と近しいものであったと言えるのだ。

デイヴィスはさらに、心理学者ウィリアム・ジェイムズが提唱した「意識の流れ」と、ドリアンの肖像画の変容の関連についても言及している。本書の第二章で取り上げるモダニズム文学とも結びつけられることになる、この有名な「意識の流れ」というフレーズによってジェイムズが意味したものは、人間の意識が外界の事物を捉える際に行使する力であり、その自律性である。我々が事物を知覚するとき、それは単純な原子レヴェルのデータの集積とはならない。意識の中のあらゆるイメージは「それを取り巻く、絶え間ない流れに浸され、染め上げられる」(16) というジェイムズの言葉を引用しつつ、デイヴィスはワイルドが提示する肖像画の「変貌」の描写の複雑さを指摘する (552-53)。

たしかに、「口元の残忍さ」から始まった画布上のドリアンの変化は、詳細に示されているようで、じつは具体化されない部分が多い。屋敷の最上階の昔の子ども部屋に隠す寸前にそれを観察したドリアンは「黄金色の髪、青い瞳、深紅の唇、そのすべてはそのままで、変わったのは表情のみ」(152) と結論する。その後、彼が悪事を重ねるにつれ「人生の真の堕落を映し出して変貌する恐るべき肖像画」は「醜く歪んだ陰り」(152) に満たされるが、一方で「汚れきった醜い表情の下には、まごうことなき彼自身の面影が今なお保たれている」(152) とされる。彼以外に唯一この肖像を目にするバジルは、その髪の毛が薄くなりはじめ、目が腫れぼったくなっている等、画布上のドリアンの老いと放蕩の身体的刻印を確認するが、彼を何よりも恐怖させるのは、やはりその「胸をむかつかせるような、おぞましい表情」(168) である。

ドリアンの堕落した「精神」が反映されるポートレートは、客観的観察が可能な「ただの」物体としてはけっして提示されない。それをクリフォード的な「精神を帯びるモノ」と捉えるか、それともジェイムズ的な「ヒトの意識に絡め取られたモノ」と捉えるか、いずれにしてもデイヴィスが主張するように、ワイルドの「ゴシック・ファンタジー」は、進化論に端を発する世紀末の人々の精神、そして「自己」の在処をめぐる「現実」の議論と複雑に呼応していたのである。

ドリアン・グレイの「写真」

それではここで、一九世紀末を代表するこの作品において、ワイルドがなぜ「肖像写真」ではなく「肖像画」をプロットの中心に据えたのかについて考えてみたい。オスカー・ワイルドがしばしば「最初の現代人」と呼ばれる理由は多岐にわたるが、その姿が圧倒的に写真で思い浮かぶほぼ最初の作家、という点も含められるかもしれない。たとえばブロンテ姉妹と言えば、まず三人の姉妹が収められた有名な肖像画が連想され、もっとも長生きしたシャーロット（一八一六―一八五五）でさえ、その写真は未だ確定されていない。(2) 一九世紀を代表する国民的作家チャールズ・ディケンズ（一八一二―一八七〇）の場合は、現存する中で最古とされる肖像写真は『デイヴィッド・コッパーフィールド』連載当時の一八四九年のもので、(3) すでに地位を確立した三七歳の作家が銀板写真に捉えられている。これ以前に、この人気作家の姿はすでに油彩画や胸像、そして数多の版画やスケッチの題材となっており、一八七〇年に没するまで、こうした既存メディアでの肖像も、写真と共に増え続けた。おそらく現代人が持つ彼のイメージは、肖像画と写真が共存した印象であろう。

それに対して、ワイルド像は圧倒的に写真となる。帽子を被ったもの、毛皮をまとったもの、煙草を手にしたもの等々、現在に至るまで世紀末の、ダンディズムの、ＬＧＢＴＱ＋のアイコンとして彼のイメージは量産され続けており、各人が思い描くその姿はさまざまであっても、媒体としてはすべて写真となるはずだ。すでに銀板写真の一般化が進んでいた一八五四年に彼が生まれたことを考えれば、ディケンズに比して、彼が「写真」世代となることは当然であるが、しかし彼より若い世代の作家と比較してもなお、ワイルドの写真ヴィジュアルの世間への流布の度合いは突出していると言える。つまり、ワイルドと写真の密接な関係性はけっして時代的タイミングだけではなく、被写体としての彼がこの新しいメディアをきわめて積極的に利用したことによる。誘うように、挑むように、あるときは正面から見つめ、あるときは物憂げに虚空に視線をさまよわせる彼の像は、二一世紀の我々が見ても、まったく古さを感じさせない。伝説となった独特なファッションは言うまでもなく、背景やポーズにも入念な注意が払われた彼の写真は、まさにアートとしての価値を追求しているかに見える(4)(【図1-2】)。

こうしたワイルドと写真の特別な関係性を考えると、『ドリアン・グレイの肖像』において写真がほとんど言及

【図 1-2】《オスカー・ワイルド》
ナポレオン・サロニー撮影。

されないことは、意外にも思える。作者自身の先駆性、そして時代性から考えて、そもそもドリアンの「ピクチャー」は肖像画ではなく肖像写真でもあり得たのだ。ヴィクトリア女王の最初の肖像写真は一八四四年に撮影されており、とりわけ写真を愛好したアルバート公と共に、女王は一八五三年に発足した写真協会の後援者にまでなっている（海野 14-15）。一九世紀後半の英国社会は、それまで閉ざされていた王室を頂点とする特権階級、有名作家や俳優というセレブリティ、そして拡大する帝国植民地における未知の事物を、写真という新たなメディアによって初めて「目の当たり」にすることになった集団でもあった。[5]

とはいえ「科学か、芸術か」という議論に代表されるように、写真の芸術的価値は絵画よりもはるかに低いものと見なされていた。バジルが画家ではなく写真家として登場するのであれば、ロイヤル・アカデミーではなくグロヴナーに出品するように彼に勧めるヘンリー卿との冒頭の会話（6）は、もちろん成り立たない。作品には「自らの魂」が宿っているというバジルの言葉も、ヘンリー卿の誘惑によって新たな輝きを帯びたドリアンの瞳をすかさず捉える技術も、当時の読者にとっては写真家とは結びつけ難い要素であっただろう。何よりも、テクストに横溢するゴシック的色彩、ドリアンの凶行後に赤い血に染まる手のイメージを、当時の白黒写真と重ねるのは不可能である。彼の「ピクチャー」は、あくまでも屋敷のギャラリーに並んだ先祖たちの華麗な肖像画に連なる存在でなければならず、いかに自らは写真という新技術を利用しつくしたワイルドであっても、本作のプロットの中心として、この「現代的」な選択肢は論外であったと想像される。

オリヴァー・パーカー監督による二〇〇九年公開の映画『ドリアン・グレイ』においては、完成したドリアンの肖像画のお披露目パーティが彼の屋敷で開かれ、肖像画を前に立つドリアン、バジル、ヘンリー卿の三人が新聞記者によって写真に収められ、その光景が一瞬セピア色で示される、という印象的な入れ子構造の場面が存在する

（【図1–3】）。こうした私的なパーティの写真画像が流通しはじめた世紀末においては十分に「現実的」な光景であるが、もちろん原作には存在しない。その代わりに、小説中で唯一、写真が登場するのは第四章の冒頭である。バジルのアトリエでの出会いからひと月後、ヘンリー卿の屋敷を訪ねたドリアンは彼の妻に迎えられる。

【図 1-3】映画『ドリアン・グレイ』(2009) より

彼はさっと振り返り、立ち上がった。「失礼しました。ぼくはてっきり――」

「主人だと思われたのに、妻でお気の毒さま。はじめてお目にかかりますわね。でもお写真でよく存じ上げております。夫は一七枚も持っているんですもの」

「一七枚ですか、奥様？」

「一八枚だったかもしれません。それにいつかの晩、オペラ座で夫とご一緒のところをお見かけしました」

(50-51)


肖像画を欲しながらも、それを拒まれたヘンリー卿が、わずかひと月の間に二〇枚近くのドリアンの写真を入手していたというエピソードは、彼のドリアンへの危険な執着と共に、正確な枚数が判然としないほど無造作に生産され、所有される写真という「商品」の軽さを、バジルが描いた唯一無二の肖像画と対照させながら、強調しているように思われる。

心霊写真の科学

しかしながら、ドリアンの絢爛たる、そして恐るべき「ピクチャー」は、やはり一九世紀末の写真文化と不可分であるという点を強調したい。シビルに対する残酷さを肖像画が反映する、というこの奇怪な事実を「科学的」に受け入れようとするドリアンの試みの裏には、じつは現実を「複製する」だけではなく、「目には見えないものを現前させる」写真、すなわち一九世紀末から二〇世紀初頭にかけて大流行した心霊写真の影響も垣間見える。

手元のスマートフォンその他の電子機器で、ヴィジュアル・イメージを加工することを日常的におこなっている現代人は、写真技術の創世記には「ありのまま」の世界がきわめて素朴に記録されていたはず、と思いがちであるが、実際はそうではなかった。銀板写真の技術が開発されて二〇年も経たない一八五六年には、すでに「余興」として心霊写真を撮影するノウハウを解説した本が出版されており、また「幽霊写真」が商品として売り出されていたというが、視覚文化史を研究する浜野志保はこうした「トリック写真」が初期の写真界において担った重要な役割を指摘している。「現実世界を真正直に撮影した写真は、ある時期まで、美術品ではなく工業製品の一種と見なされることが多かった。そのために黎明期の写真家たちは、単なる現実の再現ではない表現を生み出すことで、この新しいメディアに対して絵画と同様の芸術性を付与しようと苦闘していた」(160)。現実世界の「加工」と「変容」は、もちろん伝統的絵画の世界でもおこなわれてきたものではあるが、一九世紀後半の社会に氾濫した最先端の「科学」と「空想」が融合したトリック写真によって、人々の視覚はまったく新たな種類の刺激、そして混乱にさらされていたのである。

さらに、当時の社会において「心霊写真」のすべてが「トリック写真」と見なされていたわけでは、けっしてない。ヴィクトリア朝のオカルトについての研究書を著したロナルド・ピアソルによれば、記録に残る最初の「真の」心霊写真は、一八六二年にアメリカ人ウィリアム・H・マムラーが撮影したとされる(120)。一二年前に死んだいとこが写りこんだとする自らの肖像写真を公表したマムラーは、やがて心霊写真を専門とするスタジオを立ち上げる。一八六九年には詐欺罪で裁判となるものの有罪は免れてビジネスは続き、一八七二年にはエイブラハム・リンカーンの妻メアリーの背後に亡き大統領が写った有名な一枚を撮影している(次頁【図1−4】)。写真の中の「霊」が実際は生きた人間である等のケースがしばしば暴露され、疑惑の的になりながらも『死者の再現を信じようと決意した人々」（ピアソル 118）の波は途切れなかったのである。

そして世紀末の英国社会においても、心霊写真を余興やいかさまとは程遠い「科学的現象」として真剣に捉えようとする人々は非常に多かった。文学研究者エレノア・ドブソンは、前述した肖像画の変容を見たドリアンの「科学的説明」について、その語彙が一八八二年に英国で設立された心霊現象研究協会（The Society for Psychical Research）のメンバーが用いていた表現と重なることを指摘している（154-55）。よく知られているように、ケンブリッジ大学トリニティ・コレッジの倫理学教授によって組織されたこの協会には、シャーロック・ホームズの生みの親であるアーサー・コナン・ドイルをはじめとする当時の高名な芸術家、知識人、政治家が数多く所属していた。

【図 1-4】《メアリー・トッド・リンカーンとエイブラハム・リンカーンの「霊」》ウィリアム・H・マムラー撮影。

前述したウィリアム・ジェイムズがこの協会の第五代会長を務めていたという事実は、現代人の多くにとって驚きかもしれないが、霊――すなわち精神――の「物質化」を科学的に研究する、というこの協会の設立当初の目的は、たしかに当時の一般社会の知的関心と見事に合致していた。ドブソンの述べるとおり、「肉眼では見ることができない「霊」が化学的プロセスによって捉えられ、可視化され、物質世界に再現される」(154)という心霊写真についての協会の見解は、まさに「暗室」を思わせる最上階の秘密の部屋の中で、ドリアンの変質する精神を記録する肖像画そのものと言える。

このように、ドリアン・グレイの「ピクチャー」は、科学とスピリチュアリズムのあわいで増殖する世紀末の写真文化の、言わば申し子としての「肖像画」であった。作品の中で、束の間言及されたドリアンの一七枚(あるいは一八枚)の写真は、ヘンリー卿の手元で如何なる行く末を迎えたのだろうか。これから検証する被写体と、その肖像画の奇怪な終幕とは無関係に、それらのドリアンの「ピクチャー」がただの「モノ」として存在し続けられたか否かは、テクストに秘められた謎の一つである。

三つ巴の力学

本作の有名な結末において、罪の生活からの解放を切望するようになったドリアンは、忌まわしい過去と自らの「良心」である肖像画を「殺す」(241)ため、ナイフを突き立てる。そして読者は、恐ろしい叫び声を聞いて駆けつけた使用人たちが発見したものが、最初に披露されたときとまったく変わらぬ見事な美青年の肖像画と、その前に横たわる、心臓にナイフを突き刺された醜い、しわだらけの死体であったことを知る。この鮮やかすぎるほどの再逆転の構図、そして肖像画とドリアンが「あるべき姿に戻った」という、一種おとぎ話的なエンディングは、「モラル」を嘲笑していたかに見えたテクストが、じつは「因果応報」というシンプルな着地点に落ち着いたかのような印象を与えるかもしれない。(6) しかし、ここまで複雑をきわめてきたヒトとモノの関係性、そしてドリアンという多孔的なキャラクターは、やはり最後まで単純な二項対立を許さず、あらゆる境界は最後まで浸食され続けている。

作品のオープニングで確認された、各キャラクター及びエピソードの相似と一体化、そこから生ずる読者の既視感は、結末においても同様である。すなわち、ドリアンが自らの像を突き刺すこのエンディングは、彼のバジル殺害の場面の再現であり、どちらにおいても加害者と被害者が複雑な融合を見せている。まずはバジルの最期について検証してみよう。冒頭で示したように、ドリアンの肖像には自らの「魂」が混入しているとバジルは信じていた。それゆえに「自分の魂を見せる」(165) と宣言してドリアンが彼を真夜中の子ども部屋に招き入れ、肖像画の変貌を見せたときのバジルの恐怖と苦悩は、単なる傍観者の驚愕とは程遠い。

そう、まさにドリアンなのだ。しかし誰がこんなことを? 自分自身の筆使いのようであるし、額縁も自分がデザインしたものだ。考えるさえ忌まわしく、バジルはただ恐怖した。彼はロウソクを掴み、絵に近づけた。左側の隅に、鮮やかな朱色で記されているのは彼自身の名前である。

その絵は何か汚れたパロディ、下劣で卑しい諷刺だった。こんなものを描いたはずはない。しかし、それでも自分の作品なのだ。そう理解したバジルは、自分の血が一瞬にして炎からよどんだ氷に変わってしまったように感じた。自分の絵が! いったいどういうことなのか? なぜ変わってしまったのか? (168)

恐れおののきながら画布をさらに調べるバジルは、一度は絵の具に含まれていた「毒素」と部屋の湿気という外的要因を変化の源と考えようとするが、最終的には「この邪悪と醜悪が内側から生じているのは明らかだった。奇怪にも内なる生命が動き出し、癩病のように罪が絵をじわじわと浸食していったのだ」(170)と結論する。

この「罪」について、バジルはドリアンの悪行を厳しく責めるが、しかし最終的には自らも同罪と見なしている。「僕は君を崇拝しすぎた。そして罰を受けている。君も自分自身を崇拝しすぎた。僕たちは二人とも罰せられているのだよ」(170)と彼は言いつのり、ドリアンに改悛を迫る。一方で部屋に入って以来、冷笑、傍観、そして慟哭というさまざまな心理的段階を目まぐるしく移動してきたドリアンは、ここで涙ながらに「もう遅い」と返答するが、「あの呪われた絵が僕たちをあざ笑っているのが見えないのか」(170)というバジルの言葉に肖像画を見た瞬間、「絵の中の像が、そのにやりと笑った唇から自分の耳に注ぎ込んだかのように」(171)画家への制御不能な憎悪に満たされる。そして背後からバジルをテーブルに押さえつけ、その耳の後ろの大動脈にナイフを深く突き刺すのである。

この場面の「三人」――ドリアン、バジル、肖像――のネットワークは絶えず流動し、二対一の力学が発生しては消えていく。ドリアンは、「自分で考えている以上に僕の人生と深く関わっている」(167)バジルと連れ立って、子ども部屋への階段を上がっていく。そこでドリアンの「魂」である肖像を見せつけられたバジルは、しかしすぐに変わり果てた肖像画が紛れもなく「自分自身の絵」であることを認める。同じく罪を負った者として、バジルはドリアンと共に「呪われた」肖像画と対峙しようとするが、肖像画との絆に飲み込まれたドリアンは、画家を殺害する。しかしクライマックスの場面で浮かび上がるのは、耳から憎悪を注ぎ込まれたドリアンと、耳の後ろにナイフを差し込まれたバジルの相似である。加害者ドリアンと被害者バジルは、一瞬の時差を経て見事に重なり合うが、この構図が作品のエンディングにおいて繰り返されることは言うまでもない。

三者のオーヴァーラップは、バジルが生命を失い「それ（the thing）」（171）と化した後も継続する。凶行の後、ドリアンによる描写において強調されるのは、死体の奇妙な静けさと「白さ」である。「テーブルの上にじわじわと広がるどろりとした黒い液体さえなければ、ただ眠っているように見える」（171）バジルを、ドリアンは落ち着き払って「自分の人生から消えた」（172）と考える。そして部屋から出るときに、ランプの灯りのもと「死んでいるそれ（the dead thing）」に最後の一瞥を投げ「なんと静かなことか。長い手がぞっとするほど白い。まるで不気味な蝋人形のようだ」（172）と述べるが、翌日科学者のキャンベルを連れてこの現場に戻ったドリアンは、この蒼白な「蝋人形」から流れ出た鮮血が肖像画にのり移っていることに戦慄する。

> 画布から血が湧き出したように、片方の手にぬれぬれと輝くあの赤いしぶきはどうしたことだ？　何と恐ろしい——テーブルの上に横たわっているはずの動かぬ物より恐ろしいと、ドリアンはそのとき思った。血に汚れた絨毯に浮かぶ、おぞましく歪んだシルエットから、放置したままの姿でそこにあることがわかる、あの死体よりもずっと。
>
> 彼は深く息を吸い込み、さらに少しだけドアを開け、けっして死者を見るまいと目を細め、顔を背けながら、足早に部屋に入った。そして身をかがめ、金と紫の覆い布を拾い上げると、肖像画にさっと投げかけた。（187）

ヒトとモノの境界線に位置する二つの物体、すなわちバジルの死体と肖像画がドリアンの意識の中で混ざり合っていることは、この引用部の奇妙な流れから読み取ることができる。血に濡れた肖像画の方が「死体よりも恐ろしい」

とする一方で、ドリアンは「死者（the dead man）を見ない」ことを決意しながら、死者ならぬ肖像画に覆い布をかける。しかしこの直後、キャンベルが死体を検分する際には、「てらてらとした黄色い顔をキャンベルがのぞきこんでいる」（188）様子をドリアンが観察していたことが淡々と描写される。ドリアンがどうしても見ることを拒んだものが肖像画の方であることは明白だが、それは彼の意識の中で「死者」と認識されているのだ。

ドリアンの最期

ドリアンの恐喝により、バジルの死体を「一握りの灰」（182）にするよう命じられたキャンベルは、さまざまな薬品と器具と共に六時間以上も部屋にこもった後、灰どころか跡形もなく死体を消滅させてしまう。しかしこうしてバジルが「それ（the thing）」になり、さらにはモノとしての存在さえ失っても、彼の「魂」は肖像画の中に、そしてドリアンの中に脈々と息づいている。凶行の一夜が明けたとき、ドリアンはいつものようにおぞましい経験を快楽によって忘れようと努め、念入りに身支度を整え、「何度も指輪を取り替え」（176）、朝食を味わい、さまざまな手紙を読む。そしてキャンベルの到着を待つ間も、読書と共にスケッチに興じるのだが、花と建築物に続き人物を描く彼は、「自分の描く顔がすべて、奇妙なほどバジル・ホールワードに似ている」（176）ことに気づく。作品の冒頭でドリアンのポートレートを制作中のバジルが「ある線のカーヴの中に、ある色の美しさと繊細さの中に」（15）ドリアンの姿を見出してしまう、と語っていたことを思い起こせば、バジルとドリアンの新たな融合がここで見られることは明らかである。

つまり、作品の結末において提示される構図はドリアンと肖像画の一騎打ちのように見えながら、実際はバジルを交えた三つ巴の関係性の臨界点である。バジル殺害から六週間余りとされるこの時点で、ドリアンは「自分の心にいちばん重くのしかかっているのはバジル・ホールワードの死ではない。自分を悩ませるのは自分の魂が生きながら死んでいるということなのだ」(239)と述べるが、まさに「死にながら生きている」バジルの存在こそが最終場面でドリアンを追い詰める中枢である。皮肉にも、その肉体が跡形もなく消滅してはじめて、バジルの最後の言葉――「自負の祈りが聞き届けられたのだから、改悛の祈りも聞き届けられるはずだ」(170)――がドリアンを動かす。すなわち、自らに恋する田舎娘ヘティを破滅させることを思いとどまったドリアンは、「善人としての新たな人生」を夢想するようになり、何らかの改善が見られることを願って肖像画を仰ぐのだ。しかし期待とは裏腹に、そこに一層の血汐とさらなる邪悪の印を認めた彼は憤怒に駆られ、「画家の作品と、それが意味するすべて」を、「過去」を、そして「この恐るべき魂の命」(241)を葬り去るべく、まさにバジルを絶命させた同じナイフを画像に突き刺す。しかし物語を通じて侵犯され続けてきたヒトとモノの境界、そして現実と虚構の境界は、このクライマックスにおいて不可避的に最後のねじれを見せ、ナイフを心臓に受けたドリアンと、無傷の美青年のポートレートが残されるのだ。

「しなびて、しわだらけで、見るもおぞましい顔つき」(242)と形容されるドリアンの死体を、屋敷の使用人たちは主人と見分けることができず、その手の指輪によってようやく「それが誰なのか(who it was)」(242)を判別したとされる。「ドリアンを形づくるもの」の最後の拠り所となるこの数個の指輪が、あくまで恣意的に、無造作に選ばれたモノである点からも、このエンディングがモラルへの単純な回帰とは相容れない皮肉を発していることが示されている。彼の指輪は長年の愛用品などではまったくなく、前述したように彼が身支度を整える際に「何度も取り替える」という言及が一度あったのみの、彼の豪奢なファッション・アイテムの一部にすぎない。そして、他者から見たドリアンの属性のすべてであった美と若さが消滅したとき、醜悪な残滓としての彼の身体はヒトとモノのあわいを漂い、たまたま着用されていたアクセサリーに「大団円」が託される。

じつは、この最終章である第二〇章において、語り手は常に主人公を「彼」と呼び、「ドリアン」という名前を一切用いない。ヘンリー卿の屋敷を出た彼が歩いて帰宅する道すがら、すれ違った二人組の若者が「あれがドリアン・グレイだ」(237) と囁き、さらにナイフが刺された後の叫び声を聞いた通行人と警官の間で「ドリアン・グレイ氏の屋敷です」(241) と語られるが、これらを除いて彼の名前は頑なに文章中に現れない。もちろん、たとえばドリアンとヘンリー卿の対話が中心となる直前の第一九章とは異なり、ドリアンがこの章を通じて誰とも会話せず、彼の「内的独白」が語りの大部分を占めることから、語り手の用いる「彼」が誰を指すかは常に明白であり、敢えて名前を使う必要がない、という理由づけも可能である。しかし同様に、彼の思考と意識がすべてとなる有名な第一一章において、[7] たとえば「しかしドリアン・グレイには、感覚の本質は理解されたことがないように思えた」(141) といった形で、語り手は数回にわたり名前を、しかも「ドリアン・グレイ」とフル・ネームを用いている。

最終章において、語り手があくまで伝聞の形でのみ、その名前を伝える主人公は、すみやかに「彼」から「それ」に変容する。肖像画にナイフを突き立てたのち、死体となって横たわったヒト/モノは何であったのか。消え失せたバジルの身体、「生きながら死んでいる」ドリアンの魂、そのドリアンの中に、そして彼のポートレートの中に生き続けるバジルの魂、そのすべてが一体となった「それ」が「誰」かは、その指にたまたま鎮座していた指輪に託される。そしてこのあまりに不穏な結末は、「もとどおり」になったポートレートが一見示唆するヒトとモノの境界の修復のイメージを、裏切り続けているのである。

◉註

（1）パメラ・サーシュウェルは本作で強調される「影響力」を、当時の医学及び心理学分野で盛んに研究されていた「催眠術」と関連づけ、さらに本作とその作者が社会に及ぼす「悪影響」について当時の言説が示した「集団催眠的ヒステリー」について議論している。

（2）二〇一五年七月の『ガーディアン』掲載のジョン・サザランドによる記事「これがブロンテ姉妹の本当の写真なら、私はヒースクリフだ」において、ブロンテ協会のコレクションズ・マネージャーの「写真に撮られることは非常に高価なプロセスであり、田舎牧師の娘たちにはきわめて稀なことだったであろう」という言葉が引用され、「ブロンテ姉妹の写真」が存在する可能性の低さが指摘されている。

（3）デイヴィッド・シムキンによれば、ディケンズは一八四一年に英国初の銀板写真スタジオで写真に収められたが、その写真は現在は消失している。

（4）ノヴァクは、当時最高の肖像写真家であったアメリカ人ナポレオン・サロニーによるワイルドの肖像写真撮影の経緯を、著書の第四章において詳説している。

（5）ナンシー・アームストロングは、「リアリズム」という概念構築において一九世紀後半に写真が果たした決定的な影響を考察した著作において、まさに写真によって当時のヨーロッパの人々は「リアル」という概念を共有し、いわゆるリアリズム小説において「写真的イメージによって描写され得るもの」こそが「リアル」の定義となっている、と論じている（10）。

（6）スーザン・ジーガーはこうした一般的解釈を「誤読」とし、レイチェル・ボウルビー（一九九三年）やチャールズ・ベルンハイマーの主張に与する形で、この結末の「ダークなユーモア」（196）を強調している。

（7）第一一章は、快楽主義やダンディズムについてのドリアンの思考が詳述され、彼が耽溺する書物、音楽、宝石その他の事物が事細かに紹介される。実際に、これらの文章の多くが当時の美術館カタログ等からの「剽窃」であることが従来指摘されてきたが、サンドラ・M・レナードはワイルドの「剽窃」行為が「切り取られ、人目にさらされるモノとして文章を扱うことで、デカダンな物質主義という自らのテーマを強調する」ための計算され尽くした「手法」(157)であったと論じている。

コラム　作家たちのポートレート❶

オスカー・ワイルド（一八五四―一九〇〇）　*Oscar Wilde*

オスカー・ワイルドは、強烈なヴィジュアルの力によってその社会的ポジションを確立した初の作家と言えるだろう。オックスフォード大学の学生時代から、すでに独自の美意識を打ち出したファッションとスタイルで人々の注目を集めることに情熱を傾けていた彼は、もちろん疑う余地のないその文学的才能で作家としての名声を得るはるか前から、セレブリティとして生きていた。一八八二年にアメリカへ講演旅行に赴いた際、本章の註でも言及した有名写真家ナポレオン・サロニーによって、現在でも広く知られている一連の肖像写真が撮影されたが、サロニーはアメリカ国内でのワイルドの独占肖像権を獲得するために、「ベル・エポック」の象徴として知られるフランス人女優サラ・ベルナールに支払ったと同等の金額を惜しまなかったという（フランクル 二〇二一年 11）。しかし、そもそもこの時点でワイルドの戯曲はまだ一本たりとも上演されてはおらず、アメリカでの「講演」は英国と共に現地でも人気を集めていたギルバート・アンド・サリヴァンのオペラにからめて「耽美主義」について語るという趣旨のものだった。その劇中に、ワイルド自身をモデルとした耽美主義者が登場していたのである（エルマン 267）。

現代人の感覚では、ワイルドのポートレートを見て「お洒落」あるいは「美しい」とは思っても、「耽美主義者」という大仰な表現には結びつかないだろう。しかしワイルドの同時代の人々が見慣れていた、多くは盛大にひげを生やしたヴィクトリア朝のいかめしい男性有名人の姿とは、彼はあまりにも異なっていたのだ。ニコラス・フラン

オスカー・ワイルド（1854-1900）

クルは、「なびく長髪、なめらかに剃り上げられた顔、カラフルで柔らかな衣装」というワイルドのスタイルが、「むしろジム・モリソンやミック・ジャガー、デヴィッド・ボウイ等の一九六〇年代から七〇年代の男性アイコンたちと、よほど共通項がある」（二〇二一年 㟢）と述べている。

一方で、ダニエル・A・ノヴァクが指摘するのは、サロニーというプロフェッショナルの介入の度合いである。この写真家が名声を確立したのは、その天才的な「ポージング」の技にあったという。サロニーはモデルの姿をポートレートが「正しく」写し出すためには、モデルは「アイデンティティ、主体性、自意識」を捨てなければならない、という主義に立っていた（ノヴァク 132）。ワイルドの同時代においても、そして現代においても「ワイルド像」として広く普及したこれらのポートレートの中で、じつはワイルド自身は「サロニーの考え」を反映させるための「抽象的な材料」（133）としてその身体を提供していた、というノヴァクの議論は、本書のテーマとも重なり興味深い。

よく知られているように、ワイルドの評判を高めるために大きく寄与したこれらのポートレートは、やがてその「悪名」によってさらに流布されることになる。世界中に喧伝された「ワイルド裁判」の結果、二年の刑期を終えて一八九七年に出獄した後も、「オスカー・ワイルド」が平和に生きられる場所は存在しなかった。その人生の最後の短い期間、ワイルドは文字どおりそのアイデンティティを捨てることを余儀なくされ、「セバスチャン・メルモス」という名前でヨーロッパを転々とすることになったのだ。

一九〇〇年の春、すなわちその死の半年ほど前にローマを訪れたワイルドのスナップ写真が残されている。この時期、自分でも写真撮影にのめりこんでいたという彼は、その写真の中で山高帽を被り、コート姿で煙草をくわえ、右手を腰にあてて背筋を伸ばし、やや険しい表情ながら、明らかに被写体としてポーズを取っている。心身共に苛酷極まりない二年間の牢獄生活が、しかし空白の日々ではなかったことは、どのような名前になろうとも、どのような姿になろうとも、彼が手放さなかったペンが雄弁に伝えている。その「深き淵」から還った彼のヴィジュアルは、サロニーによる「ワイルド像」とは遠く隔たっているが、その目はあくまでもまっすぐに、カメラを見つめている。

1900年春、ローマでのオスカー・ワイルド。

第２章

「フェイクの証」の図版写真

ヴァージニア・ウルフ
『オーランドー―ある伝記』
(1928)
Virginia Woolf,
Orlando: A Biography

ストーリー

時は一五八八年の英国、エリザベス一世の寵愛を受ける美貌の若き貴族オーランドーは、先祖代々の屋敷で創作にふけりながら、また一方でさまざまな女性たちとの恋愛にも忙しかった。しかし一七世紀の初め、英国が大寒波に見舞われる中、オーランドーはロシアのプリンセスであるサーシャと出会い、はじめて真剣な恋、そして嫉妬を経験する。愛し合う二人は駆け落ちの計画を立てるが、約束の日、ちょうど氷が溶けて船が航行可能となり、サーシャは彼を裏切ってロシア行きの船に乗り、オーランドーは一人取り残されてしまう。

時は流れ、一七世紀半ばに二〇代である彼は、宮廷での地位も失い、ただ屋敷で狂ったように執筆に励む日々であった。有名な作家のニック・グリーンを屋敷に招くものの、彼が滞在後に「詩人を夢見る大貴族」として自分を諷刺する小冊子を出版したことを知り、オーランドーは「人間と手を切る」ことを宣言する。しかし隠遁生活を続ける彼のもとに、ルーマニアの皇女ハリエットがまとわりつくようになり、彼女への奇妙な欲望に悩まされるオーランドーは、チャールズ二世に願い出てコンスタンティノープル大使に任命され、現地に赴く。

コンスタンティノープルにおいて、大使オーランドーは職務に励み、公爵領とバース勲章を得ることになるが、その祝賀パーティの夜に反乱が起き、国中が大混乱となる中で、彼は突然昏睡状態に陥る。そして七日後に目覚めた彼は、女性になっていた。こうして三〇歳で性が変わったオーランドーは、その後ジプシーの部族と行動を共にして、コンスタンティノープルを去る。しかしやがてホームシックに襲われたオーランドーは、ジプシーたちと別れて英国行きの船に乗りこむ。

一八世紀の英国に女性として帰ってきたオーランドーは先祖代々の屋敷に戻るものの、すでに死んだと思われていたオーランドーが女性になって現れたことから、長期にわたる訴訟に巻き込まれる。彼女は少年時代から書き続けてきた詩「樫の木」に再び取り組む一方、ロンドンでジョナサン・スウィフト等の文人たちと社交し、また男装して娼婦たちと知り合うなどして新しい日々を謳歌する。しかし一九世紀の到来と共に、オーランドーの自由な精神は閉ざされ、彼女は自分が未婚であることを痛切に感じるようになり、同時に詩作も停滞してしまう。そんなある日、屋敷近くの荒野で転んでしまったオーランドーのもとに、馬に乗ったマーマデューク・ボンスロップ・シェルマーダインという郷士が現れ、瞬く間に恋に落ちた二人は結婚する。時を同じくして、訴訟が決着し、オーランドーは屋敷の正当な持ち主と認められる。やがて船乗りであるシェルマーダインはケープタウンに向けて出航し、残されたオーランドーは「樫の木」の詩を完成させ、ロンドンで再会したニック・グリーンの勧めによってそれを出版する。そして息子を出産したオーランドーが、一九二八年に三六歳でシェルマーダインの帰国を屋敷で出迎え、頭上の空に一羽の雁を目にするところで物語は終わる。

「フェイク」としての「伝記」

本章で取り上げる「小説の中のポートレート」は、ほぼすべての点で他の章のポートレートとは異なっている。まず、これら八点のポートレートは図版として作品中に掲載されており、読者はその「実物」の白黒写真を見ることができる。そしてタイトルが示すように、この作品は「伝記」として提示されている——すなわち、実在の人物の事実に基づく一生の記録として読まれることを求めている。したがって、八点のポートレートの役割は、その「事実」を裏づけることと想定されるわけだが、実際に読者が誘われるのは、エリザベス一世に仕える一六歳の青年貴族オーランドーが、三〇歳であった一七世紀後半に一夜にして男性から女性になり、結婚、出産を経て一九二八年の「現在」、三六歳の人生を謳歌しているという奇想天外な虚構世界である。そして、その中に点在するポートレートは、「少年時代のオーランドー」と題されたレースとヴェルヴェットの豪奢な衣装に身を包んだ若き貴族の肖像画に始まり、二頭の犬と共に一人の女性がひっそりと野外にたたずむ「現在のオーランドー」のスナップ写真で終わる。すなわちこれらのポートレートは明らかに「フェイク」であり、モデルは「オーランドー」であるふりをしているか、あるいはまったく本人のあずかり知らぬところで「オーランドー」に作りかえられている。八点のポートレートのうち三枚は、初恋の人をはじめとするオーランドーの三〇〇年を超える人生に登場した人々として提示されるが、もちろんこれらについても同様に「フェイク」である。

この不可思議な「伝記」、そして八枚のポートレートを世に送り出したのは、経済学者ジョン・メイナード・ケインズや作家E・M・フォースターなどと共に、当時の伝説的な知識人サークル「ブルームズベリー・グループ」の一員として知られ、作家として脂の乗り切った時期を迎えていた、当時四六歳のヴァージニア・ウルフである。

一九〇一年の女王の逝去と共にヴィクトリア朝を後にし、二〇世紀を迎えた英国民の新時代への期待は、第一次世界大戦がもたらした近代兵器による大量殺戮によって無残に破壊された。その精神的「荒れ地」から、アートによる新しい意識、新しい生の在り方を模索した「モダニズム」の作家の中で、ウルフは今日に至るまでその革新性がもっとも活発に、そして多様な領域で議論されているアイコン的人物と言えるだろう。『オーランドー』出版の翌年である一九二九年に発表されたエッセイ『自分ひとりの部屋』は、今なおフェミニズムを語る際に欠かせない古典であり、その父権社会への厳しい視線はのちにファシズムの脅威と結びつけられ、戦争と平和についての論考『三ギニー』（一九三八）に結実した。またもちろん『ダロウェイ夫人』（一九二五）や『灯台へ』（一九二七）等の実験的小説は、モダニズムの代名詞的存在であり、特に前者はアメリカ人作家マイケル・カニンガムによる小説『めぐりあう時間たち』（一九九八）をはじめとする、多彩なアダプテーションを生み出している。

『めぐりあう時間たち』の中で、一人のキャラクターとして描かれた「ヴァージニア・ウルフ」は、二〇〇二年の映画化の際にはニコール・キッドマンが演じて話題となったが、そこでもクローズ・アップされた彼女の精神病、そして一九四一年にサセックスの自宅近くの川で入水自殺したという伝記的事実から、ウルフという作家については苦悩する繊細かつ陰鬱な知的エリート、というイメージが強い。しかし残された資料や、彼女を知る人々の言葉、そして何よりもウルフ自身の文章の多くが示すのは、生に対する飽くなき活力と欲望、さらに時に度肝を抜かれるほどの遊び心と大胆さである。そして『オーランドー』こそ、彼女のこのような一面をもっとも雄弁に証明している作品だろう。すなわち、よく知られているように、女性としてのオーランドーを写したとされる掲載写真のモデルはすべて、ウルフ自身が愛した当時の人気作家にして名門貴族サックヴィル家の末裔、そして外交官ハロルド・ニコルソンの妻であった、ヴィタ・サックヴィル＝ウェストなのだ。

『オーランドー』を完成させたとき、ウルフは「ジョークとして始めたが、本気になって取り組んでしまった。そのため、若干まとまりに欠けている」(『日記』三巻 185)とのコメントを残しているが、たしかに本作をあらすじの面でも、また批評的にも「まとめる」ことはきわめて難しい。フェミニズム、ライフ・ライティング研究、アダプテーション研究等、非常に幅広いアプローチでこれまで数多の論考が重ねられてきた作品であるが、全体のテーマに則して、本章では図版として登場する八枚のポートレートに焦点を絞りたい。まずは本作の理解に不可欠な伝記的事実を確認し、これらの図版の特徴を整理した後、自身の作品としてはじめて図版を文字テクストに取り込んだウルフの公私にまたがる意図を検証することで、「モダニズムの知的アイコン」による、現実の恋人を虚構化して大衆にさらすという行為の複雑な意義、そしてこれらのポートレートとウルフ、そしてヴィタの「自己」との関連性を解き明かしていく。

「最長のラブレター」

まずは、英文学史上でも有名なウルフとヴィタの関係について概観しよう。一九二二年に出会ったとき、二人は共に既婚者であり、ヴィタには二人の息子がいた。次男のナイジェルがのちに出版した両親についての伝記、『ある結婚のポートレート』(一九七三)で詳説されるように、もともと両性愛的傾向にあったハロルドとヴィタは「オープン・マリッジ」を実践し、それぞれが同性の恋人たちとの関係を繰り広げながら、夫婦の絆を堅持していた。ヴァージニアもまた、作家であり政治評論家のレナード・ウルフと一九一二年に結婚して以来、二人三脚で出版社ホガース・プレスを経営しながら自身の創作に励んでいた。一九二〇年代半ばからウルフとヴィタの関係は深まり、熱烈な賛辞と愛の言葉を手紙で頻繁に送り合い、それぞれの家を訪問しながら、二人きりで時を過ごすようになる。

ナイジェル・ニコルソンが『オーランドー』について述べた「文学の形を取った、史上もっとも長く、もっとも魅力的なラブレター」(201)という評が枕詞のように引用されることもあり、ウルフとヴィタの恋愛関係、そしてウルフのレズビアニズムについては異論なきものとして語られることも多い。しかし、現時点でのウルフの「決定版」と言える伝記を著したハーマイオニ・リーは、ウルフのセクシュアリティについて次のように述べている。

> ヴァージニアの同性好みは、子ども時代からの事実であった。[中略] しかしキスやペッティング、親密な会話を欲し、そして与えられていたとはいえ、彼女は自らを同性愛者とは見ていなかった。性的指向によって一つのグループに自らを分類するようなことには(ただの「妻」、あるいは「小説家」であると、自身を見なしたくなかったのと同様に)耐えられなかったのだ。彼女は、あらゆるカテゴリーを排除することを望んでいた。(490)

リーが指摘するように、共に作家であるこの二人の女性は互いへの手紙の中で競い合うように、時に性的含意に満ちた愛情表現を噴出させているが、そこには避けがたいナルシシズムがあり(485)、ウルフの場合は日記、ヴィタの場合は任地にいる夫への手紙に記される言葉とそれらの間にはギャップが見られる。

とはいえ、一九二六年五月の日記に記された「私はヴィタに恋しているのかしら? でも恋とは何?」(第三巻87)というウルフの言葉が示すように、一人のときには自問と内省が滲み出ようとも、この時期の彼女にとってヴィタが「女友だち」をはるかに超えた存在であったことは確かと言えよう。ヴィタの不在がもたらす空虚感、彼女を取り巻く他の女性たちへの嫉妬は、本人に宛てた手紙だけではなく日記にも克明に記されている。その一方で、第一章で取り上げたオスカー・ワイルドのケースとは異なり、女性間の同性愛は定義さえされていなかったため「犯罪」ではなかったものの、『オーランドー』と同年に出版されたラドクリフ・ホールのレズビアン小説『孤独の泉』が猥褻図書として発禁処分になった事実が示すように、レズビアニズムも厳しい検閲の対象となっていた。このように、「分類」を忌避する個人的葛藤に加え、社会的圧力にも抗しながら、ウルフはヴィタという女性の強烈な生と性に否応なく惹きつけられていったのである。

八枚のポートレート

ヴィタをモデルとした「オーランドー」の写真、そして本の扉にくっきりと記された「V・サックヴィル゠ウェストに」という献辞は、この虚構のキャラクターの「伝記」へのヴィタの関与の大きさを如実に示している。ウルフの日記に「ヴィタが若い貴族のオーランドーとなる」（第三巻 157）本作の構想が示されたのは一九二七年九月二〇日であり、それから彼女はこの「真実であり、空想的でもある」（第三巻 157）本の執筆に夢中になる。

ウルフは最初の段階から、伝記作家による「序文」や巻末の索引まで備えたこの虚構の「伝記」のお膳立てとして、図版を欠かせない要素と考えていたというが（リー 512）、それでは順を追って、この八枚を見ていこう。冒頭に登場する「少年時代のオーランドー」は、サックヴィル家代々の広壮な城であるノールのギャラリーに並ぶ先祖の肖像画の中の一枚を写真に収めたものである。元の肖像画は第四代ドーセット伯爵エドワード・サックヴィル

【図 2-1-1】「少年時代の
オーランドー」

【図 2-1-2】「子ども時代の
ロシアのプリンセス」

（一五九一―一六五二）の二人の息子を描いていたが、ウルフは右半分の弟の姿のみを切り取る形で用いている（【図2―1―1】）。

二枚目は「子ども時代のロシアのプリンセス」と題された写真だが、作中で「サーシャ」と呼ばれるこのオーランドーの初恋の少女に扮しているのは、ウルフの姉ヴァネッサ・ベルの娘、すなわちウルフの姪にあたるアンジェリカである。子どものいなかったウルフは彼女を非常に可愛がっており、この当時九歳の彼女の写真は画家でもあるヴァネッサが自ら撮影したとされる（【図2―1―2】）。

そして三枚目の「ハリエット皇女」と四枚目の「大使オーランドー」は、一枚目と同様にサックヴィル家のコレクション中から選ばれた肖像画であり、それぞれ第四代ドーセット伯爵夫人のメアリーと、第五代ドーセット伯爵リチャードを描いている。ハリエット皇女は、一七世紀後半の時点でオーランドーに恋慕するルーマニアの貴族で、執拗な彼女を嫌悪しながらも自らのうちに沸き起こる奇妙な欲望から逃れるためにオーランドーはチャールズ二世に懇願して、特命大使と

【図 2-1-3】「ハリエット皇女」

【図 2-1-4】「大使オーランドー」

してコンスタンティノープルに旅立ち、その地で女性に変容することとなる。現在のノールに管理者として居住している第七代サックヴィル男爵ロバート・サックヴィル＝ウェストの案内のもと、これらの肖像について詳細な調査をおこなったクリスティーン・フォアメによれば、コンスタンティノープルの大使時代のオーランドーにさせられている、四枚目のモデルであるリチャードは、じつは一枚目で切り取られてしまった兄と同一人物であり、さらに三枚目で描かれたメアリーはこの兄弟の母親にあたるという（24）（【図2-1-3】【図2-1-4】）。

そして五枚目「英国に帰ったオーランドー」として登場するのが、あらわな肩に豪奢な真珠のネックレスを着けたヴィタの華麗な肖像写真である。六枚目の「一八四〇年頃のオーランドー」もヴィタを写したものだが、これは五枚目と同時期にヴァネッサと彼女の恋人ダンカン・グラントによって撮影されている。五枚目について従来の研究ではロンドンの写真スタジオ、ルナールの手になるものと考えられていたが、フォアメはこれも六枚目同様、ヴァネッサたちによる個人撮

【図 2-1-5】「英国に帰ったオーランドー」

【図 2-1-6】「1840 年頃のオーランドー」

影の可能性が高いと指摘している（25）（【図2-1-5】【図2-1-6】）。

七枚目の「マーマデューク・ボンスロップ・シェルマーダイン」は、女性になったオーランドーが一九世紀の英国で恋に落ち、結婚する男性の名前だが、一八二〇年頃に描かれたというこの肖像画のモデルも画家も不明となっている。この絵はヴィタが、夫のハロルドに似ているという理由でロンドンの画商から買い求めたものであり、一九二八年四月の手紙でウルフは彼女にこの絵を写真に撮るよう頼んでいる（『書簡集』第三巻 484）。そして八枚目の「現在のオーランドー」は、自身の田舎の屋敷ロング・バーンの敷地にたたずむヴィタを、ウルフの求めに応じて夫レナードが、あるいはウルフ本人が撮影したと考えられているスナップ写真である（次頁【図2-1-7】【図2-1-8】）。

さらにじつは、ホガース・プレスが出版した『オーランドー』の初版の表紙カバーには、実際にエリザベス一世からノールを贈られた初代ドーセット伯爵トマス・サックヴィルの肖像画が使用されていた。しかし初版の段階でさえアメリ

【図 2-1-8】「現在のオーランドー」

【図 2-1-7】「マーマデューク・
ボンスロップ・シェルマーダイン」

【図 2-2】『オーランドー』
初版本表紙カバー

カ版ではこの表紙絵は使用されておらず、日本での翻訳も含め、現在流通しているヴァージョンに掲載され続けている八点の図版に比して、作品との関係性は限定的であるため、本章での議論からは除外することとする（【図2―2】）。

「フェイク」としてのポートレート

『オーランドー』に登場するこれら八枚のポートレートの最大の特徴は、前述したように「フェイク」のひと言にまとめられる。すべての図版には描かれた、あるいは写された人物の名前がタイトルとして示されているのだが、その情報は例外なく偽りである。そして、これらの図版研究についてのパイオニア的存在であるヘレン・ウソーが指摘するように、ここでウルフが読者に求めているのは「画像と言葉との間に存在する巨大な裂け目を埋めないこと」（一九九七年 54 筆者による強調）なのだ。そのため、八枚のポートレートは統一性のなさ、そして時代考証の欠如によって、その「フェイク」ぶりをあからさまに提示している。

まずメディアの面では、一七世紀の肖像画を写真に収めたものと、スタジオ撮影風の背景付きの肖像写真、加えて野外でのスナップ写真が混在している。『オーランドー』の物語がカバーする三〇〇年以上に及ぶ歴史は、もちろんその中で主人公がスロー・モーションのようにしか年を取らない、一夜にして男性から女性に変わる等の明らかな「ファンタジー」要素があるものの、一方で英国君主は史実どおりに交代していき、戦争が起こり、ガス・オーヴンや電報、自動車が順を追って登場してくるという意味では、「現実」の時の経過を刻んでいる。つまり図版においても、せめてメディアについては正確に時代を反映させようと思えば、油彩の肖像画からスナップ写真へと順番に並べる方法もあり得たわけだが、ウルフは異なる道を選んだ。

すなわち図版二枚目の「子ども時代のロシアのプリンセス」で早々に写真が登場するが、このオーランドーの初恋の人サーシャが登場するのは、大寒波が英国を襲った一六〇八年一月とテクスト中で明記されており、その彼女の子ども時代が写真で提示されるのは、明らかすぎる時代錯誤である。鮮明とはいえない白黒写真だが、一枚目の「少年時代のオーランドー」と並置されれば、簡素な木の柵にもたれたようなポーズも、虚空を見つめる目線の角度も、あまりにも当時の高位の人々のポートレートとは異なっており、「写真」と明記されていないものの、これを肖像画と誤解することはあり得ないだろう。(1) 同様に五枚目の「英国に帰ったオーランドー」についても、作品中では主人公の帰国は一八世紀初めのアン女王時代とされており、商業写真の発明には遠く及ばない。ロンドンではじめての写真スタジオが一八四一年三月に開店したという事実から（リンクマン 22）、ようやく六枚目の「一八四〇年頃のオーランドー」の写真にして、辛うじて可能性が出てくるという時代設定である。

しかし前述のフォアメやケイト・フェイバー・エストライク等の、多くの研究者が指摘するように、この六枚目で問題となるのはむしろファッションだ。写真の中でヴィタがまとっている花模様の派手なブラウスとチェックのスカートという組み合わせ、そして大きな帽子は、ヴィクトリア朝中期のものとはかけ離れており、むしろ本作での「現代」である一九二〇年代のボヘミアンな、あるいはまさにブルームズベリー的なセンスが色濃い。そして唐突に七枚目としてオーランドーの「夫」が、再び肖像画で挟み込まれた後、最後の「現在のオーランドー」としてスナップ写真がはじめて登場する。ようやく写真が信憑性を持ち得る時代設定であるにもかかわらず、この野外風景の中のオーランドーの姿は小さく、容貌や服装も判然としない。

こうした脈絡も信頼性も欠如した「フェイク」な図版使用の意図については、さまざまなアプローチから考察されているが、ほぼ共通して指摘されるのは『オーランドー』という作品全体に通底する、従来的な伝記ジャンルへの挑戦の一環として、通常は事実の補強、証左として使用される図版を、むしろ虚構性を強調し、暴露する手段にしたという、言わば「逆手」の利用法である。ウソーは、「偽りの証拠を写真によって提示することで、題材を忠実に扱うという伝記の前提を揺るがす」(一九九四年 2)と評したが、こうした「偽りの証拠」としての図版使用は、たしかにモダニズム作家ウルフにふさわしい、旧体制への、遊び心に似せた宣戦布告と考えられる。ウルフの長年の友人であったリットン・ストレイチーもまた、偉人の生涯の「真実」の美化に努め大英帝国における家父長制社会の補強に与した一九世紀的伝記を刷新する目的で、一九一八年に『ヴィクトリア朝偉人伝』を出版しているが、シュザンヌ・レイットをはじめ、『オーランドー』と本作の関連性に言及する研究者も多い。

しかしこうした「フェイク」ならではの役割の一方で、ウルフ自身の姪を写した二枚目を除き、サックヴィル一族と直接・間接的に結びついているこれらの図版は、オーランドーのモデルがヴィタであるという「事実」の偽らざる証拠、という逆の機能も担っている。これも伝記の慣例にまことしやかに従う形で謝辞が示された序文、そして前述した献辞を除いては、テクスト中に「ヴィタ」あるいは「サックヴィル」の名前が登場することはない。明らかにサックヴィル家のノールに基づき「三六五の寝室を有する」(104)オーランドーの館の描写、さらにヴィタの祖母にあたるペピータの名が言及され、ヴィタ自身が発表した詩の一部がオーランドーの作品として使用されるなど、彼女とのリンクは数え切れないほどテクスト中に埋め込まれているが、これらの図版がなければ、限られた人々のみに通じるプライヴェート・ジョークの範疇に留まったことだろう。研究者アナリーサ・フェデリーチが指摘するように、「ファンタジー要素と伝記的事実の混淆は、実在の人物を写した本物の写真でもあり、フェイクでもあるという、これらの図版が持つ二重の性質と呼応して」(154)おり、これらのポートレートは「伝記」としてはいかにフェイクであろうとも、ある一つの「事実」をたしかに証明している。その「事実」とは、ヴィタ・サックヴィル＝ウェストとその一族という現実の存在を、自らの虚構の伝記に公然と取り込むことをウルフが欲し、実現したということに他ならない。

本章の冒頭に記したように、『オーランドー』に登場する八点のポートレートは、他の章で取り上げる、小説中で言葉によって創造され、描写されるポートレートとは大きく異なっている。しかし、実際にその画像が提示されているという表面的な相違よりもさらに決定的なのは、ポートレートをめぐる欲望の物語が、言語化されていないという点である。ポートレートに封じ込められたものは何なのか。提示する者と提示される者のドラマはどのように動いたのか。テクスト中には現れない「ヴィタ」と「ヴァージニア・ウルフ」の欲望、そして二人の自己をめぐる物語を、伝記的事実を参照しつつ、あくまでも私たちの目に見えるこれらのポートレート、そして「オーランドー」という虚構のキャラクターから読み取ることを、ここから目指していきたい。

サックヴィル一族の肖像画

それでは八枚の図版のうち、ヴィタの先祖を描いた三枚の肖像画にまず注目してみよう。一枚目の「少年時代のオーランドー」が、一七世紀のサックヴィル一族の兄弟を描いた肖像画の右半分だけを切り取って撮影されたという事実からも明らかなように、これらの歴史的な肖像画に対するウルフの態度は野放図と言ってよい。出版後にノールの当主でありヴィタの叔父にあたるチャールズ・サックヴィル＝ウェストが、コレクションの絵画使用を正式に許可した覚えはないとウルフに苦情を述べた（ヒルシュ 173）のも無理のないことだろう。ヴァルター・ベンヤミンの語った、「複製技術は、オリジナルの模造品をオリジナルそのものではとうてい考えられない状況のなかにおくこともできる」（一四）という状況がまさに実現していたわけだが、貴族の居城のプライヴェート・コレクションが写真に収められ、書籍化されて書店に並ぶということそのものは、この当時、もはや珍しいことではなかった。一九二二年に、他ならぬヴィタが著した歴史書『ノールとサックヴィル一族』にも、じつはこのまったく同じ兄弟の絵が掲載されており、すでに複製化、モノとしての大衆化は実行済みであったのだ（【図2-3】）。

しかし、ウルフの行為は単なる肖像画のコピーではなく、それを寸断し、モデルのアイデンティティに容赦なく虚構のキャラクターを上書きするというものである。『オーランドー』におけるサックヴィル家の肖像画の利用に

【図2-3】「第4代ドーセット伯爵エドワードの二人の子息」コーネリアス・ニューイ作。

ついて、フォアメはのちの『三ギニー』に通じるウルフの特権的貴族階級への攻撃と解釈し、極端に細い身体に華美をきわめた服装のメアリーを描いた三枚目を例に挙げながら、ウルフがこうした「滑稽な」絵を敢えて選び出したのは、「あざけりの対象にふさわしい、どうしようもなく尊大な貴族階級の類型」(26)を提示するためであったと主張している。たしかに、しばしば引用されるように一九二七年一月にはじめてヴィタにノールを案内された後、ウルフは「ジャッド街にいる貧しい人々すべてを収容できるのに、たった一人の孤独な伯爵がひそんでいるだけ」(『日記』第三巻 307)という皮肉なコメントを日記に残している。アッパー・ミドルの知識階級である自身とは桁違いの大貴族であるサックヴィル一族、ひいては特権階級全体への彼女の姿勢は、生涯を通じて反発と憧憬が入り交じったアンビヴァレントなものであった。彼らの富と歴史の象徴である肖像画を、モダニストとしてのウルフが「リスペクト」を欠く形で利用したことは、驚くに値しないかもしれない。

とはいえ、ウルフが肖像画を用いてサックヴィル家が代表する特権的貴族階級を攻撃したとすれば、まさにその系譜に連なる恋人ヴィタをも批判することになる。この点についてフォアメは、図版においてヴィタ本人はすべて肖像画ではなく写真で示されており、この「安価かつ現代的、しかも平等主義の」(32)媒体によって、「貴族階級という檻の外」(34)の自由な存在として描かれている、と説明する。その社会的地位からヴィタの肖像画は当時すでに少なくとも二点制作されており、[2] 祖先たちと同じく肖像画によって「女性版オーランドー」を提示することも十分に可能であったわけだが、ウルフはその選択肢を採らなかった。そこには、肖像画と写真というメディアの差異によって、ヴィタを先祖たちから切り離そうとする意図がたしかに感じられる。

しかし、ヴィタ自身の手になる歴史書『ノールとサックヴィル一族』に掲載された「少年時代のオーランドー」のオリジナル画、そしてそこに添えられたヴィタの文章を見ると、遠い存在ではありながら、彼女にとってはこうした祖先たちが確固とした人格を持っていたことが伝わってくる。清教徒革命において、王党派としてクロムウェルと戦った第四代ドーセット伯爵について詳しく書き綴った後、ヴィタは彼の二人の息子たちを描いたこの肖像画を示しながら、父親を襲った「悲劇」について語る。

彼の長男であるバックハースト卿は、ミドルセックス卿とサー・ケネルム・ディグビーと共に、マイルズ・エンドド・グリーンで早々に捕虜となってしまった。そして次男のエドワードもまたオックスフォード近くのキドリントンで囚われ、まもなくアビンドンにおいてクロムウェル一派によって無残に殺されてしまった。私がこの亡くなったエドワード・サックヴィルについて知っているのは、非常に若くしてナイト爵位を与えられたこと、「優れた化学者」と評されていたこと、そして詩の中で次のようにその死が嘆かれたということだけだ。（106）

そしてヴィタは、「彼を失うことで身体の一部を失った」（106）思いの友人たちについて詠われた詩を紹介し、この二〇歳前後の若さで没したエドワードについての説明を終える。この短い引用からも明らかなように、ヴィタは一族に連なる者としての自らの立場を強調しながら、この長大な歴史書に登場する祖先たちを血の通った存在として提示しようと努めているのだ。

じつは、この『ノールとサックヴィル一族』の本を、ヴィタは知り合って最初のギフトとしてウルフに贈っている（リー 487）。そして皮肉なことに、ウルフはこの本を大いに参照しながら『オーランドー』の中にノール、そしてサックヴィル一族を意のままに加工し、織り込んでいくことになる。『オーランドー』用の図版について、二人は一緒にノールのギャラリーで実際に肖像画を見ながら選んでおり、三枚の決定においてはもちろんヴィタの承諾、あるいは推薦があったはずだ。しかし、わずか五年ほどの時間差で出版された二冊の本の中で、あまりにも異なる形で図版化された同じ肖像画を見比べると、容赦なくかき消された先祖たちのアイデンティティ、とりわけ自身が哀惜をもって語ったエドワード・サックヴィルへの「加工」について、ヴィタがどのように感じたのかという疑問が拭えない。そして、このアイデンティティの喪失は、ヴィタ自身を写した写真についても不可避の問題として浮かび上がってくるのだ。

「オーランドー」としてのヴィタ

前述のとおり、オーランドーの像とされる五枚のポートレートのうち、サックヴィル一族の肖像画を利用した二枚は「男性時代」であり、ヴィタをモデルとした三枚の写真が「女性時代」の記録となっている。「英国に戻ったオーランドー」の撮影時の体験について、のちにヴィタは夫ハロルドに「自分の服は脱がされ、合わないピンクのサテンにくるまれて、みじめだったけれど、V（ヴァージニア 筆者註）は大喜びで、写真機の黒いカーテンの下にもぐりこんでは、出来映えをチェックしていた」（グレンデニング 182）と書き送っている。またヴァネッサやダンカンも加わった、おそらく「一八四〇年頃のオーランドー」の写真の撮影についても、「彼らが延々と写真を撮る間、巨大なフレームの内側に座らされていた」と述べており（リー 513）、撮影者たちに囲まれてのモデル体験の孤独さが彼女の言葉には滲んでいる。

もちろんこうした短いコメントから、女性時代の「オーランドー」として図版に収まることはヴィタの本意ではなかった、というような主張はできない。しかし、ウルフのモダニスト的野心による大胆かつ巧妙な図版使用にひそむ、恋人ヴィタの「犠牲」は特に近年の研究において指摘されることが多い。ウルフはヴィタに『オーランドー』の物語の詳細を執筆段階では明かしておらず、完成した初版本を贈られたヴィタははじめて、一読者としてすべてを知ることになる。ヴィタの写真撮影もまた、撮影者と被写体との「コラボレーション」とは程遠かった様子が明らかであり、ハーマイオニ・リーは、前述のヴィタのコメント中の「フレーム」という言葉をもじって、「ヴィタは、まさにはめられてしまったのだ」(513 筆者による強調)と評している。

ここまでの議論が明示するように、『オーランドー』という作品は根本的な矛盾に満ちている。それは虚構の伝記であるが、現実の一族に深く依拠している。その図版はすべてフェイクであるが、描かれた人物は七枚目のモデルを除き、実在が確認されている。そしてこの従来的伝記ジャンルへのモダニスト的挑戦は、同時に個人的な愛の表明でもある。これらの揺らぎをまとめれば、「『オーランドー』はヴィタのポートレートであり、またそうではなかった」(リー 522)ということになり、写真撮影をめぐるヴィタ自身の「みじめさ」、そして市場にモノとして流通され、実際にベストセラー化した「ラブレター」がはらむ攻撃的とも言える力が浮き彫りになってくる。

ヴィタを写した三枚の図版について、ウルフが具体的に何を目指したのか、あるいはそもそもどれほど関与したのかは明確に記録されていない。しかしヴァネッサとダンカンが加わった際の撮影で、ウルフ本人は「『タイムズ』紙の死亡欄を読み上げてはコメントし、皆の笑いを誘っていた」(リー 513)とヴィタが記していることから、その時々の撮影者におおむね任せていた可能性も高い。もちろんすでに確認したように、故意に時代錯誤な衣装を選ぶ等、『オーランドー』の図版として必要な設定には大いに配慮したことだろう。しかしここでウルフが、愛する人の核心を捉えるような「アート」としての写真を撮ることにこだわったとは考えにくい。研究者エリザベス・ヒルシュが指摘するように、ウルフが必要としたのは究極的にはヴィタの「顔」であったからだ。

同一人物？

『オーランドー』の本文中で唯一、直接言及される図版は、五枚目の「英国に帰ったオーランドー」、すなわちヴィタが最初に登場する写真である。

スカートを着用するようになってかなりの時が経った今、ある変化がオーランドーに起こったのだが、それは図版五の彼女の顔を見ただけで読者にも明らかだろう。この女性としてのオーランドーの顔を、男性の頃のオーランドーの顔と比較してみれば、両者は間違いなく同一人物である一方、いくつかの違いが見られるのだ。(180)

「男性の頃のオーランドー」とされるのは、リチャード・サックヴィルの肖像画である四枚目の図版となる。この肖像画とヴィタの写真に血縁的相似を認めるかは見る者によって判断が分かれるであろうが、少なくともウルフとヴィタは似ていると考えていたようだ(ヒルシュ 174)。ヒルシュは、『オーランドー』で使用されるヴィタの顔が、ウルフによる一族の使用を「公認」する役割を果たしていたと指摘し、さらに肖像画に描かれた先祖との相似によって作品に「独特な説得力」をもたらしたと述べている(174)。

言うまでもなく、この二枚を「間違いなく同一人物」とする引用中の語り手の強引すぎる主張は、この作品にみなぎる「フェイク」要素のまことしやかな強調例の一つでもあるのだが、ウルフがヴィタの「外見」の提示のみを図版の目的としていたことを如実に示す言葉でもある。さらに注目すべきは、語り手のあまりに恣意的な画像の利用である。じつはこの引用の少し前、オーランドーが一夜にして男性から女性となった時点でも、語り手は「肖像」について言及している。

> オーランドーは女性になっていた――そのことに否定の余地はない。しかしその他のあらゆる点において、オーランドーは一切それまでと変わっていなかった。性の転換はオーランドーの未来を変えたが、アイデンティティを変えるものではまったくなかった。肖像が証明するとおり、実際のところ顔も同一であった。(133)

最初の引用とは異なり、ここで語り手は具体的に「図版」とは言わず、「肖像（their portraits）」という表現を用いている。そのためこれらの「ポートレート」が四点目と五点目の図版とは確言できないものの、現実的に読者としては二枚の図版を見るしかない。そして語り手は、ここで男性版と女性版の顔が「同一」であることをポートレートが「証明」しているとまで言いながら、五〇ページばかり後では両者に「違い」を見出すことを読者に求めている。

このように、祖先の肖像画との「同一」を、しかも場面に応じて異なる温度差で主張される目的で、ヴィタの顔は提示されている。根本的にフェイクでありジョークである「同一人物」という語り手の言明に、ヴィタのみが提供し得る血筋ゆえの微かな「説得力」は必要だが、その一方で彼女の「内面」はまったく写真の目的の範疇外となる。男性版オーランドーとの「同一」を訴えるための図版において、ヴィタ自身の個性は邪魔でさえあるのだ。

ただしこうした利用は、作家であるウルフが肖像画や写真という視覚表象の力を過小評価していたという主張に繋がるものではけっしてない。マギー・ハムは、ウルフと姉ヴァネッサが「子ども時代から自分で写真を撮り、映画に出かけた初の女性」（二〇〇二年 18）の世代であると位置づけているが、新しいテクノロジーを謳歌しつつ、伝統芸術の世界にも幼少期から親しんでいたウルフと絵画、写真、そして映画等の視覚表象をめぐる研究は、ウルフ批評の中でも一つの巨大なジャンルを形成している。女性写真家の先駆として知られるジュリア・マーガレット・キャメロン（一八一五―一八七九）を大叔母に持ち、姉をはじめとするブルームズベリー・グループの画家たちに囲まれ、さらに美術評論家ロジャー・フライと長年親交を結んでいたウルフは、後年彼の「本物の」伝記を書くことにもなる。『オーランドー』出版の一年前には、若き画家リリー・ブリスコウの芸術的葛藤を物語の中心に据えた名作『灯台へ』を発表したばかりであり、その中でモデルの姿を「紫の三角形」に抽象化することで、その本質を捉えようと苦心するリリーの姿は、モダニストとして新しい形で小説のキャラクターの「生」を描き出そうとしていたウルフと、鮮やかに呼応している。そしてナイジェル・ニコルソンも言及しているとおり、自身を魅了してやまないヴィタの「輝き」もまた、ウルフの脳裡に一枚の写真のように焼き付いたイメージで、日記の中で説明されている。「セブノークスの食料品店で、灯りに照らされたように輝いている彼女。まっすぐ伸びたブナの幹のような脚。ピンクに紅潮して、葡萄を抱え、胸にはパールのネックレス」（『日記』第三巻 52）。

このように、きわめて「ヴィジュアル」な作家であったウルフが、他でもないヴィタの写真について「図版利用」のみのスタンスに留まったことは、やや意外にも思われる。サックヴィル家の末裔として若くして肖像画のモデルにもなっていたヴィタが、『オーランドー』のための撮影現場で感じた孤独や「みじめさ」は、お仕着せの衣装を着せられて「まな板の鯉」になる居心地の悪さや、自らの像が複製されモノと化すことへの抵抗というよりも、求められているのが自らの「外見」のみであり、「内面」が必要とされていないことを悟ったからではないだろうか。もちろん、ウルフによるヴィタの真の「ポートレート」は『オーランドー』の物語を紡ぐ言葉によって描かれたのだ、という反論は成り立つ。しかし文字テクストもまた、八点の「フェイク」図版と同様に、複雑な葛藤と矛盾に満ちた「ポートレート」になることは不可避であった。

創られる「生」

ナイジェル・ニコルソンは、両親の伝記の中の『オーランドー』に関する部分を次のように結んでいる。

ヴィタはこの作品を愛した。本を捧げられれば、モデルにされれば当然嬉しい。だがそれだけではなかった。この小説は、ヴィタをノールと永遠に結びつけるものだった。女性に生まれたために家督を継ぐことができず、その年の初めに父親を亡くしたばかりのヴィタに、ヴァージニアはその天才的な筆によって、他の者には不可能な方法で慰めをもたらした。ヴィタにとって、この本は華やかな仮面劇でも野外劇でもなく、記念のミサだったのだ。(206)

ナイジェルのウルフ評はほぼ常に好意的であり、このコメントにおいても『オーランドー』がヴィタへの「慰め」そして「ミサ」であったとして、「ラブレター」にこめられたウルフの愛を無私の、ある意味で神聖なものと提示している。たしかに、ヴィタが少女時代を過ごし、こよなく愛した先祖代々の館ノールの持ち主となるという、現実には果たされなかった望みは、物語においては一〇〇年を超える訴訟の末に、女性となったオーランドーにその所有が認められ、さらにその息子に相続されるという形で叶えられるのだ。

しかし視点を変えれば、こうしたヴィタにまつわる史実の「操作」をすることで、むしろウルフが「侵入者」(ヒルシュ 171)として、本来縁もゆかりもないサックヴィル一族の家系と歴史に自らの刻印を残した、と見ることもできる。さらにウルフが描き出したのは、ヴィタの願望充足だけではない。そもそも『オーランドー』の物語の最大の特徴として挙げられる、主人公の性が一夜にして変わるという設定には、言うまでもなく両性愛者として夫との間に子どもを儲けながら、女性の恋人を持つというヴィタ自身の性生活が暗示されている。ナイジェルが公開したヴィタの手記、さらにヴィクトリア・グレンデニングによるヴィタの伝記でも詳説されるように、ヴィタは結婚後にも女性との駆け落ち事件を起こすなど、ウルフとは比較にならない激しさでスキャンダラスな恋愛を追求していた。そして文学研究者シュザンヌ・レイットによれば当時「公然の秘密」(79)であった彼女のレズビアニズムを虚構のオーランドーの人生において暗示する「さじ加減」は、ひとえにウルフが握っていたのである。『オーランドー』という「ラブレター」がはらむリスクが明らかになってきたが、しかしその一方で留意すべきは、この二人が共に作家であったという事実である。オックスフォード版の『オーランドー』の解説の中で、レイチェル・ボウルビーは次のように指摘している。

ヴァージニア・ウルフにとってもV・サックヴィル＝ウェスト(出版物には彼女はこの表記を使用した)にとっても、人生とその記述を分けることは不可能だった。両者共に、その人生の一部は記述することによって成り立っており、文章にすることは、それがなくては生きたことにならない、あるいは生きていることになら

ない何かに（二人の方法は非常に異なっていたが）「形を与える」ための試みだったのだ。（xxiv）

究極のプライヴァシーであるはずのヴィタへの愛情と欲望を、非常に巧妙かつ大がかりに虚構化して、自ら経営する出版社から世に出すというウルフの行為を、一般的な感覚で「暴露」あるいは「侵害」と見なすことは適切ではないだろう。ヴィタ自身もじつは一九一八年に、一年後に駆け落ち事件を起こす相手であるヴァイオレット・トレフェシスとハロルドの間で揺れる自らの思いを、表面上はヘテロセクシャルなキャラクターに仮託した小説に描き、その本をヴァイオレットに捧げるということをやってのけている（ニコルソン 150-51）。[3]

とはいえ、自らの「秘密」を自分でコントロールしながら虚構化して公表することと、いかにその知性と才能に敬服しているとはいえ、別の作家の手に委ねることとは大きく異なる。たしかにグレンデニングが記しているように、最初にウルフからオーランドーに「なる」計画を打ち明けられたヴィタは、「すべての自由」をウルフに与えた（181）。しかし「誰でも自分を主人公にした物語を書いてもらえば嬉しい」というナイジェルの無邪気とも思える言葉とは裏腹に、同じ作家であるがゆえに、ウルフの言葉が創り出す自らであって自らではない「ポートレート」に対するヴィタの心境は、実際にはきわめてアンビヴァレントなものであったと考えられる。ボウルビーが指摘するように、それは自分の「真実の生」――公にできないものも含め――が文章にされるか否かという問題ではなく、ウルフによる「ポートレート」が自らの生を創り上げていくという魅惑であり、同時に怖れだったのではないか。そして『オーランドー』という名のそのテクストの生には、永遠に自分の「顔」が重ねられることになるのだ。

ウルフの不在

それではここで、八点の図版の中でオーランドー以外の人物を示した三点に注目してみたい。二枚目の「ロシアのプリンセス」、三枚目の「ハリエット皇女」、そして七枚目の「マーマデューク・ボンスロップ・シェルマーダイン」は、いずれもオーランドーが愛した、あるいはオーランドーを愛した人物である。オーランドーの三〇〇年以上にわたる人生には数多くのキャラクターが登場するが、たとえば詩人としてのオーランドーをめぐるエピソードにおいて世紀を超えて重要な役割を果たすニック・グリーンではなく、ハリエット皇女のようにマイナーな人物が選ばれているのは、「恋愛面」に絞った歴史を図版が示そうとしているからとも考えられる。一九二七年一〇月のヴィタへの手紙において、『オーランドー』はヴィタの「肉体の欲望と、精神の魅惑」(『書簡集』第三巻 429)についての物語である、とウルフは宣言しているのだ。

したがって当然ながら、これら三人の虚構のキャラクターについても、ヴィタの恋愛史にモデルを見出すことができる。すなわちオーランドーを無情に裏切る初恋の「ロシアのプリンセス」は、ヴィタが駆け落ち事件を起こしたヴァイオレットと重ねられ(『書簡集』第三巻 430)、「ハリエット皇女」はヴィタに求愛していたラセルズ子爵の戯画化とされる(グレンデニング 202)。最後の「シェルマーダイン」は、肖像画の由来からも明らかなようにヴィタの夫ハロルドその人である。女性になったオーランドーが出会う理想の男性シェルマーダインは、「軍人で、船乗りで、東洋の探検家」という勇ましいプロフィールながら、オーランドーの「あなたは女なのね、シェル」(240)という台詞に象徴されるように、その両性具有が鍵となっている。オーランドーに息子を授ける一方、航海のためにほぼ不在という設定、またオーランドーが気分によって「マー」、「ボンスロップ」、「シェル」と呼び名を変えるという細かな点に至るまで、ヴィタとハロルドの実生活を示唆する要素が、ここにも散りばめられている。

ウルフによる「ラブレター」が描き出すオーランドーの恋愛史に欠けているのは、ウルフ自身である。図版は言うまでもなく、テクスト中にウルフに重なるようなキャラクターは存在しない。もちろん、『オーランドー』の人生を綴る「伝記作家」、しばしば読者に語りかけ、伝記執筆の困難を訴える語り手を通じて、ウルフはあまねく存在しているとも言える。一九世紀の時点でオーランドーが詩作に没頭してしまったとき、語り手はこのように嘆いてみせる。

しかし、わたしたちは皆、愛とは何かを知っている。オーランドーは愛したのだろうか？　真実の声に従えば、「いや、愛さなかった」とわたしたちは言うしかない。伝記の主人公が人を愛することも殺すこともせず、ただ考えたり想像したりするだけなら、そんな人間は屍も同然であり、放り出すしかないと、伝記作家としては結論しよう。（257）

この引用からも明らかなように、自らの人称として常に「わたしたち」という複数形を用いるこの「伝記作家」は、饒舌な語り口で読者を煙に巻きながら、自らの「題材」であるオーランドーと距離を保ち続ける。そこには、ヴィタに恋するウルフ個人の感情は反映されず、ヴィタの人生への「侵入者」としての欲望は隠蔽され続けている。

しばしば指摘されるように、ウルフによるヴィタの浸食は、「伝記作家」としての語りではなく、「オーランドー」のキャラクター造形そのものによっておこなわれている。リーはオーランドー、そして作品そのものにみなぎるフェミニズムは「ヴィタというよりも、ウルフ自身のもの」（523）であると述べており、ヴィタとウルフの混淆としてのオーランドー像を示唆している。それは、レイットによれば「あたかもウルフがヴィタに「なった」かのような」(34)乗っ取り行為であり、ヴィタの「消去」(34)にさえ繋がるものである。

『オーランドー』が出版された際、もっとも激しい批判をウルフに突きつけたのは、ヴィタの母親、レディ・サックヴィルだった。スキャンダラスな人生という点では、娘にまったく引けを取らない過去を持つ彼女は、ウルフに宛てた手紙の中で、「オーランドーには、いくつか美しい言葉を書いているけれど、どれほど自分が残酷か、たぶんわかっていないのね」と言い放っている(リー 520)。さらに、彼女は所有する『オーランドー』の本のページにウルフの写真を貼り付け、その横に「互いに愛し合っている人々を引き離したいという狂った望みを叶えている、狂った女の嫌らしい顔。私のヴィタを変え、私から引き離してしまったこの女が憎い」と書き込んだという(ハム二〇〇二年 50)。ヴィタとも難しい関係にあったレディ・サックヴィルの言葉には、彼女自身の病的な独占欲も大いに感じられるが、興味深いのは、ウルフの写真を貼り付けるというその行為である。おそらく彼女は的確に、娘ヴィタが「オーランドー」の名のもとに顔とプライヴァシーを露出され、なおかつアイデンティティは消去されていること、その一方でウルフは自らの顔も欲望も隠しながら「作者」として君臨していることを見抜き、リベンジとして無理矢理にウルフの写真を加え、さらにあくまで彼女にとっては「真実」のキャプションをその「図版」に付けることで、ある意味で見事にウルフの「裏をかいた」と言えるのではないだろうか。

自己の複数化と「真の自己」

一五八八年に一六歳の少年として開始されたオーランドーの物語は、一九二八年一〇月一一日木曜日の真夜中に終わることが明記されている。これはホガース・プレスによる英国版の『オーランドー』初版の発行日であり、この日の午前一〇時の鐘の音と共に始まる三〇ページほどの最終部は、それまでにも増して空想的に、奔流のようにほとばしる語り手の声に導かれる形で進んでいく。この時点において、現実のヴィタと同じく三六歳の女性であるオーランドーは、自ら運転する車でロンドンのリージェント・ストリートにあるデパートに向かったものの、何も買わずにちょうど午前一一時に再び車に乗り込み、ロンドンを離れて先祖伝来の館に帰る。そしていつもの習慣どおり館の中の部屋部屋を巡回し、肖像画の並ぶギャラリーで時を過ごした後、午後四時の鐘の音で庭園に出る。夕映えの光景を見つめるオーランドーにやがて夜が訪れ、航海に出ていた夫シェルマーダインが小型飛行機から庭に降り立ったところで真夜中が告げられ、物語の幕となる。

この結末と呼応していると考えられるのが、八枚目の図版「現在のオーランドー」である。明らかに他の七枚と大きく異なるこのスナップ写真について、詳細を確認してみよう。一九二八年四月二七日の手紙で、サセックスの別荘に滞在中のウルフはロング・バーンにいるヴィタに次のように依頼している。

> 日曜日にロンドンに帰る途中、ロング・バーンを訪ねても良いかしら？　締めくくりとして、森の中でカントリー用の服を着たオーランドーの写真がどうしても必要になったの。フィルムとカメラを用意してもらえるなら、レナードがあなたの写真を撮ります。（『書簡集』第三巻 488）

テクスト中で、ロンドンから館に戻ったオーランドーが「スカートを脱ぎ、綾織りのズボンと革ジャケット」に「三分足らず」（301）で着替え、その後、犬を引き連れて庭園に出ることが記されており、ウルフはこの結末部に呼応する写真が「どうしても必要」と考えたと思われる。この四月末の時点でウルフは『オーランドー』の最終段階にかかっていたが、おそらく彼女の希望どおりに計画は進み、ファッションの細部は異なるものの、ほぼ描写されたとおりのヴィタの写真が図版の最後を飾ることになる。

ウルフが「森」を条件に挙げていたことから、当然野外でのスナップ写真となり、これまでの肖像写真、あるいは撮影された肖像画とは異なり、ヴィタの顔は不鮮明で、表情もほとんど読み取ることができない。もちろんマギー・ハムが編集した『ブルームズベリーのスナップ写真集』（二〇〇六）が明示するように、こうした曖昧さは当時の写真技術では避けられないことであり、二人がプライヴェートで撮り合っていた写真などもおおむね似たような出来映えとなっている。前述したように、サックヴィル一族の肖像画の使用をウルフの貴族階級への攻撃と解釈したフォアメは、この「自発的かつ直接的、そして親密な」最後の図版を、「スナップショットの美学」によってオーランドーの「真の自己」(33)を捉えたものと評し、一方でモデルのヴィタについても「自分自身としてポーズを取っているように見える」(34)と結論している。

しかし、果してオーランドーの「真の自己」とはいかなるものなのか。テクストの結末部分を特徴づけているのは、オーランドーの中にひしめく「自己」の群れである。

しかし確からしいのは（わたしたちは「おそらく」と「らしい」に支配された領域にいる）、オーランドーがもっとも必要としている自己ははるか彼方にいるということだ。なぜなら、彼女の言葉から判断するに、オーランドーは車を走らせると同じスピードで自己を入れ替えている――角を一つ曲がるごとに新たな自己がやってくる――説明のつかない何かの理由で、最上位にあり欲望する力を持っている意識的自己が、唯一の自己になることを望むときに起こる現象だ。真の自己とはこれだ、と言う人々がいる。わたしたちが自らの中に蓄えている、そうあるべきすべての自己が圧縮されたもの。あらゆる自己を融合し、管理する指導的自己、すなわち鍵となる自己の指示により封じ込められたもの。オーランドーはたしかにこの自己を求めていた。(295-96)

この直前の部分で語り手は「伝記というものはほんの六つか七つの自己について説明すれば完全と見なされるが、一人の人間は何千という自己を持っている」(295)とも述べている。この結末段階で強調される自己の「粉砕」とも言うべき複数化についても、『オーランドー』の数多の要素と同様、「ジョーク」の華々しい帰着点と見ることから、しばしば関連が指摘される次の小説、ウルフ作品の中でも特に難解なことで知られる『波』(一九三一)に結実する「自己」に関する哲学的思索と捉えることまで、多種多様な解釈が可能である。しかしここでは、「現在のオーランドー」という言葉で示された最後の写真と、この自己の複数化の関連性に議論を絞りたい。

オーランドーの「死」と永遠の「現在」

こうした自己の複数化、そして統合というトピックは、作品冒頭からこの最終部に至るまでの部分では、詳細に議論されなかったものである。オーランドーの「自己」とは何か、という問題にもっとも肉薄すると思われる男性から女性への転換の場面において、先に引用したように、語り手は「性の転換はオーランドーの未来を変えたが、アイデンティティを変えることにはまったくならなかった」(133)と言い放った。主人公の「アイデンティティ」

という言葉が使われるのはこの箇所のみであり、その後も、英国に戻ったオーランドーの「内部で男と女が混ざっており、一方の性が前に出たかと思うと、もう一方が優位に立つ」(181) というような性の揺らぎが言及される、あるいは自身ではなく「時代精神」によって言葉を発してしまう (235) 等の分裂が一時的に描写される程度に留まっていたのである。

したがって、最終部分で繰り広げられるオーランドーの「自己」への絶え間ない呼びかけ、そして語り手による狂騒的とも言えるその「実況中継」は、やや唐突かつ不可解な印象を読者に与える。ロンドンのドライブ中に無数の自己に分裂していたオーランドーは、ちょうど館の敷地に入ったあたりで求めていた「真の自己」となることができる。「指導的自己」あるいは「鍵となる自己」が、「自然にやってきた」(299) ために、オーランドーが「正しいか間違っているかはともかく、単一の自己、真の自己と呼ばれているもの」(299) になることができ、「おそらく二〇〇〇以上ある自己」(299) は静まった、と語り手は説明してみせる。

この「真の自己」への到達の鍵は、ひとえに「四〇〇年近くも互いに知り合い、隠すものは何もない」(302) 先祖伝来の館への帰還にある。一六世紀の末、やはりこの館で「あと何回、日没を見ることができるだろう」(17) と考えていた一六歳のオーランドーを描いた冒頭の場面に、日没や詩、樫の木といったさまざまなモティーフを繰り返すことで円環を成して帰結するようなこの最終場面は、たしかにレディ・サックヴィルが評したように「美しい言葉」に満ちた、一見「ハッピー・エンディング」となっている。混乱の末に「真の自己」を得たオーランドーは愛する館に戻り、帰還した夫シェルマーダインを迎え入れ、昔から追い続けてきた雁の姿を大空に見る。しかし同時に、この場面はオーランドーの虚構の生の「死」でもあるのだ。

従来的伝記の「締めくくり」は、主人公の死である。しかし、そもそも時を超越したオーランドーにそのような結末はあり得ない。三六歳の今、「一日たりとも老けたように見えず」、初恋のサーシャとスケートをしたときと変わらず「ハンサムで薔薇色」(288)のオーランドーは、死と無縁の人物として最後まで描写される。とはいえ、この作品を終了するためにウルフは文字によって創られたその生を絶つ必要があった。しばしば引用されるように、一九二八年五月に執筆を終えたウルフはヴィタに次のような不穏なメッセージを書き送っている。

土曜日の一時五分前に、首をへし折られたみたいな、ぐいっと引っ張られるような力を感じなかった? 彼が死んだのはそのときよ――しゃべるのをやめたときというべきかしら。三つのドットでね。[4](『書簡集』第三巻474)

しかしウルフ自身の言葉が示すように、オーランドーの「死」が文字テクストの終わりによって記録されたとすると、最後の図版が示すものははたして何になるのだろうか。

ウルフが、森の中のヴィタという作品の最終部に呼応する写真を欲したことは確かである。しかしテクストでは、三六歳のオーランドーの「数百年前と変わらぬ」若々しい外見が強調されるが、この写真のヴィタは容貌も年齢も判然とせず、以前の図版との「不変」を裏書きするものとはなっていない。四枚目と五枚目の肖像写真においては、サックヴィル家の「顔」、そしてフェイクの証としての時代錯誤なファッションを提示していたヴィタは、ここでは「誰とはわからない顔」と「いつとはわからない服」で、「どことはわからない森」にたたずんでいる。突如として「匿名性」に満たされたこの曖昧な写真は、「ヴィタ自身」を表すどころか、彼女の「自己」への新たな浸食を示唆している。

この写真は「過去の記録」ではなく、まさに「現在（at the present time）」を示すとされている点で、他の図版とは異なる、さらに複雑な「フェイク」として存在している。「少年時代の」あるいは「一八四〇年頃の」という過去の時点を指す言葉でもなく、またテクストの結末が明示する「一九二八年」という年号でもなく、「現在」という曖昧かつ流動的な言葉をタイトルに選ぶことで、ウルフは最後に「画像」と「文字」との致命的ギャップを作り出したのである。「現在のオーランドー」と題されたこの図版は、その匿名性、及び曖昧なタイトルによってテクストから切り離されており、読者が物語を読み終えたとしても、この画像は終わることのない主人公の「現在」を届け続ける。実際、予備知識を持たずにこの不可思議な「伝記」を読んだ二一世紀の読者は、漠然と「カントリー風」な、時代的特徴に乏しい服装の「現在のオーランドー」の写真を見て、このSF的主人公の生が一九二八年を超えて脈々と「現在」まで続いていることを想像するよう、促されているように感じるのではないだろうか。

対照的かつ相似的という奇妙な形で『オーランドー』と対を成す、ヴィタによる『ノールとサックヴィル一族』は「一九世紀のノール」と題された章で終わるが、その結末は第三代サックヴィル男爵であった祖父ライオネルの死である。「変人」（219）と形容しながらも、一六年間を共に過ごし、とりわけ自分に静かな愛情を注いでくれたこの祖父との子ども時代の思い出を短く語ったヴィタは、「そして八〇歳を過ぎると彼は病を得て亡くなり、他の先祖同様に名前だけの存在となり、生没年が刻まれたラベルが付いた彼の肖像画がギャラリーに加わった」（220）という一文で、淡々と締めくくる。ここでポートレートは死と同義であり、ヴィタが祖父の生の終わりを「ポートレートになる」という表現に託したことは興味深い。

一方、一九二八年五月頃の一瞬を切り取ったヴィタのポートレートは、『オーランドー』の結末で描かれる「一九二八年一〇月一一日のオーランドー」という未来の姿を「先取り」する形の「フェイク」であるに始まり、さらには文字テクストによって絶たれたかに見えたオーランドーの「生」を、「現在」に接続し続けるという役割を担うことで、言わば「フェイク」の恒久化に寄与することとなった。そして、そのアイデンティティも内面も取り去られた形でポートレートに収められてきたヴィタは、最後には「顔」さえ匿名化されて「オーランドー」となる。虚構のオーランドーの最後を包んだ「真実の自己」、そしてその源となる館とは何も結びつきを持たない曖昧な写真の「現在」は、しかし永遠であり、そこには容赦なく文字と画像を操作する作家ウルフの、現実のヴィタへの「残酷さ」とも言える支配がたしかに垣間見える。

『オーランドー』が完成したとき、ウルフはホガース・プレスによる初版本の後に、ヴィタだけのために特別に綴じた原稿も贈り届けたが、それには図版が含まれていなかったという（エストライク 2）。その理由は不明であるものの、市場にモノとして流通が開始された本とは別個の、プライヴェート版としての「ラブレター」が、あまりに多くの役割を担わされたポートレートを持たない、ただ文字だけで完結する物語であったことは、むしろ自然であるようにも思われるのだ。

◉註

（1）サラ・ブラックウッドは、モデルが絵の鑑賞者と視線を合わさない構図は「伝統的なポートレートの慣習を逸脱するもの」（27）と、その現代性を説明している。

（2）ヴィタの最初の肖像画は一九一〇年、当時人気のフィリップ・ラズロ＝デ＝ロンボスによって描かれた。ナイジェル・ニコルソンによれば、いかにも典型的な貴族の令嬢として華やかな大きな帽子と毛皮をまとったこの像を、ヴィタは「美化されすぎている」として気に入らず、彼女の生前は屋根裏部屋にしまいこまれていたという（150）。二枚目は一九一八年のウィリアム・ストラングによる「赤い帽子のレディ」と題された、一枚目とはまったく異なる趣の、技法も構図もかなり現代的なものである（グレンデニング 93）。

（3）この小説『挑戦』はヴィタとヴァイオレット双方の親がスキャンダルを怖れたために英国では出版されず、一九二四年にアメリカで出版された（ニコルソン 151）。二〇二二年に公開されたトッド・フィールド監督による話題の映画『ター』で、カリスマ指揮者の主人公ジュリア・ターに捨てられた同性の恋人とおぼしき人物が、彼女の滞在先のホテルに謎のギフトとしてこの本を置いていき、動揺したターが飛行機内のゴミ箱にそれを突っ込むという印象的な場面がある。台詞では何も説明されず、ただ表紙が一瞬映るのみの使われ方であり、「知る人ぞ知る」ヴィタのステータスが現代においても健在であることを如実に示唆している。

（4）『オーランドー』における主人公の最後の台詞は、頭上を飛ぶ一羽の鳥を見て叫ぶ「野生の雁だわ…（"The wild goose. . . ."）」（314）である。

コラム　作家たちのポートレート❷

ヴァージニア・ウルフ（一八八二―一九四一）

Virginia Woolf

その名も『ヴァージニア・ウルフ・アイコン』と題された研究書の中で、著者ブレンダ・R・シルヴァーはヴァージニア・ウルフのヴィジュアルについて「並外れた」（18）と評している。そして、それを捉えた「並外れた」肖像写真によって、現代社会において彼女のイメージが「文化的アイコン」となり、無数の本の表紙からTシャツに至る商品上で氾濫する状況が生み出されたと説明している。本文で言及したハーマイオニ・リーも、まだ「ヴァージニア・スティーヴン」であった二〇歳の彼女をG・C・ベレスフォードが撮影した、おそらくもっとも有名な一九〇二年の写真が放つ「魅力」と「もろさ」（246）を強調し、後世に及ぶそのインパクトを指摘している。そしてこうした彼女の威力を説明するために、二人の研究者が共に挙げるのは「怖れ」という感情である。「怖れ」が彼女をめぐるあらゆる表象に通底する「モティーフ」であるとシルヴァーが主張する一方で（3）、リーは後述するセシル・ビートンによる描写を引用する形で、「見る者を怖がらせると同時に、見られることを怖がっている」（566）というウルフのイメージを浮かび上がらせている。

後者については、たしかに残されたさまざまな記録から、ウルフがけっして自分の外見に自信を持つことができず、姉ヴァネッサ、そして言うまでもなくヴィタ・サックヴィル＝ウェストが体現する、女性らしく豊かな華やかさに終生憧れを抱いていたことがわかる。さらには彼女の母親ジュリア・スティーヴンは、ラファエル前派の画家エドワード・バーン＝ジョーンズのモデルになったほどの伝説的な美女であり、その美貌の母親を家族や友人が取り巻き、仰ぎ見る様子は、ウルフの小説『灯台へ』におけるミセス・ラムジーをめぐる場面で見事に描き出されている。

加えて、まさに『オーランドー』の成功によって「セレブ作家」とも言える地位に到達したウルフには取材の依頼も増え、プライヴァシーを守る意味からも写真の露出に神経を尖らせることになった。リーが伝えるように、彼女への撮影依頼を二度断られた当時の有名な写真家セシル・ビートンが、一九三〇年に出版した『美女一覧』の中に、誰かが撮った写真をもとにした彼女の肖像画を許可なく掲載したときには、複数のメディアにすぐさま抗議文を送ったほどだ（567）。

このように、ウルフが自分への視線に「怖れ」を抱く理由はおおむね理解できるのだが、その彼女のポートレートが、とりわけ若干二〇歳のその顔が、見る者に「怖れ」を与えるとすれば、それはなぜなのだろうか。二〇世紀後半の英語圏文化における膨大な資料を基にした分析はシルヴァーに、詳細な伝記的事実からの説明はリーに託し、「見慣れた」と言ってよいほど流布しているウルフの繊細な横顔をあらためて見つめると、たしかに「怖れ」とも「畏れ」とも呼べる感情が立ちのぼる。それは、まがまがしい恐怖などとは異なり、このほっそりとした一人の若者が生み出すことになる言葉による世界の広大さ、彼女が創り上げた虚構の人物たちの生と死が今なお共有され、議論され、さまざまな形で再現されている不思議、に心打たれるからなのだ。

もちろんそれは、数多の他の作家のポートレートを見ても呼び覚まされるはずの思いではあるが、この見る者とけっして合わされない視線、その代わりにあらわになった耳やうなじの意外なほど明瞭な細部、そしてゆるくアップにされた黒髪と白い夏服のコントラストなど、まさに切り取られた一瞬の絶妙な構図のバランスによって、「並外れた」力でそれが実感されるのだ。英国のナショナル・ポートレート・ギャラリーのホームページで、同じ撮影時の異なる三つのヴァージョンを見ることができるが、当時の技術ではかすかな角度の違いで目元の明度がまったく変わってしまうことがよくわかり、この「決定版」が見事撮影されたことをありがたく思わずにはいられない。

シルヴァーが詳説するように、作家ウルフのイメージが、時にグロテスクな改変を加えられながら「アイコン」として増殖する現象にはさまざまな弊害もある。しかしこの一瞬の像を入口に、ウルフがやはり「怖れ」を抱きながらもはるかに大きな自信を持って世の中に送り出した、ヴィジュアルではなく言葉が創り出す彼女の姿、作品によってさまざまに流動する、彼女の多種多様な自己に触れることに繋がるならば、ひょっとしたらウルフのお咎めを怖れることはないのかもしれない。

「ヴァージニア・ウルフ」

第3章

抽象を目指す彫像

アガサ・クリスティ
『ホロー荘の殺人』
(1946)
Agatha Christie,
The Hollow

ストーリー

アンカテル夫妻が所有する田舎の屋敷ホロー荘で秋の週末を過ごすべく、親戚や友人たちが集まってくる。その中には、ロンドン住まいの医者ジョンとその妻ガーダ、そしてジョンとひそかに恋愛関係にある彫刻家ヘンリエッタがいた。さらにホロー荘の近くに滞在中の女優ヴェロニカが偶然を装って立ち寄るが、じつは彼女はジョンのかつての恋人だった。三人の女性たちに迫られるジョン、さらにヘンリエッタに恋する従兄エドワード、エドワードに恋する貧しい遠縁ミッジなどが入り乱れ、屋敷には不穏な空気がたちこめる。

ヴェロニカが訪れた次の日、アンカテル夫妻に招かれた探偵エルキュール・ポアロが昼食にやってくる。使用人にプールサイドへと案内されたポアロは、そこに横たわる死体を見つけ、とっさに自分のための芝居だとうんざりするが、それは現実の殺人であった。すなわち今まさに撃たれたばかりのジョンが血を流して瀕死状態で倒れており、その隣で拳銃を手にしたガーダが呆然と立ち尽くしている。銃声を聞いて駆けつけた他の人々が遠巻きにする中、ジョンは「ヘンリエッタ」というひと言を残して息絶える。

捜査を開始したポアロだが、当然犯人と思われたガーダがそれを否定し、彼女が「落ちていたのを拾っただけ」と主張する銃が、たしかにジョンを撃った凶器ではないと判明するなど、状況は混乱を深めていく。しかし推理の末にポアロがたどり着いた真犯人は、他ならぬガーダだった。夫を崇拝しきっていた彼女は、ヴェロニカとの関係を知り、一転して憎悪に燃えて彼を撃った。そしてジョンの最後の言葉が「ガーダを助けるように」という自分への指示だと理解したヘンリエッタが、ポアロをあざむくためのさまざまなトリックを作り上げていたのである。自分を助けようとするヘンリエッタの真意を理解できず、ガーダはついに彼女さえ殺そうと試みるが、ポアロに阻まれ自殺する。一人残されたヘンリエッタが、ジョンを悼む思いを自らの彫刻によって示そうとする姿で、物語は終わる。

クリスティとモダニズム

第二章で取り上げたヴァージニア・ウルフとアガサ・クリスティは、ほぼ同時代人と言える。クリスティはウルフよりも八歳年下であるが、二人は共にヴィクトリア朝末期に子ども時代を送り、第一次世界大戦前後に初の長編小説を発表、そして「戦間期」と呼ばれる第二次世界大戦開戦までの二〇年間に作家としてのキャリアを築き上げる。しかし第二次世界大戦のさなかにウルフが没した後も、クリスティはさらに三〇年以上にわたり伝説的とも言える長大な作家人生を送り、一九七六年に八五歳で逝去したときには六六冊の長編ミステリに加え短編集、戯曲、さらには別名で出版されたロマンス小説を含む膨大な作品群が残された。その著作の出版権を保有するアメリカの出版社ハーパーコリンズのホームページに現在も誇らしげに記載されているように、クリスティ作品の総出版部数は、聖書、そしてシェイクスピア作品に次いで世界第三位の地位を占めている。その売り上げは英語だけで一〇億冊以上、百を超えるという他言語版を合わせると二〇億冊以上になるという、まさに天文学的な数字となっている。

しかし、まさにこの圧倒的な読者数のために「大衆文化」として長らく文学研究の対象から除外されてきたクリスティは、その共通した時代背景にもかかわらずウルフが代表する「モダニズム」と結びつけられることもなく、まったく別種の読み物として扱われてきた。戦間期の英国で総出版部数の四分の一を占めるまでに急成長したミステリ・ジャンルは（ライト 65）、いわゆる「黄金期」を迎えていたが、「ミステリの女王」として名を馳せたクリスティがまさにその「顔」であるこの「黄金期」推理小説については、批評家のみならず同業のミステリ作家からも、しばしば辛辣な批判が寄せられた。私立探偵フィリップ・マーロウを主人公とするハードボイルド小説で知られる、アメリカ人作家レイモンド・チャンドラーによる皮肉なエッセイ「シンプルな殺人法」は特に有名であり、その中で彼はこうした推理小説がいかに「現実の世の中」と切り離された世界を描いているかを次のように揶揄している。

「チーズケーキ荘」なる屋敷が、カメラが捉えている部分だけではなく、実際に存在しているかのように思わせるべく背景が作られており、丘へ続く長い小道がうねっている。キャラクターたちの中には、今ちょうどMGM社のカメラテストを受けてきたばかりという風に振る舞わない者もちらほらいるようだ。英国人は常に世界最良の作家というわけではないが、退屈な作家ということにかけて彼らに匹敵する者はない。(985)

この引用中の「映画セット」の比喩で明らかなように、チャンドラーの黄金期推理小説に対する批判の根本にあるのは、「あまりにも作為的（too contrived）」であるためにリアリティが失われているという点である。

しかしこうした二〇世紀の「大衆文化」、いわゆるミドルブラウ文化については一九九〇年代に世界的に再評価が本格始動し、二一世紀の現在も発展を続け、その中心的位置にあるクリスティ、及び黄金期推理小説に関する学術的研究も大きな転換期を迎えた。一九九一年に出版され「ミドルブラウ文学研究の祖」[1]と評されるアリスン・ライトの『永遠のイングランド』は、中心的な一章をクリスティに関する議論に割き、黄金期ミステリにおける一見浅薄な人物造形や希薄な現実感等、これまで揶揄の対象となってきた特徴のモダニズム的意義を指摘し、クリスティのモダニティ及び批評的価値を主張した点で非常に画期的であった。社会的、倫理的要素の「空洞化」や、従来的、すなわち一九世紀的な価値観に基づく「リアルな」キャラクター像からの離反は、量産化されるミステリの退屈なお膳立てではなく、まさにモダニズムの旗印である「新しさ」の追求だったのではないか、というライトの主張は、それまで考えられてきたクリスティ作品の地平を劇的に拡大するものであった。

この結果、クリスティに特化あるいは焦点を当てた批評書も続々と刊行されてきたが[2]、その多くはフェミニズムの文脈での評価に集中しており、本章が注目する彼女のテクスト群に潜む視覚芸術の意義、さらにその他の文学作品への言及、そこから生じるジャンル横断的な効果が検証される機会は、残念ながらまだ限られている。たしかに、たとえばダンテの翻訳家でもあった同じく黄金期のミステリ作家ドロシー・L・セイヤーズとは異なり、クリスティが何らかの芸術分野についてアカデミックあるいはプロフェッショナルな訓練や知識を有していたという事実はない。クリスティに対する偏見を打ち崩すことに大いに貢献したライト自身も、クリスティのスノビズムやエリート意識の欠如を強調する中で、彼女が「文化」というものに対してむしろ「冷ややか」な立場を取っていたと述べている（109）。さらに、一九六五年に出版された有名な『自伝』に散りばめられた「自分は主婦であり、副業として本を書いている」（430）等の、謙虚に見えながら読者を煙に巻くようなクリスティ自身によるコメントの数々も、その作品中のさまざまな芸術表象の背後に確固とした批評的意義を見出そうとする読みを阻害する一因であったかもしれない。

しかしクリスティの膨大な作品群のすべてに求めることは困難であっても、特に芸術、あるいは芸術家が中心的な役割を果たしている作品については、非常に興味深い彼女の野心的な芸術表象が盛り込まれている。エルキュール・ポアロを翻弄する存在として彫刻家ヘンリエッタ・サヴァナクが登場する『ホロー荘の殺人』はその筆頭に挙げられるだろう。中期の代表作の一つである本作については最近、メルヤ・マキネンがヴァージニア・ウルフの代表作『灯台へ』（一九二七）と並置して、ヘンリエッタをモダニズム芸術に挑むヒロインとして解釈する野心的な議論を試みているが、従来見過ごされてきた芸術テーマの発掘に傾注するあまり、彼女がアーティストであると同時に殺人事件の最大の鍵を握る人物であるという特徴にほとんど言及しないアプローチは、やはりバランスを欠いた感がある。『ホロー荘の殺人』のユニークさは、嫉妬に燃える妻が浮気した夫を撃つという単純きわまる、言わば奥行きのない殺人事件の「虚ろさ（hollow）」を巧妙に強調し、前景化する手段として、クリスティが他作品には類を見ない重層性をもってポートレート、すなわち具象と抽象の間で揺れるモダニズム彫刻を野心的に取り入れた点にあり、ミステリ・ジャンルに軸足を置いた上での複合的な検証が必要と思われる。

そしてこれまでワイルドとウルフによる二次元のポートレートを検証してきた本書において、彫刻という三次元のポートレートが本章ではじめて登場する。「ヒトの形を捉えたモノ」という大きな視点で考えるとき、二次元の絵画や写真とは異なる彫刻の特性とは何であろうか。巨大な問いではあるが、美術批評家であり詩人、思想家としても名高いハーバート・リードは「ヴォリュームとマッスへの感性、窪みと隆起の交錯、平らな部分と曲線のリズミカルな相互関係」（18）を挙げている。まさに立体のみが持つこの「量感」を自らのアートにおいて達成するため、ヘンリエッタはモデルたちの身体のみを抽出し、「ポートレート」とは異なる「何者でもない」（43）像の制作を目指す。しかし意図したはずの抽象化は潰え、実際には自らの作品が「ポートレート」となっていることに気づくヘンリエッタの姿から、また新たな形でのヒトとモノ、自己と他者、そして現実と虚構の間で流動する境界を検証していきたい。

さらに、チャンドラーが批判する「作為的」な要素を正面から取り入れ、名探偵ポアロ自身によってまさに自己言及的に「演出された」殺人の不自然さが議論される点も、ポートレートによってかく乱される現実と虚構の境界、という本書のテーマに密接に関わってくる。本章では、「ミステリの女王」が描き出すポートレートがプロットにもたらす影響を、まずはヘンリエッタが製作する三体の人物像を当時のモダニズム彫刻分野の動向を踏まえた上で検証していきたい。そして、彫刻、演劇、さらには文学への頻繁な言及によって、クリスティがはたしてこの殺人事件の「虚ろさ」をいかに提示しているのかを考察していく。

モダニズム彫刻と人物モデル

『ホロー荘の殺人』の第一章で登場する、ホロー荘の女主人レディ・アンカテルと遠縁のミッジの会話によって、読者は機知と優しさ、さらには「天才的な」才能を兼ね備えた彫刻家ヘンリエッタの作品について短い説明を与えられる。

「[前略] 彼女は、ただ動物だの子どもの頭像とかを作るだけじゃなくて、去年の新人展に出品したような、金属や石膏で変わったことをする革新的な人なのよ。ヒース・ロビンソンの描いたハシゴみたいだったわ、「上昇する思考」とかいうタイトルでね。デイヴィッドのような男の子は、ああいうものに感心するはず……私は、ただ馬鹿みたいと思ったけれど」(6)

突拍子もない発想と行動で知られる、魅力溢れる「変人」レディ・アンカテルのいかにもアカデミックならざる言葉によって、読者は作品冒頭からモダニズム彫刻の世界に誘われることとなる。

彼女が言及するヒース・ロビンソンは、ユーモラスな発明品や機械のイラストで知られる、二〇世紀前半に活躍した英国の挿絵画家であるが（【図3-1】）、彼の描く「ハシゴ」に比べられ、さらには彼女から「馬鹿みたい」と評されることで、ヘンリエッタのアートはたしかに敬意を払われたとは言い難い形で導入される。しかしその一方で、非伝統的素材の使用、そして何よりもその抽象性を強調することで、この短い説明はヘンリエッタのアートの

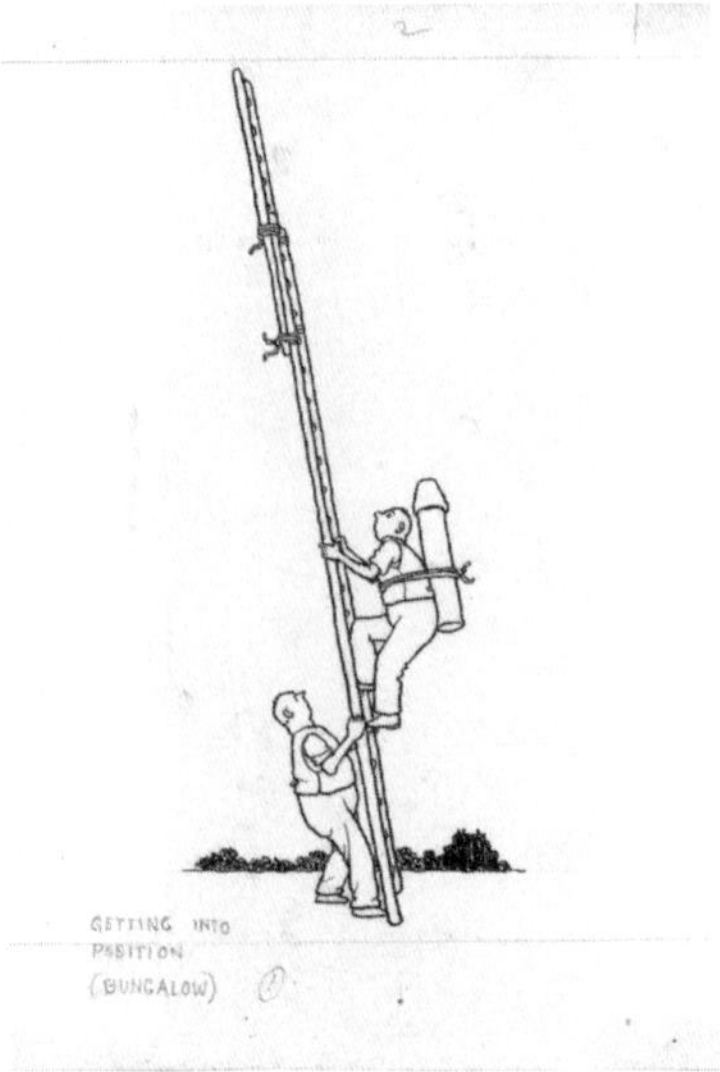

【図3-1】《バンガローの作り方》
ヒース・ロビンソン作。

【図 3-2】《背中 I 〜 IV》アンリ・マティス作。

前衛性、その確かなモダニティを印象づける。美術研究者のアレックス・ポッツはモダニズム彫刻について「年代的にはロダン以降、そして一九六〇年代から七〇年代初頭にかけての彫刻における大刷新より前の時期に制作されたもの」と位置づけつつ、そのステータスは「奇妙に曖昧であり続けている」（103）と指摘している。

近代彫刻に関する研究のほとんどは、オーギュスト・ロダン（一八四〇―一九一七）をその祖として位置づけている。この一九世紀の巨人が遺した彫刻芸術における「内面的本質」（高田 200）の探究を継承、発展させながら、一方で彼に短期間師事したコンスタンティン・ブランクーシ（一八七六―一九五七）の有名な言葉、「大樹の下では何も育たない」（ヴァリア 七〇）が示すように、ロダンの根本的には自然主義的視座からの脱却を試み、大胆な折衷、あるいは抽象化を推し進めることで、二〇世紀前半の彫刻家たちはじつに多彩な作品を生み出してきた。

たとえば、この時代の具象から抽象への移行を端的に示すアンリ・マティス（一八六九―一九五四）によるブロンズ製のレリーフ彫刻である四つの《背中》（一九〇九―三〇）について、前述のリードは次のように解説している（【図3―2】）。

第一の「背中」は、「奴隷」と同じく自然主義的であり、「マドレーヌI」で用いた片足を後ろに引くアラベスクの姿勢が繰り返されている。第二のものは、簡略化され「ざっくりした」印象だが、モデルの人体からの本質的な乖離はない。しかし、この直後に制作されたとみられる第三の「背中」では、劇的な形態の単純化が見られる。四肢は堅牢な木の幹のようで、下から力強く押し上げる脚とバランスを取るように、束ねた長い髪が頭部から垂れ下がる。そして一五年後に現れた最後のヴァージョンでは、絵画でのマティスではまず見られないほどに、形状の単純化がさらに推し進められている。(40)

興味深いのは、一気に単純化が進んだ第三の《背中》の時期においても、マティスがモデルに対するロダン的な敬意を保っていたという事実である。リードが引用する彼の講義ノートには、「あらかじめ想定された理論や効果に合わせるようなことを、モデルに強いてはならない。モデルがあなたを触発し、ある感情を呼び覚ますゆえに、あなたはそれを表現したいと願うのだ」(42)と記されている。人間の身体はその魂を映し出す鏡、という名言を残し(高田 260)、視覚的リアリズムを重んじたロダンから始まる近代彫刻の世界において、具象と抽象の区別はけっして単純なものではなく、また人間の身体とその内奥、さらには作品を取り巻く外界との関係性も揺れ動いていたのである。

彫刻家の柳原義達は、ロダンの弟子アントワーヌ・ブールデル(一八六一−一九二九)に師事したアルベルト・ジャコメッティ(一九〇一−一九六六)の作品について以下のように述べている。

ジャコメッティは、頭の中で勝手にあの細い人間をつくり上げるのではなく、モデルをじっと観察しているうちに、その人物のうしろや周辺の広大な世界や宇宙までとり込んでしまうから、必然的に人間が細くなってしまうのであって、頭の中の概念によって人間を細くしているのではない。

だから、世間にはジャコメッティの作品を見て、抽象なのか具象なのかと取沙汰する人もいるが、はっきりいってジャコメッティは具象の作家なのである。

抽象などというものは、彼の芸術には全然ない。しかし、具象を追求していく上で抽象化はあった。抽象化せざるを得なかった。(56)

柳原が語る、アーティストの視線の中でモデルの中に「とり込まれる」外界、そして宇宙という観念は、モデルの輪郭、そしてアーティストの視線そのものの多孔性を示唆しており、きわめて興味深い。しかしクリスティが生み出した彫刻家ヘンリエッタは、モデルを「じっと観察」しながらも、そうした広がりとは逆の閉鎖性をモデルの輪郭に求めているように思われるのだ。

ヘンリエッタと「ナウシカア像」

『自伝』の中でクリスティは絵画よりも彫刻を「大いに崇拝」しており、彫刻家になりたかったが「視覚的形状に対する眼識」(335)が欠けていたので断念した、と述べている。『ホロー荘の殺人』において実在の彫刻家や作品が言及されることはないものの、一九二〇年代前半には彫刻のレッスンまで受けていたというクリスティによるヘンリエッタの作品群の描写には、的確な時代性が感じられる。多くのクリスティ作品と同様に、本作の時代設定は明確には提示されていないが、クリスティ作品の詳細なガイドを作成したジェイムズ・ゼンボーイは、作中で言及される映画等からほぼ出版年当時の世界であろうと結論している（224）。したがって、ヘンリエッタが彫刻家としてのキャリアを築き始めたのは一九三〇年代から第二次世界大戦中にかけてと推定されるが、この時期の彫刻芸術について、ペネロピ・カーティスは著書『一九〇〇年から一九四五年の彫刻――ロダン後の時代』において以下のように概観している。

第二次世界大戦前は、具象彫刻に新たに重大な意味合いが付与され、また課せられた時代であった。［中略］戦間期に権力を握った全体主義体制は、それぞれ異なる方法ではあったが、人間の姿を公的な像と結びつけ、多くの場合、彫刻が手段として用いられた。そのため、特にこの時代、人物像はそれ自体を超えたある理想を体現することとなり、またその制作状況によっては「他者」を表すこととなった。人物像はその普遍的な意義を主張する一方、国家的文脈で用いられたのである。（235）

そしてカーティスは、この一例として擬古主義に由来するギリシア的肉体賛美がナチス・ドイツのアーリア人種称揚のプロパガンダ芸術へと結びついていく流れを検証していくが、ナチズムとは程遠いヘンリエッタの創作にも、人物像をめぐるこうした時代の特徴が反映されていることに注目したい。すなわち、彼女の彫刻の抽象性、前衛性を印象づける冒頭のレディ・アンカテルの言葉とは裏腹に、本作の第二章で読者が目にするのはロンドンの自宅のアトリエでモデルを前に、他でもない「少女の頭像」を粘土で制作中のヘンリエッタなのだ。

そして、その頭像はまさに「それを超えたもの」と結びつけられている。少女ナウシカア[3]は、ヘンリエッタに取り憑いたヴィジョンであり、下品な素人モデルのドリスは盲目のナウシカアの澄み切った目と骨格を提供する存在でしかない。ここでヘンリエッタが影像に付与しようと試みているものは、もちろん国家的イデオロギーとは異なるが、しかし実体を超えた、むしろここでは正反対の「理想」と「意味」を宿らせる手段としてモデルの身体を利用しようとしているという点で、彼女のアートはロダン的なヒューマニズムに満ちた自然、すなわち身体への敬意とは大きく異なる位置にある。

極度の近視であるため「虚ろな」美しい目を持つドリスは、しかし他人の悪口にしか興味がない軽薄な女であり、彼女のひっきりなしのおしゃべりに調子良く相づちを打ちながらも、実際にはヘンリエッタの注意のすべては、彼女の顔の完璧な骨格を影像に写し取ることに向けられている。「区切り」は、ここでヘンリエッタの性格のキーワードとなっている。

何年も前から、ヘンリエッタは自分の意識を完璧に区切る術を身に着けていた。本質的な部分はひとかけらも使わずに、彼女はブリッジをしたり、知的な会話を交わしたり、きちんと構成された手紙を書くことができた。(12)

「完璧な区切り(watertight compartments)」は、ヘンリエッタ自身の意識だけではなく、モデルであるドリスにも適用されており、ヘンリエッタはただ彼女の頭部のかたちの必要な部分だけを「区切り」、抽出することができると信じている。

完成した像を見て、ドリスは自分と似ていないことに不満を露わにするが、ヘンリエッタは「これはポートレートじゃない」(18) と微笑む。

実際、似ているところはほとんどなかった。眼窩、そして頬骨のライン——ヘンリエッタが、ナウシカアを生み出すために不可欠な要素と考えていたのはそれだった。これはドリス・サンダーズではない。一編の詩が捧げられるべき盲目の少女なのだ。ドリスと同じく、その唇は半開きになっているが、ドリスの唇とは違う。異なる言語を話し、ドリスとは異なる考えを語る唇なのだ。(16)

作中で言及されるヘンリエッタの作品群は、冒頭の金属と石膏製の「上昇する思考」や、のちにミッジがアトリエで目撃する「アルミニウムのリボン」(240) のような物体など、抽象化を推し進めたと思われるものから、初期に作ったという「月並みな」(19) ガラスの仮面、あるいは兵士を思わせる人物のブロンズの頭像、さらにはピンクの花崗岩の大きな蛙等、素材もテーマも多様であることが示されている。しかしプロット中で重要な意味を持つ三作品はいずれも人物像であり、このナウシカア像をはじめとする三体すべてが具象と抽象の間で激しく拮抗する中、人物モデルの身体と精神、そしてモデルとヘンリエッタとの「区切り」すなわち境界が「完璧」とは程遠いことが、徐々に明らかになってくる。

ナウシカアの「死」

役目を終えたドリスが退場したとき、あらためて彫像を見たヘンリエッタはそこに「卑しい悪意」が潜んでおり、自らが作り出したその像がナウシカアではなく、ドリスの「ポートレート」であることに気づき愕然とする。「耳を貸してはいなかった――本当に何も聴いてはいなかった――しかしドリスの安っぽい、悪意に満ちた卑しい精神を知ったことで、それはヘンリエッタの心に滲み出し（seep into）、無意識のうちに手にまで影響を与えたのだ」(21)。自らが追い求める芸術的ヴィジョンを形にするために必要な、美的に完璧な眼窩と頬骨のラインのみを生身の人間から抽出し、抽象化しようとするヘンリエッタの試みは失敗に終わり、彼女は「よくない子猫を殺す親猫のような気持ち」(21) で、まだ柔らかい粘土像を破壊し、荒い息をつく。

ナウシカアは戻ってこないだろう、と彼女は悲痛な思いで考えた。彼女は生まれ、汚され、そして死んだのだ［中略］

今や、ナウシカア――あるいはドリス――だったものはただの粘土と化し、また別の何かの形になる素材にすぎない。

ヘンリエッタはぼんやりと思った。「じゃあ、死とはこういうこと？　私たちが個性と呼んでいるものは、何かの形だけにすぎない――誰かの考えによって作られているの？　いったい誰の考え？　神の？」

『ペール・ギュント』に出てこなかったかしら？　ボタン職人のひしゃくの話。(21)

「汚された」ナウシカアを破壊したヘンリエッタの心は、このように死へ、さらには『ペール・ギュント』の一節[4]から「完全なる、真実の自分」(21)の在処へと彷徨《さまよ》っていく。

このような形でクリスティが言及する文学キャノンについては、単にキャラクターの教養を示す指標、あるいは「雰囲気作り」の道具と見なされ、テクストとの関連性が精査されることは、ほとんどない。しかし『ホロー荘の殺人』において、一見唐突に思われる『ペール・ギュント』の引用はヘンリエッタの知性や、この場面での心理的動揺を示唆するだけのものとは程遠い。すでに検証したように、「真実の自己」、人間の「内面的本質」はモダニズム彫刻が具象と抽象の間で模索し続けたものであり、さらにもちろん「真実の自己はどこにあるのか」というこの問いは、いわゆる「意識の流れ」や時間軸の移動、断片的な語り等の実験的手法の導入によってモダニズムの小説家たちが追究し続けたテーマでもある。そしてこの哲学的な問いかけは、この後、他のキャラクターによっても繰り返され、そしてやがて起こる殺人の動機と密接に関連してくる。

このように『ホロー荘の殺人』は、ヘンリエッタやレディ・アンカテルという印象的なキャラクター、ナウシカア像の創造と破壊、そして『ペール・ギュント』の引用という、ミステリ・ジャンルの定形とは著しく異なる形で幕を開ける。よく知られているように、クリスティ自身も本作について「ある意味で、探偵小説というよりも普通の小説」であると述べ、ポアロを登場させるべきではなかったとも述懐している(『自伝』473)。本章冒頭で触れたレイモンド・チャンドラーによる批判、「操り人形のような、厚紙で作られたような恋人たち、張り子製の悪人たち」(987)に代表される、黄金期ミステリの「浅薄さ」や「虚ろさ」を言わば「肉づけ」する手段として、クリスティは具象と抽象の狭間にある彫刻家の野心と苦悩を詳細に描き出すことを、本作で試みたのだろうか。

しかしながら、ここで思い出すべきは作品のタイトルである。[5]チャンドラーのエッセイは一九四四年に雑誌発表されており、クリスティがそれを読んだか否かは定かではないが、こうした黄金期ミステリにひんぱんに寄せられていた批判を逆手に取った、きわめて皮肉なタイトルであるようにも思える。さらに、この「虚ろな」屋敷を舞台に起こる殺人事件は、その作り物じみた「虚ろさ」を芸術表象による「量感」で埋めることで批判に一矢報いようとしたというよりも、ここでも非常にモダニズム的な転換を見せ、むしろ人間の「内面的本質」そのものの不可避的な「虚ろさ」を強調しているのではないか。

失意のヘンリエッタの心に浮かんだ「私たちが個性（personality）と呼んでいるものは、何かの形だけにすぎない」という想念は、「完全なる、真実の自分」がじつはどこにもない、という荒涼とした可能性を示唆している。自らを仲介としてドリスとナウシカアが一体化した「ポートレート」となったことに衝撃を受けるヘンリエッタは、ここで「区切り」への自信を失い、自分以外の「何か」によって「個性」が形づくられ、生まれては消滅するものであること、すなわち自己の流動性、その複数性に気づき始めているのだ。

「抽象化」の破綻

粘土で作られた頭像が「卑しい悪意」を持つというこのナウシカア像にまつわるエピソードに、もちろん本書の第一章で取り上げたオスカー・ワイルドの『ドリアン・グレイの肖像』の残像を見ることも可能であろう。ヒトとモノの境界の危うさ、清らかな美に「滲み出る（seep）」汚れへの怖れ、そしてアートがアーティストを凌駕するという転覆的要素は、たしかに両者に共通している。すでに確認したように、ドリアンの肖像画の「変貌」はリアリズムとは異なる次元で描写されるものの、完璧に美しい身体的特徴のみを反映させたはずのナウシカア像が、そのモデルの内面を滲ませることに衝撃を受けるヘンリエッタの姿には、変貌したドリアンの肖像画を前に絶句する画家バジルの影が漂う。

ただしここで、作品に対する欲望のベクトルは、ヘンリエッタとバジルで大きく異なっている。ドリアンに心酔しきっているバジルは、自分の欲望がその作品に滲み出ていることを恐れており、それゆえに作品の変貌を発見したときには恐怖におののきながら、自らの「罪」をも懺悔する。一方、モデルであるドリスの身体と精神を完全に区切ることが可能であると考えたヘンリエッタは、ドリス本人には一片の愛情や共感を寄せることもないまま、自らの心が生み出した架空の存在ナウシカアを具現化する欲望のみで動いている。結果的にナウシカアの像に「ドリスの卑しさ」が滲み出たことをヘンリエッタは慟哭するが、それは外見と内面の分離の不可能性を示しているのだろうか。それともヘンリエッタ自身の虚構の美への執着と、生身のドリスへの冷酷さが「汚れ」となって像に流れ込んだのだろうか。

さらに、このナウシカア像に関するエピソードにおいて、ヘンリエッタが過去に製作したもう一体の彫像が紹介されるが、彼女自身が「見事な出来」(18)と満足するこの第二の彫像においては、ワイルド的テーマがさらに増幅される。ヴィヴィアンとシリルという二人のキャラクターの対話の形を取ったワイルドのエッセイ「虚言の衰退」の中で、ヴィヴィアンは「パラドックスのように思えるかもしれないが――そしてパラドックスというのは常に危険なものだが――芸術が人生を模倣するよりもはるかに、人生が芸術を模倣する、というのはやはり真実なのだよ」(74)と述べる。さらにのちの箇所で彼は「英仏海峡が、特にヘイスティングズのあたりだが、あんなにもヘンリー・ムーアの絵[6]のように見えなければ良いのだが。黄色い光に包まれて、グレイがかった真珠色にね。とはいえ、芸術がさらに多彩になれば、きっと自然も多彩になるよ。自然は芸術を模倣するからね」(80)と主張する。

ヘンリエッタが創り出すポートレートは、図らずもこの有名な警句が示唆するパラドックス(7)をテクスト全体に滲み出させることとなるのだ。

「祈る人（The Worshipper）」と題されたこの梨の木で作られた彫像は、他でもないヘンリエッタの愛人である医師ジョン・クリストウの妻ガーダがモデルとなっており、この事実を知り激昂するジョンとヘンリエッタの会話は、この第二章ではヘンリエッタの視点から、その後の第四章ではジョンの視点から再現される。彫刻家としてのヘンリエッタの姿勢は、「祈る人」とナウシカア像においてほぼ共通している。彼女にはまず追求すべきヴィジョンがあり、それに身体的具体性を与えるモデルを必要とするものの、完成作は断じて「ポートレート」ではない。

「そう、私が欲しかったのはあの首と肩、そして重たげに前屈みになった姿勢――服従――頭を垂れているの。素晴らしいわ！」

「素晴らしいって？　おい、ヘンリエッタ。これは許せない。ガーダのことは放っておいてくれ」

「ガーダは気づかない。誰も気づかないわ。これが自分だとガーダにわかるはずがないし、他の誰だってそうよ。実際、ガーダではないんだから。何者でもないの」(43)

ここでもヘンリエッタは、ガーダの身体を再現しながら「何者でもない」彫像を作ったことに自信を示す。しかし「祈る人」とナウシカア像の真の相似は、こうしたヘンリエッタの「抽象化」が実際には破綻し、まさに作品がモデルの「ポートレート」になっている点にある。「祈る人」がヘンリエッタの自信作となり得ているのは、本質的にナウシカアの無垢とは無縁であったドリスと異なり、ガーダが「首と肩のライン」に留まらず、まさにその存在そのものが「祈る人」であったからなのだ。右のジョンとヘンリエッタの会話は、以下のようにきわめて暗示的に終わる。


「君が創ったものには、ぞっとさせられるよ、ヘンリエッタ!」

ヘンリエッタはかすかに身震いした。

「そうね——私も感じたわ」彼女は言った。

ジョンは鋭い調子で尋ねた。

「彼女は何を見ているんだ——誰なんだ? 彼女の前にいるのは?」

ヘンリエッタはたじろいだ。口を開いたとき、彼女の声には奇妙な響きがあった。

「わからない。でも思うのよ——あなたを見ているんじゃないかしら、ジョン」(44)


怖れさえ感じさせるほどの盲目的な崇拝と服従を夫に捧げていたガーダは、やがて昔の恋人ヴェロニカとの彼の束の間の情事を目撃するや、冷酷な殺人を決意し、ためらうことなく実行に移す。ヘンリエッタが作り上げた「祈る人」の像は、身体的特徴のみを写し取るという彼女の意図に反して見事なガーダ個人の心身のポートレートとなっており、周囲からは夫の意のままに動く鈍重な主婦と思われていたガーダのまったく異なる自己、危険な狂信者という「内面」を捉えていたのである。

「芝居」としての殺人

前述のワイルドの「人生が芸術を模倣する」という言葉をなぞるかのように、内面の狂気を表出させたガーダがジョンを殺害し、名探偵ポアロ登場となるのは、三〇章から成る小説の第一一章という悠長さであるが、それに加えてこの殺人は、その発生を受けてポアロが関係者あるいは警察に呼び出されるという常道ではなく、何の予備知識もない彼がまったく偶然にその現場に足を踏み入れるという形で読者に提示される。一見、遅きに失したミステリの幕開けに思われるが、しかしここまでの芸術表象がこの場面の不自然な「自然」、奇妙なアンチ・クライマックスの巧妙な布石となっていることに注目したい。

週末にヘンリエッタとクリストウ夫妻を含む親戚や友人を集めたレディ・アンカテルは、ホロー荘の隣家に滞在するポアロを昼食に招く。プールサイドのあずまやに案内されたポアロは、そこに血を流して横たわるジョン・クリストウと、拳銃を手に呆然と立ちすくむガーダの姿を見て、衝撃ならぬ倦怠を感じる。

ポアロは困惑し、そしてうんざりした——まったくうんざりだった。彼にとって、死は余興ではなかった。しかし人々は彼のためにジョークとして、この芝居を用意したというわけだ。

というのも、彼の目に映ったのはじつに人工的な殺人現場だったのだ。プールサイドに芸術的に配置された死体の片腕はだらりと伸ばされており、ご丁寧にも赤ペンキがコンクリートの縁をつたって、プールにゆっくりとしたたれている。死体も見事なもので、ブロンドのハンサムな男性だ。死体の傍らには、拳銃を手にした女が立っている。背は低いが、がっしりした体つきの中年のこの女性は、奇妙な、放心したような表情を

浮かべていた。(110)

あまりに「人工的な」殺害現場を前にしたポアロは、とっさにこのすべてが、客である自分をもてなす余興としての「芝居」であると誤解する。しかし現場を遠巻きに見つめるヘンリエッタやレディ・アンカテルたちをも「役者」と見なしていたポアロは、やがてジョンが実際に死にかけていることを理解し始める。

興味深いのは、誤解が解けてもなお、ポアロが「現実」と「芝居」の混合物としてこの場面を捉え続けている点である。

突然、少なくともポアロには突然と感じられたのだが、この一群の人々の中でただ一人だけが本当に生きているように見えた——今、まさに死の瀬戸際にある男が。

これほど力強く、濃密な生命力をじかに感じたことは、ポアロはこれまで一度もなかった。他の者たちは色あせた人影であり、どこか遠くのドラマの役者にすぎない。しかしこの男は「現実」なのだ。(112)

そしてここで、唯一の「現実」であった瀕死のジョンは「ヘンリエッタ」という一言を最後に息絶え、ようやく「探偵小説」としてのプロットが本格的に始動することとなるが、この殺人の「不自然さ」、作り物めいた感覚はポアロを悩ませ続けることになる。「人工的(artificial)——まさにその言葉だ、とポアロははっとした。そう、何もかもがどこか人工的なのだ」(126)。現場の状況から当然犯人と思われていたガーダが、横たわるジョンの傍らに落ちていた銃を拾っただけであると主張し始め、それに呼応するかのようにヘンリエッタやレディ・アンカテル、ヴェロニカたちも不審な行動と発言を見せる中、事件は複雑さを増し、ポアロはあらためて殺害現場を「演出されたもの」と形容する。「プールサイドの情景。セットの中の、演出された情景。誰によって演出されたのか？　誰のために演出されたのか？」(199)。

言うまでもなく、読者に「パズル」を提供し、「謎解き」を迫るミステリ・ジャンルにおいて、すべての殺人事件は精巧に組み立てられた「作り物」である。一見、激情に駆られた衝動的殺人と思われるケースであっても、自らの犯罪を隠すための真犯人による計算は細部に張り巡らされており、嘘や芝居、さらには凶器をはじめとする物品への細工等の「虚構」は枚挙に暇がない。当然「ポアロもの」においても、関係者や現場について探偵が何らかの「不自然さ」を感じるところから彼の有名な「灰色の脳細胞（little grey cells）」が活性化し、隠された真相へと辿り着いていくのが確立されたパターンであり、その意味では本作でことさらに強調される「作り物」感へのポアロの拘泥は、ミステリ・ジャンルそのものの虚構性を暴露する、ポストモダンなパロディにさえ思われる。

二重の演出

しかし先に検証した芸術表象の入念さ、そこから強調される芸術と自然の逆転というテーマを念頭に置くと、クリスティがここで意図しているのはパロディとは程遠い、「現実」、「自然」あるいは人間存在そのものに対するより透徹した視点であると考えられる。すなわち、やがて明らかになるように、じつはプールサイドの殺人現場において「演出」の要素は限定的であった。たしかに真犯人のガーダは、実際にジョンを撃ったピストルを茂みに隠し、直後に別の銃を手に彼の傍らに立つ、という「芝居」をおこなっていた。前述のポアロの問いの答えは、他のすべてのキャラクターに「凶器ではないピストルを持っていた」ことを見せるために、ガーダによって演出された場面であった、ということになる。しかしポアロの自意識とは裏腹に、ガーダが主に意図していた「観客」はアンカテル家の人々であり、ポアロの登場は結局のところ偶然でしかなかった。そして、血を滴らせる美しい被害者ジョン、そして息を呑むヘンリエッタをはじめとする目撃者たちによってポアロの眼前に披露された劇的な構図には、何の計算もなかったのだ。その人工性にポアロが軽蔑的な「退屈」の念を抱いた「作り物（a set-piece）」こそが、ジョンの人生が最後に到達した「現実」であったのだ。

そして注目すべきさらなる皮肉は、死にゆくジョンに紛れもない「現実」を認め、これが実際の殺人であることをポアロが認識したまさにその瞬間から、実際にはこの事件の「演出」が開始されていた、という事実である。すなわち、結末でヘンリエッタ本人が明かすように、ジョンの最後の言葉である「ヘンリエッタ」は、犯人であるガーダを守るようにという彼女への「指示」であった。この解釈が、愛人としてガーダへの罪悪感に駆られるヘンリエッタの妄想でないことは、のちにポアロ自身が彼女に告げる「大手術の執刀医が看護師に「鉗子を」と言うときのように、彼の声は明瞭で、意志的でした」（196-97）という説明によっても裏づけられている。そして現場において、そのジョンの意志に基づき瞬時に「役者」として動き始めたヘンリエッタは、茫然自失のガーダに手を貸すふりをして、その手のピストルをプールの水の中に落とし、自らの「失策」を詫びてみせるのである。

被害者がその生の最後に、自らを襲った加害者を庇おうと試みる例は「ポアロもの」では『象は忘れない』（一九七二）においても見られる。この作品で、自分を崖から突き落とした双子の姉を殺人犯としないよう、虫の息の被害者は夫に懇願し、愛する妻の最後の願いを叶えようとする夫は、心ならずも犯人を守る行動に出る。しかし、昔から精神を病んでいた双子の姉に対する、この心優しい妹の憐憫の情、自分だけが健康であったことへの長年の罪悪感、そして肉親の絆などと比べると、『ホロー荘の殺人』におけるジョンの「最後の願い」の原動力は、一見不可解なものである。生前のジョンの描写において、彼の愛情と執着のすべてはヘンリエッタ、そして過去の「亡霊」であるヴェロニカに注がれており、「ヴェロニカとは正反対」であるという理由のみで選んだ妻ガーダは、平穏な家庭を提供するだけの存在にすぎない。死の直前、再会によってヴェロニカの本性をようやく理解し、その呪縛から解き放たれたジョンはあらためてヘンリエッタへの愛に燃え、彼女との新しい生活を夢想していた。その未来を自分から突然奪った「退屈な」妻ガーダを、なぜジョンは最後に守ろうとしたのか。

この謎について、ヘンリエッタは結末でポアロに解説する。

「〔前略〕彼は、ガーダを守ってくれと私に頼んだのです。彼はガーダを愛していました。自覚していたよりもはるかに、彼女のことを愛していたのだと思います。ヴェロニカ・クレイよりも。私よりも。ガーダは彼のもので、ジョンは自分のものが好きだったんです。やってしまったことの結果からガーダを守れる者がいるとすれば、それは私だということがジョンにはわかっていました。そして彼が望むなら私が何でもするということも、ジョンにはわかっていたのです。私が彼を愛しているから」（298）

その死の瞬間に「真実の愛」に気づくジョン・クリストウ、そして自分が彼の「真実の愛」の対象ではなかったことを知りながら、その妻を必死に守る愛人ヘンリエッタの姿が、メロドラマ的類型を辛くも逃れて、どこか透徹した悲哀を漂わせるのは、まさにプールサイドの殺害現場に渦巻く二重の「演出」、そして繰り返される「盲目」というモティーフの重層性に起因するように思われる。

「虚ろな」現実

しばしば自己中心的なプレイボーイの富裕な医者として片づけられがちなキャラクターであるが、クリスティがジョン・クリストウの内面を特徴づける要素として用意したのは「家に帰りたい」という奇妙なリフレインである。彼がはじめて登場する第三章において、ハーリー街の自宅兼診療所で診察を終えた彼は思いにふける。

> 彼は疲れていた――疲れ切っていた。もう長い間、この疲れがずっと続いていたように思えた。彼は、何かを求めていた――心の底から。
> そのとき、この思いがひらめいたのだ「家に帰りたい」
> 自分でも驚いた。どうしてこんなことを思ったのだろう? どういう意味だ? 家? 彼は家とは無縁だった。(27)

当時英国の植民地であったインドで子ども時代を過ごしたジョンにとって、真の意味での「生家」はなく、自分にとってのはじめての「家」がガーダと二人の子どもたちと暮らすまさにこの場所であることを認めながらも、彼はそれが「ホーム」ではないと瞬時に断定する。そして昔の恋人ヴェロニカと暮らした南仏の館がここで彼の脳裏をよぎることで、ジョンにとっての「ホーム」とは愛情の在処と一体であることが明らかになるのだが、小説の結論から判断すれば彼にはまったく自分の真実が見えていなかったということになる。自分が見ようとするものしか視

【図 3-3】映画『華麗なるギャッツビー』(1974) より

界に入れようとしない彼を「サーチライト」にたとえ、その「盲目性」を指摘したのは他ならぬヘンリエッタであるが、冒頭のナウシカア像によって導入されたこの「盲目」というモティーフは、このようにさまざまなキャラクターと絡み合いながら「現実の虚ろさ」というテーマを増幅させていくことになる。

　自らの内面、そして「現実」がまったく見えていなかったジョンは、その「作り物」感でポアロを辟易させた、劇の一場面のようなプールサイドの「殺人現場」の一部と化したまさにその瞬間、はじめて「真実」を知る。館のプール、金髪の美男の死体、滴る赤い血、というたしかに「絵になる」この構図は、F・スコット・フィッツジェラルドの『ザ・グレート・ギャッツビー』（一九二五）というさらなる文学キャノンを彷彿とさせる（【図3-3】）。現代ではアメリカ文学の代表作として押しも押されぬ地位にある本作の再評価が劇的に進んだのは一九五〇年代であり、英国においては一九四八年にようやく再版が出版された[8]この作品をクリスティが読んでいたかは定かではない。しかしながら、ポアロに「これほど生気に溢れた男を見たことがない」と言わしめたジョン・クリストウの死に際の「リアリティ」の解釈的可能性を、ミステリ・ジャンル的な枠組みに囚われることなく発展させるためには、興味深い比較であるように思われる。

『ザ・グレート・ギャツビー』において、「過去は取り戻せる」と信じて夢の恋人デイジーを追い求め続けた果てにすべてを失ったギャツビーは、すでに秋の気配が漂う中、庭師が水を抜くというのを押しとどめて、豪奢な屋敷のプールへと向かう。そこで彼は、濡れ衣による銃弾を受ける直前に新たな目で世界を見るのだ。

ぞっとするような木々の葉を通して、見たこともない空を見上げた彼は、バラの花のグロテスクさに、生えたばかりの芝に落ちる日差しの生々しさに、身を震わせたことだろう。新しい世界、リアルではない物質の世界、そこには空気の代わりに夢を吸い込む哀れな幽霊たちがふらふらとさまよっている……名もない木々の間を、彼の方に忍び寄ってくるあの灰色の、この世のものならぬ人影のように。(133-34)

ここで「灰色の、この世のものならぬ人影」と形容された殺人者ウィルソンの「神」が汚れた眼鏡をかけたエクルバーグ博士の看板であるのは作中の有名なエピソードである。ウィルソンと同じく、ジョンの妻ガーダは嫉妬心によって突き動かされ、殺人に及ぶ。しかしもちろん、ギャツビーにとって見知らぬ他人であったウィルソンとは異なり、ジョンの眼前にピストルを持って現れたガーダは、思いがけない殺人者であると同時に真の愛情の対象、追い求め続けていた「ホーム」として、彼の人生の最後に至って認識され、これまで見えていなかった「現実」を知らしめるのである。

「作り物」めいた殺人現場の一部となることによってはじめて「リアルな」存在となり、真実の愛を知ったジョンは、ヘンリエッタに最後の「演出」を託す。そしてこれまで自らのアトリエにおいて「自然」と「芸術」の拮抗に対峙していたヘンリエッタは、ジョン亡き後の世界でガーダを守るためにさまざまな虚構を張り巡らせていくという別種の「創作行為」に没頭することを余儀なくされる。このように、彫像、演劇、文学等の多彩な芸術表象によって導入された哲学的とも言えるテーマが、見事にミステリとしてのプロットの核となる展開は、まさにクリスティの真骨頂と言えるだろう。

虚ろさの浸食

『ホロー荘の殺人』については、本論冒頭でも言及したように、ジョンをめぐる三人の女性キャラクター、すなわち妻ガーダ、愛人ヘンリエッタ、過去の亡霊ヴェロニカが織りなす複雑な構図から、従来的にフェミニズムの視点から議論されることが多かった。他方、文学研究者のクリストファー・イアニサロスの二〇一七年の論文は、一九三〇年代から四〇年代にかけてのクリスティによる「英国性」表象を検証する中で、大英帝国の残滓としてのカントリー・ハウスである「ホロー荘」に焦点を当てており、「虚ろ」を意味するこの奇妙な屋敷の名前については次のように考察されている。

あきらかに、屋敷の名前は森の中の窪地（a hollow）というそのロケーションに由来している。しかし同時に、ルーシーが女性であるがゆえに相続できず、今は無気力な従弟エドワードの所有となってしまった館の、二流の代替品という意味でも「虚ろ」なのだ。(86)

「代替品」としてのホロー荘に留まらず、ルーシー・アンカテルの生家である広大な屋敷エインズウィック、さらには由緒正しき血筋を誇るアンカテル一族が体現する「英国性」そのものの「虚ろさ」を指摘するこの議論は興味深いものであるのだが、本章ではこの小説のタイトルが屋敷の名前、あるいは帝国の残滓という特定の階級や時代性ではなく、真の自己を見つけられないままもがく「虚ろなる」人間そのものを指すものとして捉えてみたい。

ジョンの死後、ポアロのもとを訪れ、自身が彼の愛人であったことを告白したヘンリエッタは、ポアロが口にしたアルフレッド・テニスンの詩の一節を聞き動揺する。

「『そして木霊《こだま》が、何を問われようとも……』」彼女は我を忘れたように言いつのった。「もちろんそうだわ――今わかった――それよ、木霊《こだま》なの！」

「何が木霊《こだま》だというのですか？」

「この場所――ホロー荘そのものよ！　前にもわかりかけたときがあったわ――土曜日に、エドワードと二人で丘に登ったとき。エインズウィックの木霊《こだま》。私たち、アンカテル一族は皆そうなのよ。木霊《こだま》なの！　私たちはリアルじゃない――ジョンがリアルだったようには」（192-93）

ここでもテニスンの詩という芸術によって、ヘンリエッタは自己の真実、すなわち「リアル」ならざる「木霊《こだま》」として生きている空虚さを、はじめて明瞭に「見る」。ヘンリエッタは自らが属するアンカテル一族全体を批判の対象とし、それとは異なる今は亡きジョンの存在の「リアル」さをここで主張するが、すでに検証したように彼もまた真の自己を見失い、疲労しきった「虚ろな」人間の一人であった。

そして、劣等感に苛まれながらアンカテル一族を恐れ、しかしその一方で実際よりも「愚かなふり」をすることで、彼らから「内面」を隠して密かな満足を得ていたガーダもまた、そのきわめて虚ろな生の最後に「芸術」と一体化する。彼女を助けようと訪ねてきたヘンリエッタに、ガーダは崇拝しきってきた夫への幻滅を語るが、その彼女が自らの生み出した「祈る人」そのものとなっていることをヘンリエッタは悟る。

「私はジョンを信頼していた。信じきっていたのよ——神様みたいに。この世で一番気高い人だと思ってた。善いこと、気高いことのすべてだと思ってた。でも全部嘘だった！　私はからっぽになったわ。私は、私はジョンを崇拝していたの！」

ヘンリエッタは魅せられたようにガーダを見つめていた。彼女が察知し、木を刻んで形にし、命を与えたものが、まさに目の前にあるのだ。「祈る人」はここにいる。盲目的な献身は、幻滅の果てに暴走し、我が身に襲いかかっている。(293)

危険な狂信者という本性そのままに、ここでガーダは真相を知るヘンリエッタをも毒殺しようと企むが、駆けつけたポアロに阻まれ、その毒を自ら飲んで息絶える。

警察による逮捕を避ける形の、こうした「哀れな」犯人の末路はクリスティ作品においてしばしば見られるが、ガーダの生の虚ろさと悲哀は、冒頭からの数々の芸術表象と重ね合わされ、その盲目性が強調されることで、とりわけ印象的なものとなっている。すなわち、この場であたかも生ける「祈る人」の像となったガーダは、「偶像」であった夫を抹殺したことに何の後悔も見せぬまま死んでいき、ジョンの真の愛情の対象がじつは自分であったことを知る由もない。同時に、彼女が目撃したヴェロニカとジョンの関係はもう過去の情熱の抜け殻の、虚ろなものにすぎなかったこと、さらには真相を知られているという理由だけで殺害しようとしたヘンリエッタこそがジョンの愛人であったこともガーダにはまったく見えておらず、まさしく梨の木に彫られた像の瞳と同様に、彼女は実体のないジョンの「木霊《こだま》」だけをただ見つめていたのである。このように、本作が強調する「虚ろさ」は、特定の職業や階級に留まることなく、主要キャラクターすべてを容赦なく覆っている。そしてその空隙を埋めるのは「肉づけ」でも「量感」でもなく、彼らの現実に滲み出す虚構であり、芸術なのだ。

嘆きのポートレート

ガーダの死によって「推理小説」としてのプロットは完了するが、本作には、これも異例なほど長いエピローグが続く。ジョンの遺言による「創作行為」から不意に解放されたヘンリエッタは、生きる目的を失い、ガーダに盛られた毒を飲めばよかったと思うまでに絶望するが、ジョンがその治療に全力を注いでいた難病の患者を訪ねようと決意する。未だ治療法のない病に苦しみながらも生への意欲に燃える元掃除婦は、明らかに「木霊《こだま》」とは無縁の人物であり、コックニー訛りでジョンの思い出を熱く語る老婆とはじめて対面したヘンリエッタは、彼女の「リアリティ」に慰められる。「ヘンリエッタは不意に温かさを感じ、気持ちが高揚した。これは現実で、ずっと続いていくものだ。この手狭な空間に、彼女は再びジョンを見出したのだ」(303)。

しかしこの場面においてさえ、ヘンリエッタの束の間の喜びが芸術と不可分であることに留意したい。ジョンの死を悼む老婆の「あんな人はめったにいやしない(There aren't many of 'is sort)」(305)と言う言葉を聞いたヘンリエッタは、ハムレットがその父について言った台詞を想起する。[9]酒浸りの夫と大勢の子どもを抱えスラムで生きてきたというこの老婆が、シェイクスピアを引用することはまず考えられないが、この僅かな言及はヘンリエッタの「現実」に常に「芸術」が浸食していること、言わば芸術というフィルターなしには「現実」を生きることができない彼女の姿を示しており、次の最終部への橋渡しとなる。

病院を出たヘンリエッタは、ついに自分のアトリエに戻り、恐れ続けていた孤独、すなわちジョンの喪失に対峙する「嘆き」の時が来たことを知る。しかし涙を流しながらも彼女の脳裏には唐突にあるヴィジョンが浮かぶ。

嘆き——嘆き……ヴェールを被った人物像——頭部が覆われ、輪郭はほとんど見えない。

アラバスター。

彼女の頭に像が浮かんだ。高く、引き伸ばされた姿。秘められた悲しみは、ただ布のひだが織り成す、長い、愁いに満ちたラインで表される。

澄んだ、透明なアラバスターから湧き出る悲しみ。(307)

彼女との精神的距離に苛立ったジョンがかつて予言したように、「全身全霊で嘆く」ことができず、その嘆きを彫像にせずにはいられない自らの芸術家としての業を彼に詫びるヘンリエッタの言葉「ジョン、許して、私を許してね。こうせずにはいられないの」(308)で本作は幕を閉じ、彼女の第三の彫像の詳細はこれ以上明らかにされない。

ミケランジェロによる傑作である、サン・ピエトロ大聖堂所蔵の大理石のピエタ像をはじめ、愛する者を亡くした嘆きを擬なす衣装を纏った女性像に託すのは古典的な発想である(次頁【図3−4】)。しかしナウシカア像や「祈る人」と異なり、ヴェールでその全体が覆われ、輪郭はほとんど見えないというヘンリエッタの「嘆き」像に、眼窩や肩のラインといった身体的特徴はもはや必要ではない。透きとおるようなアラバスターに彫られた衣装の襞のみによって「悲哀」が表現されるという丈高い像は、ヘンリエッタの再度の抽象化への挑戦を示唆している。

その一方で、この「嘆き」像がこれまでの作品群には見られない、彼女自身の人生と感情に密接に寄り添ったきわめて個人的な作品となることは明らかであり、自らが「十全な人間（a whole person）ではない」（307）ことへのヘンリエッタの慟哭にもかかわらず、この結末には、「木霊《こだま》」でしかない人間存在がその「虚ろさ」に芸術を言わば浸食させながら生きる姿が、むしろ肯定的に、恬淡と受容されているように思われる。

【図 3-4】《ピエタ》ミケランジェロ作。

いみじくも *The Hollow* と名づけられた本作は、ミステリ・ジャンルにおける「中身のない」キャラクターへの批判を逆手に取る形で、ジャンルや「ブラウ」の擁護というレヴェルを超え、彫刻、文学、演劇に跨がる芸術表象によって人間の自己、その内面そのものの「虚ろさ」を、ミステリの核として用いながら描き出している。しかし結末でのヘンリエッタの芸術家としての終わらぬ挑戦が示唆するように、この虚ろさはパロディにも絶望にも結びつかず、ライトが指摘したクリスティの常に「確固として前向きな」(69) 姿勢によって、叶わないながらも真実の自己を求めてさまよう人間の不可避的な姿として、鮮やかに浮かび上がっているのである。

◉註

(1)『英国ミドルブラウ文化研究の挑戦』七頁。

(2) 代表的な例としては、メルヤ・マキネン、メリッサ・シャウブ、J・C・ベルンサル等の著作が挙げられる。

(3) ナウシカアは、一般にホメロスの『オデュッセイア』に登場し、オデュッセウスを助けるスケリア島の王女として知られているが、彼女が盲目であるという記述はないことから、ヘンリエッタが創作するナウシカアとの関連は不明である。『ギリシア神話物語事典』によれば、ナウシカアはのちに吟遊詩人となり「偶然出会ったある盲目の詩人が彼女の歌のすべてを編んで、ぼう大な歌のつづれ織をつくりあげてくれた」(164) という説もあるという。

(4) ヘンリック・イプセンの戯曲『ペール・ギュント』(一八六七) の主人公は、放浪の末に出会ったボタン職人に「他の出来損ないの人間と共に溶かして、鋳造し直す」と脅され、「おのれ自ら」(一一一) であったことを証明しようと必死になる。

(5) クリスティ作品において頻出することだが、本作はアメリカにおいては『時間外の殺人 (*Murder After Hours*)』のタイトルで出版された。

（6）ヘンリー・ムーア（一八三一－一八九五）は、自然風景、特に多くの海洋風景を描いた一九世紀英国の画家。
（7）こうした考えは「「自然」をして君たちの唯一の神たらしめよ」（高田 289）とするロダンとはまったく相容れないように思われるが、よく知られているようにワイルドはロダンのバルザック像を賞賛した一人であった。デイヴィッド・チャールズ・ローズによれば、一八九一年のパリ訪問時にワイルドは、「フランス最大の詩人」（183）と称えたロダンを実際に訪問するなど僅かな交流があったが、その関係は深いものではなかったという（184）。
（8）ニコラス・トレデルによれば、チャトー&ウィンダス社が一九二六年に英国における初版を出版したものの、同年の売れ行きは僅か一一〇〇部であった。その後一九三七年に雑誌『アルゴジー（*Argosy*）』に全文掲載され、一九四八年にようやくグレイ・ウォールズ・プレスによって再版の運びとなった（33-34）。
（9）本作中では *"We shall not see his like again"*（305 強調は原文）と示されるが、原典においては "I shall not look upon his like again"（第一幕第二場一八八）。

コラム　作家たちのポートレート❸

アガサ・クリスティ（一八九〇－一九七六）

Agatha Christie

本文冒頭で述べたように天文学的な出版部数を誇り、今なお一冊も絶版になることなく世界中で流通しているクリスティのミステリの多くには、「公式」のクリスティの肖像写真が掲載されている。一九八〇年代の英国の「顔」であったマーガレット・サッチャー元首相にも通じる、いかにも英国のレディらしく一糸乱れぬ風情にセットされた髪、そして穏やかな表情ながらどこか硬質な印象を与える「老婦人」の顔に、見覚えがある方も多いだろう。

しかしクリスティ本人にとって、こうした自らのポートレートの氾濫は嬉しいものでも、誇らしいものでもなかったはずだ。その理由は二つある。第一に、クリスティは非常にプライヴァシーを重視しており、マスメディアに対して強い恐怖心と不信感を抱いていた。最初の夫アーチー・クリスティの女性問題を引き金として、一九二六年末に起こった十一日間の彼女の「失踪」事件が、当時のマスコミによって大々的に報道されたことは、彼女の生涯のトラウマであった。当時、クリスティの顔写真は連日紙面を飾り、『デイリー・ニュース』紙はその「変装ヴァージョン」まで掲載した。作品宣伝のための狂言、あるいは愛人の存在を告白した夫を「犯人」に仕立て上げるためのトリックである等々の「推理」は現在に至るまで続いているが、二〇二二年に最新版の伝記を著したルーシー・ウォルズリーは、従来指摘されてきた「失踪」直前の自動車事故による「記憶喪失」よりも、はるかに深刻な「自己喪失」状態であったと主張している（152）。「失踪」中に、じつはクリスティは当時の有名なリゾートであるハロゲイトの高級ホテルに滞在していたのだが、そのときに夫の愛人の姓を使用していたことは有名な事実である。彼女自身の顔写真が大きく掲載された新聞もホテルの自室に持ち込んでいたと伝えられるが（ウォルズリー 161）、それを目にしたクリスティが何を思っていたのかは、永遠の謎である。

第二の理由は、より単純なものだ。彼女は自らの「公式」ポートレートのヴィジュアルが気に入らなかったようなのだ。「実人生と著作の両方において、クリスティは男女を問わず外見の美しさを非常に重視しており、彼女にとって「自己」のかなりの部分は身体的外観に左右されていた」（13）と、一九九〇年代の伝記作家であるジリアン・ギルは述べている。ギルが指摘するように、クリスティによる『自伝』（一九七六）、そして彼女の娘ロザリンドからの「公認」を得て一九八四年に出版された、ジャネット・モーガンによる初の伝記『アガサ・クリスティ』は、その初版カバーに公式ポートレートとはまったく異なる、若き日の彼女を描いたとおぼしき見慣れぬ肖像画、そして大きな帽子のために容貌もはっきりしない横顔の写真をそれぞれ使用している。『自伝』の中でクリスティは、年を取ってからの自分の姿について「八二キロの肉の塊と、「親切そう」としか言えない顔」（209）と、これも典型的な自己卑下をこめて評しているが、名声を確立した五〇代以降が中心となる「公式」ポートレートは、彼女自身の厳しい美の基準に達しなかったようである。

とはいえ、インターネット上で金髪の美少女時代の写真から、「新たに発掘された」貴重な未公開写真まで、あらゆる年代のクリスティの無数のポートレートが閲覧可能となった現代に改めて見直してみると、クリスティ本人の満足は得られなかったとしても、結局は日本の文庫版の翻訳にもほぼ必ず掲載されている「公式」ポートレートがもっとも彼女の複雑な「自己」を示唆しているように思われる。ほぼ常にモノクロのそれらの写真には、モデルや女優というヴィジュアルに直結する分野外で圧倒的な職業的成功を収め、その当時としてきわめて珍しいことに

「職業上」のポートレートを要求されることになった女性が、心底自認する内気さと相反する行動を、しかしあくまで仕事の一環として引き受けた覚悟が滲み出ている。

彼女が創り出した名探偵ポアロも、「美」であるかは微妙ながら「卵形の頭、ぴんとはね上がった口髭」という非常に特徴的なヴィジュアルと共に生き、その長い人生の最後に病と老いに身体を蝕まれながら「付け髭」を用意してまで、そのイメージを堅持した。晩年のクリスティが、じつはポアロを「忌み嫌っていた」こともまた有名であるが、ポートレートが映し出す年齢を刻んだ自らの姿、さらにその像が世界中に拡散することに辟易しながらも、読者からの要望に応えていたのと同じ覚悟でもって、この愛憎が染みこんだ自らの「分身」でもある名探偵も、彼女は背負い続けていたのではないだろうか。

「アガサ・クリスティ」

第4章

中間存在としての人形

シリ・ハストヴェット
『リリー・ダールの魅惑』
(1996)
Siri Hustvedt,
The Enchantment of Lily Dahl

ストーリー

アメリカのイリノイ州に位置する小さな田舎町ウェブスターで、子どもの頃から旧知の住民に囲まれ、一九歳の美しい主人公リリーは女優になることを夢見ながら、町の素人劇団で演じ、生活のために食堂でアルバイトをしている。牧歌的に見えながらも、長い歴史に根ざした暗部をたたえる小さなコミュニティに、ニューヨークからやって来た謎めいた画家エドと、リリーの恋愛を軸に物語は展開する。

病気療養が必要になった両親がフロリダに移り住んだため、リリーはアルバイト先の食堂の二階にあるアパートで一人暮らしをしているが、その部屋の窓から、通りの向かい側にあるホテル住まいのエドが絵を描いている姿を、彼女がひそかに観察する描写で小説は幕を開ける。美しいエドにリリーは魅了され、もう三週間も毎朝、覗き見を続けているが、彼の絵は常に彼女の視界から隠されている。町の大学で短期間教えていた彼が、なぜか契約終了後もニューヨークの家に戻らず一人でこの安ホテルに留まり、妻とも疎遠になっているらしいことを、詮索好きな町の噂としてリリーは知っている。やがて好奇心と恋心、そして欲望を抑えきれなくなった彼女は、ある夜、灯りをつけた自分の部屋の窓辺で、通りを挟んだエドに向かってストリップをしてみせ、そこから二人の恋愛関係が始まる。

その一方で、町には「女の死体を引きずる男」についての奇妙な噂が流れ始める。幼なじみの、吃音を抱える孤独な若者マーティンの関与を疑うリリーは、彼の自分への危険な執着を警戒しながらも、昔からよく知っているようで、じつは何も知らないこの人物に果敢に近づき、謎を解明しようとする。やがて彼女は彼の隠れ家である洞窟でマーティンと対峙し、「女の死体」がじつは、彼が作っていた自分にそっくりな等身大の人形であることを発見する。彼はリリーにその人形を押しつけ、彼女は危うく窒息しそうになりながらも必死で脱出するが、その翌朝、リリーが働く食堂でいつものように朝食を取ったマーティンは、いきなり銃を取り出し、彼女に銃口を向けた後、それをくわえて自殺する。

妻と別れることを決意したエドがニューヨークで一緒に暮らすことをリリーに提案する中、彼女はマーティンの自殺のトラウマから抜け出せずにいたが、やがて彼の墓地を訪れた際に、自分の人形がひそかにそこに埋められていることを知らされる。そして新たな生の世界を見出したリリーが、町の劇団の次回の演目である『マイ・フェア・レディ』のヒロインのオーディションの舞台に向かう場面で物語は終わる。

「越境」の作家

現代アメリカを代表する作家であり詩人、さらには美術、哲学、精神医学を横断する広範なトピックを数多くのエッセイ、評論、講演において流麗に語り、ワイル・コーネル医科大学講師の肩書きと共に、オスロ大学をはじめとする三つの大学からの名誉博士号も持つシリ・ハストヴェットは、しばしば「現代のヴァージニア・ウルフ」と評される。日本においては、長編小説第一作『目かくし』の翻訳が二〇〇〇年に出版された後、フェルメールやゴヤ、さらにゲルハルト・リヒター等の現代アーティストによる絵画作品を扱ったエッセイ集『フェルメールの受胎告知』、そして五〇歳を過ぎた自身を突然襲った激しい身体の「震え」に端を発した、心身の相関についての思索と研究の記録である『震えのある女——私の神経の物語』が、続く一〇年間に訳されたのみであるが、このわずか三冊の翻訳書のジャンルの幅広さを見るだけでも、この作家の知性の圧倒的な広がり、その越境性が印象づけられる。現在までに七作を数える長編小説にも、この知的射程距離の豊かさが遺憾なく発揮されると同時に、チャールズ・ディケンズの研究でコロンビア大学から博士号を取得したという経歴からも窺える、サスペンスに満ちた「読み物」としての面白さの追求と、読者の感覚、そして想像力を押し広げる刺激に満ちている。

なかでも、彼女の小説を特徴づけるのは、オブセッションとも言うべき視覚芸術へのこだわりである。七作品のすべてに、絵画、写真、映像、インスタレーション等に携わるアーティストが登場し、彼らが創り出す作品は多くの場合、きわめて詳細に言葉によって描写される。こうした架空の視覚芸術をいかに生み出すかについて、ハストヴェットはインタヴューの中で次のように答えている。

多くの場合、あるイメージが頭に浮かびます。ある種のアーティストと同じように、思い描いたイメージから仕事を始めるわけです。まずイメージがあり、作業の途中でそれを微調整していくのですが、私の場合は本のページの中にそのイメージを描き、言葉でもって仕上げていくことになります。どのようなキャラクターであれ、アーティストを創り出したら、その人物のための作品も創り出すことができるものです。（マニーズ）

ただしブッカー賞候補となった第六作目の『ザ・ブレイジング・ワールド』（二〇一四）を除き、そのアーティスト本人が語り手となることはない[1]。ハストヴェット自身と近似した背景を持つ文学専攻の大学院生や詩人といった女性、あるいは精神科医、また美術研究者の男性などが一人称の語り手となり、眼前のアートについて描写していく。自らの恋人、友人、敵、あるいは初対面の人物によって生み出された作品を、語り手は大いなる興味や驚き、そして少なからざる確率で恐怖をもって見つめ、そこに描き出された人物、さらにはそれを描き出したアーティストその人についての複雑かつ濃密な感情に襲われる。

二〇一四年のインタヴューにおいて、作品中の「アートと生の境界の揺らぎ」を指摘されたハストヴェットは「芸術作品はモノであると同時に他者なのです」と述べ、「アートは「息づく」ことができる、と信じています」と答えているが（ベッカー 412）、この言葉は彼女のあらゆる文章に通底する「越境」への関心を如実に示している。ヒトとモノ、現実とフィクション、自己と他者の融合という本書のテーマのさらなる展開として、視覚芸術がひしめくハストヴェットの作品群の中から、本章では第二作長編である『リリー・ダールの魅惑』に焦点を当てる。

本作は彼女のキャリアにおいて初期のものでもあり、批評的に特に重視されているとは言えないが、自伝的色彩が濃厚であるがゆえに「文学」要素が強かった第一作の『目かくし』（一九九二）から、横溢する視覚芸術の描写がまさにテクスト全体の要となり、自在にアートを語る作家としてのハストヴェットの地位を確立した代表作『わたしが愛したもの』（二〇〇三）への橋渡し的位置づけは、それ自体が「越境」の作品としてきわめて興味深い。さらに、その後の作品でも繰り返し登場することになる「人形」に、ハストヴェットが本作において付与した要素の複雑さは類を見ないものであり、本書のテーマに密接に関連するものである。

ハストヴェットが織り成す若い女性の成長物語（ビルドゥングス・ロマン）は、既知、あるいは未知の人間たちとの新しい関係性と共に、さまざまな「ヒトの形を捉えたモノ」との邂逅に満ちている。前述したように、ハストヴェットは「フィクションと現実の境界のもろさ」が自らの絶えざる関心であると繰り返し述べているが、本作においてはエドの描く肖像画、そしてマーティンがひそかに創作する人形と共に、女優志望のリリーが町の素人劇団において『夏の夜の夢』の稽古を仲間と重ねているという伏線によっても、このテーマがさらに増幅されている。リリーへの執着を彼女そっくりの人形に託し、最後に自殺するマーティンは、ハストヴェットの作品に頻繁に現れる「歪んだ」アーティストの系譜にたしかに連なるが、[2] しかし作者は彼の不安定な自己、そして他者を「見つめ、取り込み、所有したい」という欲望を、けっして例外的な異常性とは提示していない。むしろ主要キャラクターすべてが共有しているこの欲望が、彼らの生み出すアートと絡み合いながら、どのように描き出されているかを詳細に検討していきたい。

「底知れない」他者、そして自己

リリーも出演する『夏の夜の夢』の中で「クモの巣」役を演じるマーティンは、ある日のリハーサル後に彼女を呼び止め、話し始める。

「リアルなものは何もない、って思ったことない？」

リリーは彼の顔を見て、ゆっくり答えた。「そうね、当たり前のものが、何だか変に見えるときはあるけど……」

マーティンは勢いこんで頷いた。「ぜ、ぜんぶに膜がかかってるみたいなんだ。その下に入れば、リ、リアルなものにたどりつける。でも、それができないから、膜の下に行くための入り口を見つけないといけないんだ。わかる?」(64)

リリーは当惑するが、マーティンはさらに言葉を続ける。「こ、言葉はにせものだ。別のものを音で表してるだけだろ? 絵もにせものだし、劇もにせものだ。でも、もしリアルなものにぐうっと近づけたら、両方がはじけて一緒になるんだ」(64)。リリーは彼に首を振ってみせ、戯言と片づけようとするが、しかしこの日のリハーサル中にマーティンのクモの巣というキャラクターへの見事な「変容」を目撃し、称賛の気持ちに駆られて彼の頬にキスまでした彼女の心に、そしてテクスト全体に、彼の言葉は響き続ける。

このように、リリーにとっての「リアル」は、ふとしたことから輪郭を揺るがされていくが、それは不可解な他者によって動揺させられるだけではなく、劇のヒロインであるハーミアに「変容」する自分、さらに衝動や欲望にかき立てられ、思いがけない行動に出てしまう自分によっても危うさを増し、彼女の自己は物語中で加速度的に拡散し、複数化していく。本作は、ハストヴェットの小説の中で唯一の三人称の語りが用いられているが、その結果、主人公の意識と完全には寄り添えない読者にとって、リリーが出会うさまざまな謎と共に、その行動が予測できない彼女自身も謎となり、それゆえにその「魅惑」が増す構造であるとも言えるだろう。

本作における例外的な三人称の使用について、ハストヴェットはリリーが自らの典型的な語り手とは異なる「ナイーヴ」な主人公であるから、と説明している(マニーズ)。たしかに、父親の病気により大学進学をあきらめ、片田舎の食堂で働きながら役者を目指すリリーは、ハストヴェットの主人公としては珍しくアカデミズムとも都会生活とも縁が無い人物であるが、もちろん彼女の鋭敏な精神は、テクストが描き出す数ヶ月の間にも急速な変貌と成長を遂げていく。一方で小説の舞台であるウェブスターは、ハストヴェット自身が大学時代まで暮らした町ノースフィールドが明白なモデルとなっており、リリーが働く食堂を含め、ノースフィールドに実在する店や場所が登場する（リーディング・グループ）。このように、作者の「萌芽期」を象徴するキャラクターとも言えるリリーは、ナイーヴさと共に知性と欲望を兼ね備え、その自己の境界を押し広げながら他者へ、モノへ、そして虚構へと果敢に向かっていく。

そもそも物語の冒頭から、未知の画家エドを見つめ、欲望しているのはリリーである。そして反対側の建物にいるエドに向かってストリップをして誘惑するという、自分でも思いがけない大胆な行動をリリーが取る背景には、彼女に取り憑いて離れないあるモノの存在がある。この少し前、リリーは町外れのボドラー家のガレージに放置されていたトランクから、一足の白い靴を盗み出していた。ボドラー家はウェブスターの町の暗部を代表する存在である。飲んだくれの夫と幼い双子の息子たちを残して出奔したと信じられていたヘレン・ボドラーが、二〇年余り経った一九五〇年になって家の敷地から白骨化した遺体で発見された。そのときにはすでに故人であった夫が、じつは彼女を生きたまま地中に埋めたことは、今では町の住民すべてが共有する「事実」である。遺体の発見者でもある息子たち、兄フランクと弟ディックは、廃品回収をしながら世捨て人のようにその家に暮らし続けているが、奇妙な衝動に駆られてこの荒れ果てたボドラー家を覗いたリリーは、たまたま無人のガレージにあったトランクを好奇心から開き、綺麗に畳まれた古い女性用衣類と共に詰められていた靴をヘレンのものと確信し、これを衝動的に持ち帰ってしまう。そして自分の部屋で我に返ったリリーは、自分自身の「途方もない思いこみ」に呆れ、「なぜ死んだ女性の靴を、盗むほどに欲しいと思ったりするだろう」（38）と自問しながらも、その小さな靴を履き、そしてその瞬間「自分が何をしようとしているかを理解し」（38）、窓辺でストリップを始める。

「誰かの靴を履く（in someone's shoes）」という英語表現は「誰かの立場に身を置く、誰かの身になって考える」という意味の慣用表現だが、結局は誰のものかわからない白い靴に足を滑り込ませたリリーが、最終的にはそれ以外のものはすべて脱ぎ捨てた姿を見知らぬ男性であるエドにさらすこの場面は、もちろん単なるイディオムのパロディ化ではなく、リリーというキャラクター、そして作品全体の「底知れなさ」を強く印象づける。リリーの隣の部屋に住み、『夏の夜の夢』を演じる彼女の指南役となる元大学教授の老女メイベルは「年を取れば取るほど、人や物事の本質を知ることはできない、って確信する」と述べ、「絶対に、何かの奥底まではたどりつけないのよ」（34）とリリーに断言する。自己の、そして他者の不可知を主張するメイベルのこの言葉は、マーティンの言葉と同様にリリーに取り憑き、怖れと困惑をもたらしながらも、最終的には彼女に自らの複数性を肯定する可能性と、生への力を与えることになる。

町民から慕われていた医師の愛娘であり、変わり者揃いの食堂の常連たちにも気さくに応対し、その魅力で町中の人気を集めるリリーは、しかし死者へレンや、ボドラー兄弟、さらにマーティンという、一見対照的な闇に満ちた他者に惹かれ、接近し続ける。エドが彼女を惹きつける最大の要因もまた、ニューヨークから来た美貌の画家という表面的な部分ではなく、常に彼女からは見えない闇に置かれた彼の絵ではないのか。そして、そのエドに向かって「すべてをさらけ出した」かに見えるリリーの「シンデレラのように小さな足」（30）は謎の白い靴に覆われており、彼女の心の「奥底」を読者も理解することはできない。誰かはわからない別の女性の「身になった」リリーのストリップはエドを魅了し、あたかもリリーへの返答であるかのように彼が「ドン・ジョヴァンニ」のデュエットのレコードをかけ、曲名は知らないながらそれを窓辺で聴くリリーが「本当の人生の冒険が始まった」（40）と悟る場面で、このエピソードは幕となる。

のちに、リリーはこの靴をボドラー家にこっそり戻そうと試みるが失敗し、最終的には農場の裏手の地面に穴を掘り、白いカーテンの布にくるんで埋める。ヘレン・ボドラーの末路と重なる、この「埋める」行為の重要性については本章の最後で詳説することとし、次節ではリリーとエドの恋の行方と共に、彼が描くポートレートについて詳しく見ていこう。

キャンバスの中の物語

深夜のストリップから数日後、リリーは今度はいきなりホテルを訪れ、エドの部屋のドアをノックする。エドは驚く様子もなく、笑顔で彼女を招き入れ、リリーはついに彼の作品群を目にするのだが、彼女にとって旧知のウェブスターの住民たちが描かれたそれらのポートレートは、ハストヴェットの小説に登場するすべてのアートと同様、きわめて独創的かつ謎めいたものである。興味津々のリリーの視点を共有する読者もまた、言葉による「ポートレートのポートレート」と対峙し、エドという画家の「底知れなさ」を実感させられる。

等身大のドロレス・ワコウスキーが、リリーを見据えていた。彼女はスツールにまたがり、開いた両脚の間の座面を両手でつかんでいる。正面に突き出されたその顔は険しく、真剣だった。身に着けたモノトーンの水玉のワンピースの襟ぐりは深く、見事な胸の大半があらわになっている。キャンバスの上部には三つの枠が描かれており、新聞漫画のようなスケッチがそれぞれに収まっていた。枠の中の線描画は、下部の肖像のリアリズムと比べると、なおさら戯画めいて見える。リリーは絵に近寄り、つま先立ちになって枠の中を凝視した。一番左の枠には、小さな物置か何かの裏に、幼い女の子がうずくまっている。夜で、その頭上には三日月が描かれているが、女の子はごく簡単にスケッチされているだけで、顔ぐらい描いてあげれば良いのに、とリリーは思った。「これは何？」と、三つの枠を指さして彼女は尋ねた。「物語部分だよ」と、エドは答えた。「モデルには、肖像画の中にこうして描き入れるための物語を、いつも一つ選んでもらうんだ。誰かの絵を描くときには、必ずその人との共同作業にするからね。ポーズを取ってもらいながら、二人で話し合って、肖像部分ができる頃には物語部分の中身を決めてもらう」（74-75）

「客を取っている」ことで町中で悪名高いドロレスの子ども時代だという「物語」は、次の真ん中の枠では小屋の裏で眠り込んでしまった女の子、そして最後の枠では一人の女が片手でその子のシャツをつかみ、もう片方の手は彼女を引っぱたこうとしているかのように振り上げられている情景で構成されている。この女性がドロレスの母親であると告げたエドに、リリーは「お母さんが怖かったというわけ？」（75）と尋ねるが、彼はそれを否定する。

この場面でリリーはさらに、男性を描いた二つの作品を見るが、それが「真の自分」であるという本人の主張により、そのうちの一人はヌードになっている。旧知の隣人たちのこうした思いがけないポートレート、そしてその中に挿入された「物語部分」は、彼女を面白がらせ、また動揺させる。ヌードで描かれた男性の「物語」は、ロデオの騎手になった姿、女性の頭に銃を突きつけた姿、そして一本の木に首を吊られた姿の三コマで構成されている。またもう一人の男性の絵には、子ども時代に弟と駆け回る姿、そしてその弟が入院したサナトリウムの建物の外観、最後には部屋の中にぽつんとある空っぽのベッドが描かれており、肺病のため一九歳で死んだという弟が彼にとっての「たった一つの大きな物語」（77）であるという。

『フェルメールの受胎告知』（二〇〇五）においてハストヴェットは、「永遠に続く現在、という幻想を絵は作り出す。絵は、何かの魔法で時計が止まったかのように、視線を留め置くことができる場なのだ」（xv）と述べている。ここでハストヴェットは、小説や音楽という時間の経過と共に経験する類の芸術と、絵画とを対比させており、こうした根本的な次元では、エドの絵画も「時間の外側に属する」（xv）静止したアートである。しかしながら、明らかに「時間の経過」を実感させる三つの枠のシークエンスによって、エドの絵は強い物語性を帯びており、観察者としてのリリーの関心の中心は、等身大の肖像部分の「リアリズム」よりもむしろ、その物語部分に向けられる。

もっとも、ここでリリーが「観察」しているのは、モデルの「物語」そのものではない。彼女の心を捉えているのは、これまでまったく知らなかった住民たちの記憶やトラウマ、あるいは願望をこのように表出させる、エドの謎めいた力である。ドロレスの肖像を見つめるリリーは「彼女は、あなたを信頼してるのね」と言い、「本当にプライヴェートなことだもの」（75）と付け加える。そしてこの直後、二人は愛し合う。エドに抱かれながら、リリーは「この人には、私のすべてがわかっているよう」（79）と感じ、窓辺でストリップをしたときの自分の姿を「彼の目」（79）でもって頭の中で再生し、オーガズムに達する。

エドに対する「覗き」そしてストリップによって、冒頭から強調され続けてきた「見る／見られる」快感が、ついに一つの頂点に達したこの場面において、リリーの「自己」が複雑な分離と融合を遂げていることに注目する批評は多い。ハストヴェット作品における「視線」に着目する研究者ダイアナ・ワグナーは、シモーヌ・ド・ボーヴォワールの『第二の性』における「性愛の経験は最も衝撃的なやり方で人間に人間の条件の両義性を発見させる経験の一つである。人間はそのなかで、肉体として精神として、また他者として主体として自分の経験をするのである」（二六九）という表現を引用しながら、「自らの視線の主体でもあり客体でもあるという両義性を意識すること」

（104）が、ここでリリーに性的快楽を与えていると主張している。文学研究者クリスティーヌ・マークスもまた、「他者の目から見ること、役割を入れ替えること」が彼女にエロティックな刺激をもたらし、「アイデンティティの混淆」（113）に繋がっている、と指摘している。しかしマークスの言う、こうしたリリーの「自己のアイデンティティに対するコントロールの放棄」（113-14）は、エドとの性体験という直接的かつ閉ざされた「見る／見られる」関係のみに起因するものではなく、エドの描いた肖像画との対峙もまた、大きく影響しているのではないだろうか。

のちに自ら語るように、エドにとって誰かのポートレートを描くことは、その人物との「コミットメント」であり、「一緒に一週間、穴の中に入ってしまうようなこと」（114）である。おそらくこの作品中でマーティン以上に謎めき、「底知れない」アーティストであるエドが、もっとも深い繋がりを持つのは自らの絵のモデルである。エドとの遅ればせの「初対面」において、リリーは彼が描いた肖像画を見ることで、恋人にとっては致命的な彼のこの本質を無意識に悟っている。自分より先にエドの前に「プライヴェートなこと」をさらけ出したモデルたちの姿はリリーを刺激し、彼女は彼らのようになりたいと願う。「エドの目」から再生する、ストリップをしたときの自分の姿は額縁のような窓枠に囲まれ、その視線の中で一枚の絵となっている。それによってリリーは、ドロレスをはじめとするこれらのモデルたちとの一体化も遂げ、そこから快感を得ているのではないか。幸福と快楽に満たされながらも、リリーとエドとのはじめての結合には、恋人同士のアイデンティティの混淆だけではなく、キャンバスの中の他者たちもが流れ込んでいるのだ。

その美貌と大胆な行動でエドを魅了し、あっと言う間に恋人となったリリーが、二人だけのもっともプライヴェートな瞬間に、こうした「描かれた他者」を必要とするのはなぜなのか。彼女が最初に目にしたポートレートのモデルであるドロレスは、やがてリリーに「あの人は自分の絵の中に住んでる」と忠告し、酒を飲んでトラブルに陥る自分を彼が助けてくれるのも「絵の中の人物だから」であり、「そうでなければ気にもかけない」（202）と言い放つ。「私は絵の中にいないけど、愛してくれてる」（202）と反駁しながらも、リリーにはそれがエドの真実であることがわかっている。年上の友人メイベルがエドの絵のモデルとなったときも、リリーは「描く人物に対しての特別な親密さ」（117）を彼が秘めていることをあらためて実感し、七八歳のメイベルに激しく嫉妬する。同時に、モデルとして自らの人生をエドに語ることに夢中になっている友人を、哀れにも思うのだ。

メイベルは彼をじっと見つめており、リリーは彼女が気の毒になった。彼のそばで本当に幸せなんだ、とリリーは思った。エドは彼女の幸せを絵の中に描いているのに、それがわかっていない。現実の人間については、彼は盲目だ。（174）

名画の模写で生計を立てていたというエドは、しかし最近「本当の絵」に目覚め、三四歳の今、新たな野心に燃えている。必ず「物語部分」を挿入するという彼のユニークなポートレート制作は、モデルとの長時間の対話を伴い、リリーは「エドが描いているのはプライヴァシーそのもの」（118）であると考える。そして彼が時給を払いモデルとして雇う町の住民たちは、メイベルも含めて「何らかの意図で」選び出されている一方、恋人の自分はけっして彼の絵の題材にならないであろうことを、苦く認識するようになる。

しかしながら、エドが描く「絵の中」に入り込むことができず、彼とモデルの間の特別な親密感から疎外されるリリーは、一方でいつの間にか、まったく異なる「アーティスト」のモデルになっている。ニューヨーク出身の美貌の画家エドと、田舎町ウェブスターの世捨て人マーティンに挟まれる形で、リリーの「アイデンティティの混淆」

が加速していく様を、それでは次に検証していこう。

「中間にある」人形

この小説は、前述したように一九歳のリリーの凝縮されたビルドゥングス・ロマンであると共に、ミステリとしての側面も併せ持つ。すなわち、ウェブスターの町の「女の死体を引きずる男」の噂に加え、リリーはまったく身に覚えのない時と場所で自分らしき姿の目撃情報が相次ぐことに、当初の軽い困惑からしだいに危機感を募らせ、真相究明に果敢に乗り出していく。この「自分らしき姿」の背後にマーティンが存在していることをリリーに確信させるのは、盗んだ白い靴をこっそりと返すべくボドラー家におもむき、そこで出くわしてしまった兄弟との会話である。普段ほとんど誰とも口をきかないディックが、近くの野原でマーティンがリリーを「運んでいる」のを昨夜見た、と言うのだ。

「マーティが、あんたを運んでるのを見たよ。あんたは気絶してるか、それか……」彼は口をつぐんで、紅茶をこぼれさせることもなく、持ち上げていた両腕を下ろし、カップを手でこすった。「あんただった」窓に向かって語りかけるように彼は言った。「あんたの目で、顔で、髪だった。おれは叫んだ」ディックは声色を変えて、続けた。「『マーティ！　それ、誰なんだ？　戻ってこいよ、マーティ』っておれは言ったけど、やつは答えない。小道を横切って、小川沿いにどんどん歩いて、森の中に入っていった」（144）

マーティンが、自宅の壁に昔の少女殺害事件の新聞記事の切り抜きを貼っていることを知っているリリーは、この孤独な幼なじみが「本当の殺人」に関与しているのではと疑い始める。そしてメイベルと共に彼を尾行し、『夏の夜の夢』で演じる妖精の衣装を着けた彼が、自分そっくりな女性を軽々と運びながら、深夜に小川を渡る姿をついに実際に目撃するのだ。

そしてエドの忠告を振り切り、マーティンが隠れ家にしている洞窟に乗りこんだリリーは、彼女自身と瓜二つの等身大の人形を抱えたマーティンと対峙する。バーギット・ドーズは本作を「ポストモダン探偵小説」(304) と評したが、たしかにこの「真相」のある種の肩すかし的な要素、すなわち「本当の殺人」は存在せず、死体は「ただの人形」であったという顚末を「パロディ」と見ることも可能だろう。しかしマーティンが一年かけて樹脂粘土で創り上げたという、この実際のリリーよりもやや幼い、まだ少女の面影を残す人形は、本作が示唆してきた、あらゆるものの「底知れなさ」の象徴であり、リリーは安堵どころか自分自身のアイデンティティの危機に恐怖を感じる。

マーティンによれば、人形は「中間のもの (the one between)」、すなわち「君と僕の間、ベッキーと君の間、ダールとドールの間、言葉と身体の間、君と君の間」(234) に位置するものである。ベッキーとはこの地域で一六年前に父親に殺されたという女児であり、生きていれば自分たちと同世代であるという彼女の写真を保存しているマーティンは、以前にも彼女とリリーが「似ている」と主張し、「君は彼女の代わりに成長したようなもの」(129) と述べていた。さらに、じつはボルダー家と縁続きであるマーティンは、ヘレン・ボルダーの実家である「アンダーダール」家の血を引いており、リリーの姓である「ダール」との繫がり、ひいては殺されたヘレンとリリーとの繫がりをも主張するのである。「ドール」が「君の名前から出てきた生まれ変わり」(235) であるとするマーティンによって、リリーの存在はその名前や容姿から、非業の死を遂げた女性たちと結びつけられることで拡散し、人形はその中の一つに位置づけられている。つまりマーティンの中で、人形は現実のリリーの「コピー」という単純な相関関係にはない。彼にとっては、現実のリリーそのものが、死せる女性たちから成る複合物なのだ。

マーティンによるリリーの「解体」はこれに留まらない。やがて彼は子どもの頃に、白雪姫に扮したリリーをガレージの冷蔵庫に閉じ込めたことがあると主張しはじめ、リリーの記憶は混乱する。

「ぼ、僕は君を窒息させた。冷蔵庫の中には吸いこめる空気がなかった。僕が上に座っていたから」

「だって私は今ここにいるじゃない、マーティン。馬鹿言わないで。本当にそんなことがあったとしても、子どもの遊びでしょ?」リリーはマーティンの顔を見つめた。かたくなな、内にこもったその表情は、彼女の言葉もその意味も、受けつけようとしなかった。

「僕は君を縛り上げた」

「嘘よ」リリーは言ったが、動揺した。縛り上げた? 縛り上げられたことなどあっただろうか? その記憶があるように感じるのはなぜだろう? 足首と手首に食いこむロープの感触を覚えているのはなぜだろう? 本当に起こったことなのだろうか?

リリーはマーティンの目をのぞきこんだが、それは大きく見開かれていた。「そ、そ、それから、ずっと後になって、僕は中を見たけど、もう終わってた」

「嘘よ、マーティン、嘘」リリーは言った。

「君は、し、死んでた。僕が殺したんだ」彼は言葉を切った。「そ、それから僕は君にキスした、そうしたら白いドレスの、き、君は立ち上がったんだ――」
「嘘よ」リリーは言った。
マーティンは頷き、そして囁いた。「ハーミアみたいに」(238-39)

動揺と混乱の中で、リリーは人形が自分とは異なり青い瞳を持っていることに気づく。マーティンは自らと同じ色の瞳を人形に与えており、この人形の顔を間近に押しつけられたリリーは恐怖と嫌悪に駆られて洞窟から逃げだそうとするが、人形を抱えたマーティンに組み伏せられる。文字どおり「二人の間」に挟まった人形の頭がリリーの喉を圧迫し、彼女は危うく窒息しそうになるが、何とかマーティンの腕を振りほどき、ようやくメイベルとエドのもとに帰還する。

人形愛とその可能性

ここで、本作に登場する異色の「ポートレート」である、人形という物体について考えてみよう。土偶に代表されるように、「ヒトの形をした三次元のモノ」は古代から人間の歴史に寄り添ってきた。その用途も、呪術から宗教儀式、遊戯、教育、医療等、きわめて多岐にわたる。しかしここではマーティンが制作したタイプの人形、つまりは欲望の対象としての人形に焦点を絞りたい。

二〇二二年のＮＨＫラジオ講座『こころをよむ――人間と人形の間』の講師である人形文化研究者の菊地浩平によれば、本書第一章で言及したピグマリオンに由来する「人形や彫像のような無機物への性的嗜好」であるピグマリオニズムの訳語として、仏文学者の澁澤龍彦が「人形愛」という用語を日本に広めたという（104）。オウィディウスの『変身物語』において、ピグマリオン（中村善也の訳においては「ピュグマリオン」）の「人形愛」は次のように描かれている。

ピュグマリオンは
呆然と像を眺め、この裸像に胸の火を燃やした。
これが生身のからだなのか、ほんとうに象牙なのかを調べようと、絶えずこの作品に
手をあてがうのだったが、いまだに、これが象牙にすぎないとは認められないのだ。
口づけを与え、反応があると考え、話しかけて、抱きしめる。
肌に指を触れると、そこがへこむように思う。
からだを押しつけると、そこに青痣ができはしないかと心配だ。（七四）

そしてピグマリオンは、この像に贈り物をし、衣装を着せ、宝石でその身を飾る。
しかし重要なのは、ピグマリオンがこの像に与えたいと望んだ究極のものが「生命」であった、という点だ。第三章でも言及した彫刻家オーギュスト・ロダンによる《ピグマリオンとガラテア》の大理石像は、まさに像が生命を得た瞬間を捉えたものとされるが（次頁【図4−1】）、女神の力によるこの奇跡にピグマリオンが歓喜し、めでたく彼女と結婚して娘までもうけるというこの神話の結末を思い起こせば、それが「人形愛」とじつは相容れないことが見えてくる。愛する理想の女性像が生身のヒトとなり、それが「無機物」でなくなることは、「人形愛」に

【図 4-1】《ピグマリオンとガラテア》
オーギュスト・ロダン作。

憑かれた人物にとって最悪の事態なのではないか。

澁澤も大きな影響を受けた、ドイツのアーティストであり人形作家ハンス・ベルメールの有名な球体関節人形に関する著書の中で、松岡佳世は次のように論じている。

その世界を手に入れることができないという「隔たり」によって、「少女」との関係は一層甘美なものとなる。第一期の人形は、「少女」を代替していると同時に、ベルメールと「少女」のあいだの乗り越えられない「隔たり」をも表象することで、この微妙な両者の関係をとりもっていた。［中略］その人形が示すのは、人形自体はつくりものであって、その中身を暴けば空洞であることを受け入れながらも、人形とのあいだに再びある特別な関係性を取り結んでいこうとするような遊戯性を伴った態度

である。(39-40)

まさにそれが「モノ」であり、理想の女性、あるいは少女という不可侵な存在との「隔たり」を具現しているからこそ、「人形愛」は存在し得る。そこから「人形を愛する者と人形とは同一なのであり、人形愛の情熱は自己愛だったのである」(193)という澁澤の言葉が示す、完全に閉ざされた関係性が生じる。

とはいえ、前述の「NHKラジオ講座」が示すように、特に近年の日本において「人形文化」が脚光を浴びはじめる中、「人形愛」が持つ新たな可能性が公に論じられる環境ができつつあることにも言及しておきたい。二〇二三年夏に渋谷区立松濤美術館で開催された特別展「私たちは何者? ボーダレス・ドールズ」で紹介された多様な人形の中に含まれた、《アンジェ・つばさ》(【図4－2】)をはじめとする性愛の対象としての「ラブドール」

【図 4-2】《アンジェ・つばさ》
オリエント工業制作。

について、公式図録は以下のとおり解説している。

ラブドールを必要とする人々のなかには、身体に障がいをもつ者、大切な家族を失った者など、さまざまな事情を抱えている人々がいるという。その性と気持ちの受け皿として作られたものがラブドールであった。そこには昨今、重要視されている、自己から他者に向けて行われる、配慮、世話、メンテナンス等により自己実現を手助けする／されることを指す「ケア」の視点がいち早く盛り込まれていることは注目すべきだろう。持ち主のなかには、日常を人形と過ごす内に、本物の家族のように心を寄せ、愛を向けるようになる者もいるという。(121)

マーティンにとって、リリーの人形が「ラブドール」的意味合いを持っていたのかは不明である。町の人々は、彼を同性愛者か、あるいはまったく性に関心がないものと見なしていた。リリーもまた物語の冒頭で、二一歳の彼が「おそらく童貞である」と考え、「無垢な若者」(14)というそのイメージを好ましく思う一方で、気の毒にも感じていた。

後述するように、ハストヴェットはマーティンを病的な倒錯者とはけっして提示しておらず、菊地の言う「エロティックな意味での「人形愛」とはまた趣の異なる、もっとシンプルな愛と呼べるような関係性」(106)を描き出すことも可能であったのかもしれない。しかし洞窟での顛末、そして彼の最期を考えれば、実際にはリリーの人形が彼に「愛」を教える手段とはならなかったことは確かである。それではマーティンの欲望はどのような「人形愛」だったのだろうか。あるいは従来的な「人形愛」にも当てはまらないものだったのだろうか。

マーティンと人形愛

「現実」におけるリリーは、片田舎のウェブスターにおいてさえ変わり者の世捨て人と見なされているマーティンにとって、手の届かない「隔たり」の向こうの存在である。彼の作った人形が、実際のリリーよりもやや幼い、言わば失われた少女期の姿になっていることも、さらにその「隔たり」を強固にしている。しかしすでに確認したように、リリーと人形は、「手の届かない現実」と「意のままにできるモノ」という単純な二項対立にはない。マーティンにとって、その両者は共に断片から成る複合物であり、さらに彼は、そのどちらにも自らの断片をしのびこませている。「現実」のリリーには、自分と縁つづきの「アンダーダール」家出身のヘレン・ボルダーを重ね、そして人形には自らと同じ青い瞳を与えているのだ。

中井孝章は、序章で言及した國分功一郎の「中動態」の議論を参照しながら、人形との関わりのプロセスの中に「巻き込まれる」(60)状態に置かれる乳幼児そして人間の心理を分析し、「自己を「見てくれる」眼差しをそこに再現するために人形を造っている人たち」(30)の性的倒錯あるいは精神障害について論じているが、ハストヴェットはマーティンの欲望をさらに複雑なケースとして提示している。人形を目撃した複数の町民が、それをリリー本人と思い込んだことからも明らかなように、彼はリリーの身体的特徴を忠実に再現しており、それは以前からリリーを当惑させてきた、彼の習慣である彼女への「凝視」の賜物である。リリーを「見つめる」ことはマーティンのオブセッションであり、しかし劇の練習や、食堂でのわずかな時間にしか許されないその快楽を存分に満たすことが、たしかに人形を制作した理由の一つであろう。しかし彼の視線を受けとめる人形の目が、リリーではなく彼の目になっているという事実は、マーティンがここで満たしているのが「見られる」欲望だけではないことを示している。人形を介して、自分自身を「見る」という欲望も同時に満たしているマーティンの姿は、澁澤の言う「自己愛としての人形愛」に当てはまるようにも思われるが、一方でリリーという「他者」の境界を侵犯し、ヘレンやベッキー、さらには自分をも流入させようという破壊的な拡大性は、あくまでも無機物に執着する人形愛の閉鎖性とは相容れない。

洞窟での対決の翌朝、気丈にいつもどおり食堂で働くリリーのもとに、やはりいつもどおり現れたマーティンは、舞台用の化粧をしていたものの、普段と変わらぬ様子で朝食をたいらげた後、おもむろに銃を取り出す。周囲が凍りつく中、銃口はリリーに向けられ、彼女が死を覚悟した瞬間、マーティンは自らの口にその銃をくわえて自殺する。前夜の洞窟で、彼はリリーに人形を受け取るよう求め、「そうでなければ、うまくいかないんだ」(240)と叫んでいた。マーティンが、現実のリリーと人形との融合に執着した事実も、彼の欲望が「人形愛」とは異なることを示している。

本章の冒頭で引用した言葉のとおり、彼は人形が「にせもの」であると認識しているが、モノが表象する「隔たり」は彼に快楽を与えるものではない。彼が目指すのは、それを「リアルなものにぐうっと近づけたら、両方がはじけて一緒になる」ことであり、それゆえにリリー本人に人形を捧げることを必要としたのである。同時に、前述したように彼にとっては「現実の」リリーもまた、過去の死せる少女や女性、そして自らの記憶に残る子ども時代の彼女、さらには現在の彼女が舞台で演じる『夏の夜の夢』のハーミア、白雪姫等の虚構のキャラクターが重なり合った複合物である。早朝の食堂で、彼はまず彼女に銃口を向け、その後に自分を撃つ。それがパニックの中で涙ながらに「やめて、お願い」(248)と叫んだ彼女に対する愛情からであったのか、それともリリーと自らとの一体化の究極の形であったのかは、解釈の分かれるところである。リリーを形づくる断片の一つになることを欲望するマーティンにとって、自らを撃つことは、すなわちリリーを撃つことであったのかもしれない。

エドとマーティンの近似

本作のもっとも興味深い点は、このたしかに危険で歪んだ欲望を持つマーティンが、まったく対照的な立ち位置にあるように見えるエドと、アーティストとしてコインの裏表のような関係を形作りながら、ヒロインの「成長」の鍵となる構成にある。マーティンがリリーの人形と共にこもる「洞窟」は、まさにエドがモデルの「プライヴァシー」を捉えるために二人で入る「穴」が具現化したものと言える。また、死体を見せてくれるよう彼が葬儀屋に頼んだことが町中の噂となったとき、エドはリリーに「死者」という連作を描きたいと何年も思い続けており、それは「センセーショナルでも猟奇的でもなく、とても静かなもの――殺しの被害者みたいなものとはまったく違う」（173）と弁明するが、ヒトをモノに封じ込めることに情熱を燃やす彼が「死者」に惹きつけられているという事実も、やはりリリーと死者との「間にある」人形を作るマーティンとの相似として浮かび上がる。

マーティンはリリーに、エドに「描かれてはいけない」と言いつのり、「君のためだからね」と主張していたが（131）、それは単純な嫉妬ではなく、エドの肖像画が「プライヴァシーそのもの」であること、それをモデルから抽出するアーティストとしてのエドの容赦なさ、ある意味での暴力性を、おそらく誰よりも理解した上での警告である。エドに描かれたメイベルもまた、「自分の一部は望み、別の一部は抵抗しているクライシスに引きずり込まれる」（209）というモデル体験をリリーに語り、彼の絵の「攻撃性」（209）を指摘する。そして、エドが描いた妻のポートレートが原因で彼の結婚は破綻したこと、そのポートレートを描く過程で妻の真の姿を「見た」ことが、彼の結婚の破綻の原因であったことをリリーに教え、彼のアートには「根幹を揺るがす」（209）力がある、と述べるのだ。

文学研究者ジェイソン・トーゴーは、ハストヴェット作品に通底するテーマを「視覚表象の倫理」であると論じ、「ポートレートは、題材となる人物の精神を変えうるだろうか？ アーティストにはそのことについてケアする責任があるだろうか？」（118）という疑問を投げかけている。メイベルの話を聞いたリリーは、「ただの絵よ、メイベル。何でもないものに大騒ぎしないで」（209）といなそうとするが、もちろん本作においても、他のすべての作品においても、ハストヴェットはアートが人間の精神に与える影響力の、時に致命的な強さを繰り返し描いている。酩酊したドロレスを深夜に救出に行くことからも、エドがモデルに対して「ケアする責任」を感じていることは明らかだが、それは彼のアートが内包する「攻撃性」を相殺するものではない。

マーティンは絵描きを目指す若者を装い、偽名を使ってエドの部屋を一度訪れており、彼の肖像画をくまなく観察している。後から彼の正体を知ったエドもまた、リリーに彼に近づかないよう忠告する（230）。しかし示唆的なことに、マーティンの洞窟から辛くも脱出したリリーを迎え入れたその夜エドは、冷え切った関係にある妻のもとに一時戻らねばならないことを告げ、翌朝に起こったマーティンの自殺を知らないままウェブスターを離れ、その後ひと月余りにわたって音信不通となる。そしてふらりと戻ってきた彼は、はじめてその間のリリーの苦しみを知り、謝罪と共に結婚生活を終わらせる決意を告げ、ニューヨークで一緒に暮らそうと彼女に提案するのだが、ここで彼はマーティンを描いたスケッチをリリーに手渡す。マーティンの訪問後、エドは記憶をもとにこれらを素描しており、彼のポートレートを制作することを一時は考えたものの、結局は実現させなかったことをリリーに打ち明ける。

　リリーはマーティンを見つめた。背景は何もなく、床もなく、絵の中の彼が立っている場所については何も描かれていなかった。その身体は画用紙の中で浮遊しているようで、右手にはカウボーイ・ハットを握っていた。彼はとても若く、少年のようだった。（265）

エドとマーティンを分かつものは、自分を真剣に「見る」人間をマーティンはこれまでの人生で持っていなかった、という点であろう。画家としてモデルを貪欲に見つめるエドは、同時にリリーの熱い視線を受け、また謎めいた「よそ者」として町中の人々の好奇の視線も浴びている。一方、その孤独な生活において、マーティンは劇の練習で「クモの巣」を演じることではじめて仲間から注目され、あまつさえリリーからキスされる。まさに白雪姫のように「目覚めた」マーティンは、それ以前から制作していた人形をついに完成させ、リリーとの一体化を渇望するが、それは叶えられない。自分のアートがモデルであるリリーに与える影響、それに対する「ケア」という発想はマーティンから欠落しているが、それは欲望、そして愛情をもって見つめられたことがない彼には、守られるべき「プライヴァシー」という概念を持てなかったからではないか。

　マーティンは知らないことながら、彼の姿を唯一真剣に見つめ、死後にも残るモノとして記録したのは、他ならぬエドであった。スケッチを見たリリーは、「マーティンは、あなたが私を描くんじゃないかって心配してたけど、あなたが描きたかったのは彼の方だったなんて、おかしいね」と「半ば笑い、半ば泣きながら」（265）言う。リリー、エド、そしてマーティンの奇妙な三角関係は、けっして「ノーマル」な恋人同士に横恋慕する倒錯者、という図式ではない。マーティンがリリーそっくりの人形を作っており、現実においてもリリーに危害を加えかねないことを知りながら、唐突にニューヨークに去るエドには、たしかに「絵の中に生きている」危うさと非情さが垣間見える。洞窟での顛末を語るリリーに対して、エドはもちろん強く反応し、警察に行くことを勧めもするが、最後に彼がこだわったのは「その人形はよくできていたか」（242）という点である。もしもエドがマーティンの肖像画を描いていたら、そこにはどのような「物語部分」が表れていたのだろうか。あるいは自らの同類とも言えるマーティンの「物語」に対する怖れこそが、エドに彼の肖像画制作を断念させたのだろうか。このように、アーティストとして深い所で重なり合うエドとマーティンの間で「自己」を揺るがされ続けてきたリリーが、物語の最後で到達する境地を、それでは検証していこう。

人形の「埋葬」と自己の拡散

マーティンの拳銃自殺というショッキングな事件に静かな田舎町は騒然となるが、しかしその裏にある深い事情を知る由もない人々は、狂気の、あるいは絶望した孤独な若者の自殺とのみ捉え、やがて日常に戻っていく。メイベルや食堂の仲間に支えられ、リリーもまたアルバイトを再開し、『夏の夜の夢』の上演さえやり遂げるが、銃口を向けられ、マーティンの頭部が吹き飛ぶのを真正面から目撃し、その血しぶきを浴びたトラウマから逃れられない。彼女の元に戻ってきたエドがニューヨークでの新生活を提案するという恋愛面での急展開も、彼女の再生の決定打とはならない。この特異なビルドゥングス・ロマンにおけるヒロインの真の成長は、「狂気」のアーティストによる自らの解体、そして複数化をある意味で積極的に受け入れる、印象的な墓地での場面に凝縮されることになる。

事件からひと月半余りが経った八月のある日、以前からのメイベルの勧めに従い、リリーは一人でマーティンの墓をはじめて訪れる。そして、まだ新しい芝に覆われたその長方形の地面に彼女は横たわって頬を寄せ、土に手を埋めながら「マーティン、私はまだ生きてるわ」(271)と語りかけるのだ。あたかも彼との一体化を認めたようなリリーの新たな心境は、そこにたまたまやって来たボルダー兄弟との会話によって、さらに確固としたものになる。リリーがひそかに怖れていながら誰にも尋ねることができなかった人形の行方について、フランクは自殺する日の朝にマーティンがそれを「焼いてしまう」よう言い残して彼らの元に置いていったこと、しかし無口なディックが「女の子そっくりなものを焼くなんてできない」(272)と主張し、結局大きな箱に収めて、家の裏に埋めたことを告げる。

この後、ボドラー兄弟は同じ敷地にある母親ヘレンの墓にリリーを連れていくが、もちろん夫によって生き埋めにされるという彼女の悲惨な末路、そしてその母親の骨を大人になってから発見したという兄弟の凄惨な経験を考えれば、彼らにとって人形の「埋葬」が大きな意味を持つことは明らかである。奇妙な絆で結ばれた三人は、マーティンが眠る墓の上で沈黙し、物言わぬディックはただじっとリリーの顔を見つめる。

彼らの沈黙は、何を言えば良いかと途方に暮れる者たちのぎこちない空白とは異なっていた。それは秘密を共有する者同士の心を許した沈黙であり、その秘密が今、人形の形となっただけであることを、リリーは理解した。人形は秘密そのものじゃない。秘密は別のところに、いつだって別のところにある。心の中でそう言いながら、リリーは自分の息づかいを聞き、ディックとフランクの息づかいを聞き、幸福を感じた。(273)

ほどけていたリリーの片方の靴ひもを、ディックはいきなりかがみこんで結びはじめる。その行為は純粋な、無償の好意の発露であると共に、彼はまったく知らないことながら、ヘレンの靴に執着し続けたかつてのリリーの欲望を肯定し、そして新たな一歩を踏み出させる象徴でもあるのだ。

生と死が混ざり合い、かつて生命を持って息づいていたヒトが棺に収められ、あるいは骨と化して、埋められる場所、そして自分とそっくりな外見を持つ人形が埋められている大地に立ったリリーの感覚は研ぎ澄まされる。そして、傍らにいるディックの秘められた無言のトラウマが彼女の心の中に流れ込み、事件当時まだ幼児だったはずの彼が父親による母親殺しの場面を目撃したことを彼女はそのとき直感し、「覚えていないかもしれないけど、でもきっと彼はその場にいたんだ」（274）と確信する。

子ども時代から暴力と貧困によってどうしようもなく傷つけられ、荒れ果てた家にゴミにまみれて孤独に暮らすボルダー兄弟は、今また親類のマーティンを失った。そのマーティンも、詳細は明らかにされないものの愛に飢え、暴力にさらされながら人生を送ったことは間違いない。彼が高校生の頃には、すでに家を捨てていたという父親について唯一語られるエピソードは、彼が出産間近の雌犬を銃で撃ち、川べりに放置されたその遺骸をリリーの父親であるダール医師がたまたま見つけ、憤慨しながら土に埋めて葬った、というものである。当時八歳だったリリーは、父親のシャツが犬の血で汚れていたことを覚えており、それは吃音により学校で容赦ないいじめの対象になったマーティンが「鼻血でシャツを染め、泣きわめきながら」（9）学校の裏から出てきたのを目撃した記憶と、彼女の中で重なっている。

この雌犬のエピソードもまた、本作で執拗なまでに繰り返される「埋葬」のモティーフに連なっている。リリーが布にくるんで埋める白い靴、その靴の持ち主かもしれないヘレン、リリーと瓜二つの人形、そしてマーティンの死体、というさまざまなヒトとモノが、あるときは暴力と恐怖の中で、あるときはしめやかな儀式として、このボドラー家の周りに埋められてきた。序章で述べたように、ハストヴェットは「個人」の境界としての「個体」という概念の絶対性に疑問を呈し、母親という「他者」の胎内において生が始まるという根本的な事実に目を向け、生態学的な「多孔性」を強調しているが、生命の終わりである「死」もまた、あらゆる種類の越境が発生する場である。ヒトの身体は生命を失い、最終的には土に還る。「個」の境界は無と化し、ヒトとモノも融け合っていく。盗み出した白い靴を土に埋めようとしたリリーは、「誰も知らない静かな場所に埋めてしまえば、これもひっそりと無の中に溶けてしまうだろう」(139)と考えたが、このイメージは最終場面において増幅し、テクスト全体を包み込む。

マーティンは死に、そして彼の瞳を持つ、自分とそっくりな人形もまた箱に収められ、埋められたが、それによってリリーの自己の分裂と複数化に終止符が打たれたわけでは、まったくない。ウェブスターに戻ったエドはメイベルの肖像画を仕上げるが、その「物語部分」が明らかにするのは、彼女が一八歳のときにひそかに出産し里子に出して以来、生死不明となっている娘アナの存在である。メイベルからその話を打ち明けられたリリーは、生きていたら孫がいてもおかしくはない年齢になっているはずというアナについて、奇妙な感覚に襲われる。

　そして不意にリリーには、今生きている、あるいは今まで生きてきた人間として、メイベルの子どもの存在が非常にリアルに感じられた。それと同時に、アナが自分を幽霊に変えてしまったように、どういうわけか自分がメイベルが失った赤ん坊の代わりになってしまったようにも思った。(269)

墓地の場面の直前に起こるこのエピソードにおいて、リリーはその自己のさらなる揺らぎと分裂、「他者」の流入を、平静に、当然のことのように受けとめる。そして、墓地の場面に続く一ページ余りの結末部において、『夏の夜の夢』の次の出し物である『マイ・フェア・レディ』の主役を射止めるために、墓地から町の劇団のオーディションに直行するリリーの姿が描かれるのだが、最後にこのエンディングについて考えてみたい。

「イライザ」になるリリー

一九六四年公開のオードリー・ヘップバーン主演の映画版が有名な、アラン・ジェイ・ラーナーによるミュージカル『マイ・フェア・レディ』(一九五六)は、よく知られているようにジョージ・バーナード・ショー作の戯曲『ピグマリオン』(一九一三)を原作としている。ショーの『ピグマリオン』はギリシア神話を下敷きに、二〇世紀初頭の英国において貧しい花売り娘のイライザが音声学者ヒギンズの特訓により、「レディ」に変身する様をユーモラスに描きつつ、最後には彼女が自らの意思によってヒギンズの元を去るという皮肉なエンディングになっている。一方、『マイ・フェア・レディ』の結末は二人の恋愛の成就を示唆するものに変更されているが、ヒギンズのエゴによって「作りかえられた」ヒロインが、物語の中盤でアイデンティティの崩壊に苦悩と怒りを爆発させる展開は共通している。どちらのヴァージョンでも重要な役割を果たすヒギンズの母親が、息子が没頭しているイライザの特訓を「お人形遊び」(『ピグマリオン』81)と揶揄する台詞からも、ギリシア神話との関連が強調されるのだが、ハストヴェットはいかなる意図でこの作品を本作のエンディングに用いたのだろうか。

心の中で想像するロンドンの街路、そしてそこにたちこめるスモッグさえ「リアルに」感じるリリーが、ヒロインになりきって舞台に上がった瞬間で、この小説は幕を閉じる。まず印象的なのは、トラウマを乗り越え、女優という本質的に「自分とは異なる人格になる」アートに、新たに獲得した自信と喜びを持ってリリーが邁進していく姿である。さらにその役柄そのものが、他者からの強烈な力によって「変身」すること、そしてそのリスクを体現しているという点で、「底知れない」自己の複数化のドラマを経験したリリーが、リスクをさえ受け入れる覚悟で自らの境界を押し広げていく強靭さが読み取れるのだ。本作との関連性がタイトルから容易にわかる『ピグマリオン』ではなく、敢えて『マイ・フェア・レディ』が使用されているのは、ヒギンズのもとにイライザが戻るエンディングを選択することで「他者によって変えられる」ことをより積極的に捉えようとする、ハストヴェットの姿勢の表れであるようにも思われる。

リリーがニューヨークでのエドとの人生を選ぶか否かについては、結末においても明示されないが、「他者」の流入をもはや怖れず、自己の流動性と複数性、ひいては墓地でのヒトとモノの混淆に象徴される自己の「溶解」すら受け入れる強さを得たリリーは、モデルの「プライヴァシー」をキャンバスに写し取るエドの「底知れなさ」をも愛することができるのではないだろうか。故郷の田舎町を離れ、ニューヨークでの新しいコミュニティ、そして恋愛に飛び込んでいく主人公の姿さえ、『マイ・フェア・レディ』の言及は示唆している。本作の次に発表されたハストヴェットの代表作『私が愛したもの』はニューヨークを舞台としており、そこに登場する画家ビルは、葛藤の末に妻との破綻した関係を捨て、ミネソタ出身の若い女性ヴァイオレットと再婚する。ヴァイオレットが女優ではなく研究者であるなど、もちろんまったく独立した両作には相違点も多々見られるが、画家をめぐる三角関係の設定は酷似しており、アーティストとしての自己と、夫そして父親としての自己の間で苦悩するビルは、謎めいたエドの発展形とも言える人物である。

ハストヴェットはこの『リリー・ダールの魅惑』において、アーティストの潜在的な「攻撃性」を描き出すことで、その後の作品でも常に対峙することとなるアートがはらむ危険性、「視覚表象の倫理」の問題をたしかに炙り出している。しかし同時に、さまざまな理由でコミュニティの暗部に落とし込まれた人々を襲う暴力と貧困、孤独の容赦なさもまた、ハストヴェットのテーマであり続けている。父親に、夫に殺された少女や女性、そしてメイベルの失われた一人娘とリリーが一体化し、さらにはボルダー兄弟の心の傷を体感するという「成長」は、ヒトとモノ、現実と虚構、自己と他者のまさに「中間に位置する」人形によってもたらされた。ギリシア神話の「ピグマリオン」が時代を超えて人々の心を捉え続けるのは、倒錯や異常という言葉でけっして排除できない、人間の普遍的な欲望に加え、モノだけが手を差し伸べることができる孤独の存在がそこに描かれているからではないか。マーティンの創った「リリー」が、ボルダー兄弟によって埋葬されるというエピソードを示すことで、ハストヴェットは忘れ難い人形のイメージを読者の心に刻み込み、そこからリリーと同様に、自己が流動化し複数化する「底知れない」領域にも足を踏み入れていく強さを与えているのである。

◉註

（1）四五の断章から成るこの作品は、アーティストである主人公ハリエット・バードンの「回想録」からの抜粋で構成される章に加え、彼女をめぐる一五人余りの人物を語り手とする章、さらにインタヴュー記事、手紙の体裁を取った章と、きわめて多様な語りで構成される。

（2）作品そのもの、あるいは作品の公開によって、モデルのプライヴァシーやアイデンティティを侵害し、攻撃する手段としてアートを用いる芸術家の例としては、『目かくし』に登場するジョージ、『わたしが愛したもの』のジャイルズ、『あるアメリカ人の悲しみ』（二〇〇八）のジェフリーが挙げられる。こうした「歪んだ」アーティストの多くが写真家であることをあるインタヴューで指摘されたハストヴェットは「正確な事実の記録」と思われがちな写真には、必ず「フレーミング」という操作が介在しており、「世の中を枠で切り取ることは、きわめて誤解を招きやすく、不吉なことにもなり得る」（マニーズ）と答えている。

コラム　作家たちのポートレート❹

シリ・ハストヴェット（一九五五―）

Siri Hustvedt

本書では二人の現代作家を取り上げているが、カズオ・イシグロとは異なり、シリ・ハストヴェットは自身のインスタグラムを持ち（https://www.instagram.com/sirihustvedt/?hl=ja）、そこから彼女自身のウェブサイトに繋がることもできる。ただし予想されるとおり、それらの中身はプロフェッショナルかつアカデミックであり、後述するように私的なニュースや画像が発信されるときも、ほぼ著作と同レヴェルまで練り上げられた文章で、共有され、記憶されるにふさわしいメッセージが伝えられる。

二〇二四年二月で六九歳になるハストヴェットの姿は美しい。二〇二一年出版のエッセイ集『母たち、父たち、そして他者たち』にも記されているが、コロンビア大学大学院で学んでいた折に女性教授から「グレース・ケリーみたいな人が、大学院で何をするの?」（57）と揶揄されたり、その後も「ニューヨーク三部作」その他の著作で有名な作家ポール・オースターの「美貌の妻」として、デビュー小説はじつはオースターが書いた等のメディアによる捉えられ方に苦しみながらも、まさにそうした社会に根づく女性嫌悪、そして「ヴィジュアル」が持つ力についての考察を、フィクション、ノンフィクションを自在に行き来しながら明晰に語ることで、彼女は独自の地位を築き上げた。その自信と、「まったく衰えない」と各種インタヴューで断言している知識欲と創作欲が滲み出た、「円熟」という言葉がふさわしい姿は、欧米では知のアイコンと見なされている。

ただし、もちろんハストヴェットは「写真」というものの複雑さについても、また別のエッセイの中で「そこに現われているのは想像上のリアリティ、写真家の前にあるものだけではなく、写真家の夢や空想、そして願望の所産である。「見る」というドラマの中で、二つが重なり合うのだ」（『一人の女』44）と語っている。すべてのポートレートが「想像上のリアリティ」であるという前提のもと、ハストヴェットは「想像」と「リアリティ」の境界のもろさを提示し、共有することに意義を見出し続けてきた。

そんな彼女についての最良のポートレートは、やはり夫オースターの言葉が創り出したものかもしれない。「美しい、疑いもなく最高に美しい一八〇センチのほっそりしたブロンド、長い見事な脚に四歳児のように華奢な手首、今まで見た中でもっとも大きい小さな人物、それとももっとも小さい大きな人物だろうか、でも素晴らしい美人を遠くから見ているのではなく、生きて、呼吸している人間的主体と話し始めたのだ。客体ではなく主体、だから幻想の余地はない」(197) と、オースターは二六歳の彼女とはじめて出会ったときの印象を『冬の日誌』の中で回顧している。

二〇二四年一月時点のインスタグラムにおいて、ハストヴェットは癌の治療中であるオースターとの日々を、投稿数は少ないながらも発信し続けている。「癌の国 (Cancerland)」からの報告、と名づけられたそれらのメッセージと、夫妻の義理の息子である写真家が撮影する家族のポートレートは、プライヴェートの「露出」が問題視されることの多い現代のSNSの、他の手段ではあり得ない繋がりの場という根幹的機能の貴重さを実感させるものである。「当事者」のみが知り得るその国の困難さ、そして巨大さを伝えながら、ハストヴェットが強調するのは、リンボでも停滞の場でもなく、この国もまた「生そのもの」であるという事実だ。ただ悲しみと恐怖、苦痛があるばかりではなく、そこに人がいる限り、笑いも喜びもあることを、ハストヴェットは静かに書き綴っている。

本文で述べたように、「越境」の作家であるハストヴェットは、それがいかに厳しいものであろうと、「癌の国」の境界を越えて、言葉を、イメージを、思いを届けることを固く決意しているのだろう。たとえそれらが「想像上の現実」であっても、今まで思い描いてきた「奥底」を超えたさらなる深みに陥ってしまっても、新たに生まれてくるヴァージョン、新たに現われるヒト、そしてモノの姿を受け入れることを、ハストヴェットは私たちに促す。「病は人生の物語の一部であり、そして人生は変化し続ける」と彼女が述べるとき、時の流れこそがすべてのポートレート、すべてのアートを私たちが生み出してきた原動力であることを思い知らされるのだ。

「シリ・ハストヴェット」

第5章

「私」になるヒューマノイド

カズオ・イシグロ
『クララとお日さま』
(2021)
Kazuo Ishiguro,
Klara and the Sun

ストーリー

近未来の社会における富裕層では、子どもたちの遊び相手として「ＡＦ」と呼ばれるヒューマノイドを購入することが一般的となっていた。販売店の店長から、とりわけ観察力の鋭いＡＦと称賛されていたクララは、他のＡＦと店頭に並んでいたある日、身体の弱い一四歳の少女ジョジーと出会う。やがて彼女の頼みを聞き入れた母親に購入されたクララは、郊外の彼らの家で新しい生活を始める。

クララは、ジョジーの心身のあらゆる特徴や習慣を学習し、懸命に彼女を支えようとするが、「向上措置」と呼ばれる遺伝子操作のために損なわれたジョジーの健康状態は徐々に悪化していく。「向上措置」を受けていない彼女の幼なじみの少年リックもまた、ジョジーを愛し、彼女との将来を夢見ていたが、大学進学への道が閉ざされた彼にはこの社会で生きる術は限られているのだった。クララは、時に仲違いする二人の間をとりもちながら、微妙な感情のひだを学び、「成長」していく。

やがてクララは、母親が死後にもジョジーを「継続」することを目的に、ある人物に依頼して彼女の「ポートレート」を作成していること、そして自分の知能がそのために使われる計画であることを知る。その一方で、クララは自らにエネルギーを提供してくれる「お日さま」の力でジョジーを健康にできるはずと信じるようになり、独自の計画をめぐらす。離れて暮らすジョジーの父親、そしてリックの協力を得ながら、クララは「お日さま」への訴えを続ける。そしてジョジーがついに危篤に陥ったとき、クララはもっとも「お日さま」に近づける場所と信じる納屋に向かい、ガラス板に映る太陽に必死で祈りを捧げる。その数日後、荒れ模様だった空から急にまばゆいばかりの太陽の光がジョジーの寝室に注ぎこみ、クララや家族たちが見守る中、ジョジーは生気を取り戻す。

その日を境にジョジーは回復し、やがて大学進学のために家を離れるまでに成長した彼女は、クララに別れを告げる。リックもまた、ジョジーとは違う新たな道を選ぼうとしていた。物語は、記憶の混乱や機能の低下を感じながら廃品置き場に立つ身となったクララのもとに、偶然昔の店長が現れ、短く言葉を交わす場面で終わる。

序

二〇一七年のノーベル文学賞受賞から四年後、世界が注目する中でカズオ・イシグロが発表した第八作長編小説『クララとお日さま』において、ポートレートはわずか一場面しか登場しない。本作の語り手であるクララが淡々と観察するこのポートレートについて、読者が得る情報はごくわずかである。そしてこの「ヒトの形を捉えたモノ」が最終的にどうなったのかさえ、物語の中で明らかにされない。本書で取り上げてきた多種多様なポートレートの中で、もっとも「存在感」が薄いかもしれないこのモノは、しかし同時にもっともヒトに近似する可能性を秘めていた。このポートレートを「娘」にしようという一人の孤独な母親の欲望は結果的には消滅するが、その中で行方知れずとなるこの幻のポートレートに、本章では焦点を当てていきたい。

ただし、本章における「ヒトの形を捉えたモノ」の議論には、他の章とは異なる複雑さが生じる。つまり本作の語り手であるクララ自体がヒューマノイド、すなわち「ヒトの形を捉えたモノ」である設定上、クララがポートレートに対峙しそれを観察するとき、それは通常の「ヒトが見るモノ」ではなく、「モノが見るモノ」の描写となるのだ。読者はこの場面に至るまで、たとえば二〇〇五年に発表されたイシグロの代表作『わたしを離さないで』におけるクローンの語りに、いつしか完璧なまでに引きずり込まれていったのと同様に、イシグロが生み出すクララの「モノ」語りへと穏やかに誘われ、共感関係を築いていく。しかし、このポートレートとクララの「同化」が暴露されるこの場面で、読者とクララの関係は大きな変化を余儀なくされる。

『クララとお日さま』の中のポートレートを論ずるにあたって鍵となるのは、「ユニーク」と「コピー」、そして「複数化」という三つの言葉である。「その人を形づくるものは何か」という問いで始まった本書において、唯一無二とされる「自己」についてこれまでの章でさまざまな角度から検証してきた。しかし、はじめて自らの意志で行動する「モノ」が主人公となるこの物語で、まさにこのテーマに取り組みながら、イシグロは「自己」あるいは「アイデンティティ」といった語をほとんど用いていない。その代わりに「ユニークな何か」(210)という柔らかな表現で、ヒトのみならずモノの「個」についての読者の考えを揺るがせていく。本作に登場する父親が語る「私の娘について、最新技術が探り当て、コピーし、転送できないような、特別にユニークなものは何もないことを科学が証明してしまった」(224)のではないか、という恐るべき問いかけに、まさに自ら思考する「モノ」であるクララが果敢に挑んでいく。そしてテクストの最後で、クララがたどり着いた答えが提示されるのだが、そこに至るまでの道のりの中で、さまざまなモティーフ及びエピソードが示しているのが、本書を通じて注目してきた「複数化」という概念である。この言葉については、この物語中でそのまま使用されるものではないが、「断片」「破片」「部分」等で表現される事象、さらに後述するハンナ・アーレントの議論を説明するキーワードとして、本章では用いていきたい。

この三つのキーワードを用いながら、「現代の自己」に対して『クララとお日さま』が提示する答えの意義を議論していくにあたり、本章では大きく三つのパートに議論を区切りたい。まず最初に、「AF」すなわち「人工の友」というクララのプロフィールの背景の検証として、児童文学その他のテクストに登場する「想像上の友」の存在との関連づけを試みる。孤独な少女たちが生み出した「想像上の友」が、自己の複数化と密接に関わっていることを、ハンナ・アーレントの孤独についての論考を交えて示すことで、最終部への布石ともしていきたい。第二のパートでは、この「想像上の友」の延長線上にクララを位置づけるところから開始し、この「人工の友」に対する読者の共感が、イシグロ特有の精緻な言葉の操作によって劇的に動揺させられる様を、クララの「ユニークさ」とポートレートとの関係性を軸に詳説する。最後に、本作のエンディングについての議論を中心に、はたしてヒト、あるいはモノの「ユニーク」さはコピー可能であるのか、という問いについてクララが提示する答えを、ポートレートの登場と消滅によって示唆される自己の複数化とからめて考察することで、本書の締めくくりとしたい。

1

「人工の友」と「想像上の友」

『クララとお日さま』において、語り手クララは自らとその仲間たちについて常に「ＡＦ」と形容するが、この略称が正確に何を表すかは、第一部の最後にジョジーの母親が述べる「人工の友（Artificial Friend）は、一体ごとにユニークなのよね」（42）という台詞ではじめて読者に明らかになる。店長の客への説明によれば、ＡＦは「完璧なお相手」として「世界中のお子さまにこの上ない幸せをもたらしてきた」（4）存在である。その中でも特に富裕な子どもにしか手が届かない「特別な店」の商品であるクララは、未来の持ち主に「孤独を感じさせない」という自らの使命を立派に果たすべく、今から人間の感情について綿密に学習を重ねている。そんなクララの「ユニークさ」について、店長は「半日かかってもすべてを説明しきれない」としながらも「並外れた観察力と学習意欲」（42）とまとめる。

もちろん本作におけるこうした「友」という言葉の使用に、皮肉な響きを感知することは容易である。「人工の友」すなわち「作り物の友」という、そもそも言語矛盾的な名称には意図された空虚さが絡みついているが、それを隠蔽するかのように利用される略称「ＡＦ」には、枕詞のようにＢ２、あるいはＢ３という「ヴァージョン」を示す指標がしばしば付け加えられ、「Ｂ２型のＡＦ」であるクララは、店頭に並んでいる時点からすでに、そろそろ旧型商品になろうという「友」である。物語の結末においてクララは、「良いサーヴィスを提供し、ジョジーが孤独になるのを防ぐことができました」と述懐するが（304）、この「人工の友」の自負は、はたしてこうした皮肉を超え、人間の孤独、さらにはその根幹にある「個」の成り立ちについて、何を示しているのだろうか。

本作出版後におこなわれたインタヴューでイシグロは、「一人一人の個人はじつに複雑で、各自が自分の周りに入り組んだ建物のようなものを張り巡らせており、それがその人をユニークで個別な存在にしています。しかしまさにそのために、たとえ一つ屋根の下に住む間柄でも、そばにある建物に橋を架けるのは非常に難しいのです」と述べて、「個」と「孤」の関係性について語っている（ダンダス）。ここでイシグロが、人間の「自己」を形作る要素の比喩として用いる「建物」というイメージは、さまざまな意味で注目に値する。他者と隔絶し、自らの城／檻に引きこもる個人という、顕著な分断のイメージを喚起しながらも、同時にイシグロは、「個人」とその周りに築かれた「建物」とを明確に区別することなく、それらを包含して「個」と見なすという、きわめてラディカルな柔軟さをもって複数化された自己、その複数性を示唆している。また同時に、その柔軟さは「ヒト」と、それが創り出す「モノ」との境界にも適用されており、本作において人間の「個」そして「孤」が、クララという「モノ」によって検証されることと密接に結びついている。

このインタヴューでイシグロは、当初本作を児童文学として構想したものの、一人娘ナオミに「ダメ出し」をされて断念した、と持ち前の穏やかなユーモアを交えて語っているが、たしかに「モノ」を友とすることは、子どもたちにとってむしろ自然なことである。漫画『ピーナッツ』に登場する有名な「ライナスの毛布」のように、子どもたちにはあらゆるモノを精神的な拠り所とすることが可能であり、それが人形のようにヒトの形を与えられれば、擬人化されたその存在は紛れもない「親友」となり、彼らのもっとも親密な話し相手となる。さらに、こうした「想像上の友（Imaginary Friend）」との対話は、時に苛烈な孤独を経験する子どもたちにとっての生命線となり、その孤独の本質を変える手立てともなる。

文学、心理学、社会学等にまたがる孤独研究において、解決すべき孤独である「ロンリネス（loneliness）」と、言わば望ましい孤独である「ソリテュード（solitude）」の区分が用いられて久しいが、[1] そのもっとも有名な論者の一人である思想家ハンナ・アーレントは、「ソリテュード」を「私」と「自己」との対話の場と捉え、以下のように定義している。

一人きりの人間は、単独であるがゆえに「自己と共に在る」ことができる。人間には「自己と対話」する能力があるからだ。つまり、ソリテュードの状態において、一人きりの私は「私の自己」と共に在り、したがって一人の中の二人でいるが、他方、ロンリネスの状態においては、あらゆる他者から見捨てられ、文字どおりに一人ぼっちなのだ。厳密に言えば、あらゆる思考はソリテュードにおいて為される、私と自己との対話である。しかしこの一人の中の二人による対話は、共に生きる人々の世界との繋がりを失うことはない。なぜなら私がこの思考の対話をおこなう相手である自己の中に、人々が宿っているからだ。（『全体主義の起原』625-26）

全体主義の温床としての「ロンリネス」に対抗し得る人間の思考力の根幹として「ソリテュード」を打ち出すアーレントの議論は、「私と自己との対話（a dialogue between me and myself）」という一見単純ながらも難解な表現が示すようにきわめて深遠なものである。他者とは異なる「個」でありながらも、閉鎖的な「孤」に陥ることなく、単独のうちにおこなわれるというこの理想的な「自己の中に宿る他者との対話」の達成は容易ならざるものにも思える。

しかしこのような「一人の中の二人の対話」は、想像力によるモノの擬人化という、時に他愛ない幼児的な行動と見なされる手段によって、児童文学テクストの内外で実現されてきた行為と、ひそかに通ずるのではないだろうか。モノという一見わかりやすい「他者」の形を取りながら、そこに託された「友」は自己の断片であるからだ。こうした「自己との対話」の術としての「想像上の友」の諸例を検証し、さらにこの系譜の延長線上にクララを位置づけることで、最終的にこの「人工の友」が『クララとお日さま』において語る人間のユニークさ、そして「自己」の複数化の意義が見えてくることが期待される。それではここから、二〇世紀の孤独な少女たちが生み出したさまざまな「想像上の友」について具体的に考察していこう。

日記帳に宿る「想像上の友」

よく知られているように、ナチス・ドイツの迫害を逃れ、アムステルダムの隠れ家に家族たちと共に二年余り潜んだ後、秘密警察に逮捕され、ベルゲン・ベルゼン強制収容所で一五年の生涯を絶たれたユダヤ人の少女アンネ・フランクは、一三歳の誕生日に贈られた日記帳を「キティ」と名づけ、社会から隔絶される一方で八名の人間がひしめく狭い隠れ家生活の中での孤独を癒やす友とした。日記帳を贈られた一九四二年六月一二日時点では、アンネはまだ隠れ家に移る前の最後の幸福な日常を過ごしていたが、その活気に満ちた『アンネの日記』冒頭の記述においてさえ、すでに彼女が自らの内なる孤独、そして友人の渇望を自覚し、きわめて意識的に日記の擬人化を企てたことが窺える。

お友だちといるときは、ただ楽しむことだけを考えていて、他愛ない日常的なこと以外に何か話そうという気になりません。お互いの距離を縮めることはできないようで、そこが問題。たぶん、打ち明け話ができないのは私自身のせいでしょう。とにかく、今はこんな状態で、残念ながら変化のきざしも見えません。だから日記を書き始めたの。

心の中でずっと待ち望んでいたお友だちというイメージを強めたいので、たいていの人がするみたいに、ただ起こったことを日記に書いていくのではなく、この日記帳をお友だちにしてしまいたいのです。だから、このお友だちを「キティ」と呼ぶつもりです。(7)

彼女が生み出したキティは、おそらく歴史上もっとも有名な「想像上の友」の一例であるが、特に注目したいのは、隠れ家生活が二年に近づいた日記の後半、アンネが「二人のアンネ」の存在についてしばしばキティに語る、という構図である。一九四四年四月の日記には「突然、ふだんのアンネは消え、第二のアンネが取って代わりました。第二のアンネは、けっして自信過剰でも、おどけ者でもなく、ただ愛し、愛されたいと願うだけなのです」という記述が見られる(272)。隠れ家生活が長期化し、思春期のアンネが同じ隠れ家に住むファン・ダーン家の一人息子ペーターと恋を育むにつれて、「第二のアンネ」に関する言及は増えていく。そして日記の最後となる一九四四年八月一日には、以下のように記される。

ですから、良きアンネは他の人がいるときには出てきません。一度も現れたことがありませんが、一人でいると必ずと言っていいほど主役となります。私は心の中では、自分がどんな人間になりたいか、そして自分がどんな人間なのか、はっきりわかっています。でも残念ながら、そうなれるのは一人のときだけです。私は、内面的に自分が幸せだと考えていますが、他の人はただ外から見て私が幸せだと思っています。この相違は、たぶんこれが原因なのでしょう。私は、心の中の純粋なアンネに導かれていますが、表面的には、繋がれたひもを引っ張り回している、やんちゃな子ヤギでしかありません。(333)

この日のアンネは、現在の彼女にとって唯一の「他者」である、家族を含む隠れ家の同居人たちの無理解と干渉に特に反発を強めており、彼女の最後の記述は「私は、こうありたいと思う自分になるための方法を探し続けています。この世に他の誰も存在しなければ、なることができる自分に」という悲痛な言葉で締めくくられる(334)。身体的にも精神的にも外界から完全に遮断され、八人のコミュニティが「世界」である状況で、「誰も存在しない世界」を夢見ずにはいられなかった一五歳の多感な少女の苦悩は想像するに余りある。

しかし、アンネの「誰も存在しない世界」には、自動的にキティという「友」が組み込まれている。キティについて、そもそもの「命名」行為から明らかなように、アンネは基本的に別人格の「少女」として設定しており、「あなたには隠れ家の生活のことなどわからないでしょうけれど」(115)等の表現が日記には散見される。しかし、「私一人」のときだけ「内なるアンネ」が現れるという先の引用中の言葉が示すとおり、キティはまた同時に彼女の複数化した「自己」とも密接に重なっている。隠れ家へ脱出する際の荷物の中に真っ先に入れた、という日記帳に宿らせた、親友にして内的自己であるキティを相手に、アンネはまさにアーレントの言う「一人の中の二人」の状態を実現していたと思われる。

この「友」と「自己」のオーヴァーラップについて、アーレントは『精神の生活』においても、アリストテレスやソクラテスを引きながら、次のように述べている。

アリストテレスは友情について語る際に「友とは、もう一人の自分である」と述べている。その意味するところは、自らと対話するのと同じように、思考の中で対話できるのが友だ、ということだ。これはまだソクラテス的伝統の範疇だが、ソクラテスならば「自己もまた、ある種の友である」と言ったことだろう。こうした状況において導き手となるのは、言うまでもなく友情であり、自我ではない。自己と対話する前に、まず他者と話し、何であれその話題について検証する。その後になって、その会話を他者とだけではなく自己ともおこなえることに気づくのだ。（188-89）

「自己との対話」を打ち出すアーレントが、ここでも「自我」ではなく「友情」の重要性を強調していることに注目したい。彼女は全体主義の思考に結びつく自己完結的な「論理性」を常に糾弾しており、研究者デボラ・ネルソンが指摘しているように、ジャン＝ジャック・ルソー的「内省」を鋭く批判した（ネルソン 61）。つまり、アーレントが掲げる「私と自己との対話」は、「自らと、自らの内に存在する他者との対話」であるとも言える。そしてもっとも望ましい「他者」とは、もちろん「友」に他ならない。

日記においてアンネは、「何があろうと秘密を守ってくれる」（159）キティを、当然ながら「聞き手」と見なしているが、キティの役割はそれに留まらない。時にアンネは、キティが「単調なおきまりの話にうんざりして、あくびしながら、アンネが何か新しいことを持ち出してくれればいいのに、とひそかに願っている」（176）のではないかと想像したり、また自分が過去に書いた手紙の数々をもしキティが読んだら、「あまりにもまちまちな気分で書かれていることに驚くだろう」（143）と述べるなど、明らかに自らを客観視するための批判者としても設定している。それぞれの家族に注視されながら、隠れ家においてペーターとの関係が深まる中で、喜びと共に悩みも深めるアンネは、キティからの「問いかけ」に答える形で、自らの心理を見つめようとする。

私の感情を真剣に受けとめてくれる人が、誰かいてくれれば。でも、そんな人にはまだ出会えていないので、探し続けなくてはならないの。
じゃあペーターはどうなの、と思ってるでしょう、キティ？　そのとおり、彼は私を愛している――恋人としてではなく友人としてね。彼の愛情は日に日に強まっているのだけど、何か不思議な力が私たちを押しとどめてしまう。それが何なのか、わからない。（314）

アンネが名前を与え、自分の言葉に耳を傾けるだけではなく、反応し、批判し、問いかけてくれる「友」として日記帳の中に創り上げた「キティ」という少女は、現実世界においては日記帳という「ただのモノ」であるがゆえに、アンネが隠れ家から引きずり出され、その若々しい生命が無残に絶たれた後まで生き残り、まさに彼女の分身となって、アンネの存在を後世に知らしめることとなった。自らを取り巻く社会によって抹殺される恐怖に常にさらされるという極限状態の中で、ひそやかに「ソリテュード」の境地を築き、内なる対話を重ねながら、懸命に新たな自己を見出そうとしていたアンネの「死後も生き続けたい」（248）という願いは、「友」であり、同時に「自己の断片」であったキティによって叶えられたのである。

児童文学における「想像上の友」

孤独な少女が何らかのモノを「想像上の友」とする例は、二〇世紀英語圏の児童文学テクストにもしばしば登場する。Ｌ・Ｍ・モンゴメリー作の『赤毛のアン』（一九〇八）において孤児アンは、マシューとマリラの兄妹に引き取られる以前、貧しい家庭で子守としてこき使われる中、本箱のガラス扉に映る自らの姿を「ケイティ・モーリス」と名づけて友人とし、暇を見つけては打ち明け話をする。別の家族に引き取られることになり、ケイティとガラス越しに泣く泣く別れのキスを交わした後には、新しい住み処の裏の谷間に響く自らの声のこだまを、「ヴィオレッタ」と呼んで新たな友とする。

これらのエピソードは、アンがグリーン・ゲイブルズに到着した後に、昔話として短く紹介されるに留まるため、彼女たちとの「対話」の詳細は明らかにされないが、自分だけの所有物というものがほぼ無きに等しい窮乏生活の中、ガラスに映る自らの姿や、自らの声のこだまという、まさに我が身の断片を擬人化することで「友」を確保しようというアンの壮絶な努力は、愛する者がいないという孤独が生を脅かすものであることを浮き彫りにしている。本作においてアンの想像力は、グリーン・ゲイブルズで彼女が引き起こすさまざまな騒動の原因であり、信心深いマリラに常に戒められる「悪癖」としてコミカルに描かれる印象が強いが、その原点はテクスト中で詳述されない二〇世紀初頭の貧困児童のサバイバルの手段であったことにあらためて留意したい。

一方、フランシス・ホジソン・バーネット作の『小公女』（一九〇五）においては、「想像上の友」はさらに複雑な役割を与えられている。インドで生まれ育った主人公の少女セーラは、七歳にしてはじめて英国の土を踏み、愛する父親と離れて富裕な家庭の子女向けの寄宿学校に入ることになる。入学を前に、セーラは以前から心に思い描いていた、自らの友人となるべき人形エミリーを探して、父親と共にロンドン中を巡り、そしてようやくある店でエミリーを見出すが（【図5−1】）、このエピソードは後述するように、『クララとお日さま』ときわめて興味深い相似を成している。

これまで取り上げた日記帳や鏡像、こだまにおいても、まずはネーミングによって「人格」の付与がおこなわれてきた。それがヒトの形とはかけ離れた「日記帳」というモノであっても、アンネはそれを「キティ」と名づけることにより、自分の文章が退屈であれば「あくびをする」ような少女を創り上げていた。アンの場合は、それがどれほど不完全かつ不安定であっても、ガラスに映る自分を反映し、微笑み、涙を流す「ケイティ」を、さらに自分の声に「応えてくれる」こだまである「ヴィオレッタ」という「友人」である。

【図5-1】『小公女』挿絵
エセル・フランクリン・ベッツ作。

一方、『小公女』において幼いながら知性と想像力を兼ね備え、なおかつ父親の経済力によってはるかに豊かな選択肢を与えられているセーラは、たまたま出会ったモノに人格を付与するのではなく、エミリーという友をあらかじめ頭の中で作り上げ、その「人格」に合致する人形を探し求めている。そして、自らとは異なる「少女」としての外観を備えた、しかし言うまでもなく「モノ」にすぎない人形の一つに、セーラは他の人形にはない、自らの友としてのまさにユニークな資質を認めるが、これは後述するクララとジョジーの関係性と顕著に重なっている。

二人は二、三軒の店を中も見ないまま通り過ぎたが、それほど大きくもないある店に近づいたとき、セーラは、はっとして父親の腕をつかんだ。

「ああ、パパ！」彼女は叫んだ。「エミリーがそこに！」

セーラの頬は紅潮し、懐かしい大好きな誰かがいるとわかったときのような表情が、その灰緑色の瞳に浮かんだ。

「彼女も私たちを待っていたのよ！」セーラは言った。「中に入って、彼女のところに行きましょう」

「おやおや」クルー大佐は言った。「誰かに紹介してもらわないといけないんじゃないかな」

「パパが私を紹介してくれたら、私がパパを紹介してあげる」セーラは言った。「でも、ひと目でエミリーだとわかったもの——だから、きっと私のこともわかっているはずよ」(12)

もちろん、第四章で取り上げた人形とは異なり、この人形「エミリー」にはモデルは存在しない。したがって本書で論じている「ポートレート」には当てはまらないが、この何者でもない人形の外見がセーラにとっては決定的な

「ユニークさ」となる。しかし「おそらくエミリーにもセーラがわかっていたのだろう。セーラに抱かれたとき、たしかにとても考え深げな目つきをしたから」(12)という語り手の声に促される形で、読者の想像力もまた押し広げられ、エミリーのユニークな容姿に何らかの「内面」が滲み出ているというセーラの確信を共有しながら、このモノに対して「共感」を抱いていく。

さらに出会いの時点から、お互いに「わかりあった」という形でエミリーとのある種の対等性が強調される一方で、人形を持つ少女に共通する「母性」を、セーラがエミリーに対して抱いていることにも注目したい。晴れてエミリーを購入したセーラは父親に、「エミリーのお友だちになるつもりだけど、私はママでもあるの」(13)と述べ、エミリーが親友であると同時に自らの子どもであるという位置づけを明確にするが、この擬似的親子関係もまた、『クララとお日さま』において複雑な展開を見せることになる。

こうしてエミリーを獲得した後、知性と優しさ、さらには圧倒的な財力を兼ね備えたセーラは寄宿学校でプリンセスのように扱われる日々を送るが、一一歳の誕生日を迎えたとき、父親が負債を抱えてインドで死亡したという知らせが届き、一転して同じ寄宿学校で使用人としてこき使われる運命となる。彼女が持っていた贅沢な衣類や調度はすべて冷酷な校長に取り上げられるが、唯一手放すことを拒んだエミリーと共に、彼女は屋根裏部屋での極貧生活を耐え忍ぶこととなる。手のひらを返したように自分を冷遇する社会の中で、セーラは常に「プリンセスであること」を自らに課し、誇りと優しさを忘れまいとするが、エミリーと「二人きり」になったときにのみ、彼女は父の死への嘆き、そして残酷な周囲への絶望を洩らす。

購入時にセーラとお揃いの豪奢な衣装一式を特注されていたエミリーは、父親死去の知らせの際にはセーラによって黒い布を巻かれ、そして屋根裏部屋で彼女と共に汚れ、傷ついていく。しかし、とりわけ辛い労働を終えたある日、セーラはエミリーが「モノ」であることに不意に怒りを爆発させ、椅子から叩き落とし、「あんたはただの人形よ」（149）と叫ぶ。しかし一見、二人の友情を破壊するようなセーラのこの叫びは、同時にその一体化を強調する言葉でもある。空腹と寒さによって頼みの想像力さえ剝ぎ取られ、かつての「プリンセス」の残骸となった無力な自らの現実を直視したとも取れる言葉を、自らの分身であるエミリーにだけ浴びせた後、我に返ったセーラはそのような自分に驚き、笑みをこぼし、自己を客観視し、再び自分の「あるべき姿」に戻っていく。

最終的には父親の友人によって極貧生活から救出され、児童文学らしいハッピー・エンディングを迎えるとはいえ、『小公女』は社会的保護から切り離された存在の無力、そしてその孤独の中で形成される「想像上の友」との複雑な関係性を鮮やかに描き出した作品でもある。癇癪を起こしたセーラに叩き落とされたエミリーが、「ガラスの瞳に宿る共感のようなもの」（149）をたたえていた、という語り手の言葉が示すように、ヒトの形を捉えたモノに対して、想像力による擬人化は加速し、その存在を「ユニーク」なものにする。しかしその自分の友、そして家族にふさわしい「ユニークさ」とは、それに自らを投影し、自らの「分身」とすることで生み出したものであり、アンネにとってのキティ、またアンにとってのケイティやヴィオレッタと同様に、セーラのエミリーも自己の断片であるのだ。

それでは、こうした擬人化にテクノロジーが介入するとき、人間が得ることができるのは、どのような「ユニーク」な友なのだろうか。そしてテクノロジーによって作られた「外見」と「内面」を持つ「人工の友」に対して、読者はどのような「共感」を持つことが可能なのだろうか。児童文学に「なり損ねた」と作者が語る、『クララとお日さま』が提示するこれらの問いに対する応答を、それではここから検証していこう。

2 ジョジーとクララの出会い

『クララとお日さま』における少女ジョジーとクララの出会いの場面は、『小公女』の冒頭ときわめて似通っている。その前日に店の前を通り過ぎたジョジーは、車の中から見かけただけで、クララこそが「ずっと探し続けてきたAF」(11)であると確信した、とショーウィンドウ越しにクララに告げる。ここで留意したいのは、ジョジーにクララを「友」と最初に認識させたものは、セーラとエミリーの場合と大きな差異はない、という点である。ジョジーが想像力を活用させなくとも、AIを搭載したクララには意識も声も備わっているが、しかし彼女と言葉を交わす前から、その姿を見ただけで、ジョジーにはクララが「友」であると「わかる」。彼女はショート・ヘアのクララが「フランス人のよう」(11)と語りかけるが、自らとは異なる外見を持つ「別人格」の少女としてのクララを、ジョジーはここで見つめている。同じくウィンドウに立つ、別のAFであるローザについても「とても可愛い」とコメントし、「誰かにとって最高の友だちになるはず」(11)としながらも、ジョジーが「友」として認め、欲するのはクララだけなのだ。

購入に至る以前に、ジョジーは二回クララのもとを訪れるが、そのどちらもウィンドウ越しに短時間声をかけるだけであり、クララはジョジーの言葉に頷き、笑顔を見せるものの、言葉を発することはしない。しかし『小公女』とは異なり、本作で読者が辿るのは、やはりひと目見たときからジョジーに対して同様の絆を感じ、店長の助けを借りて他の購入者を退けさえしながら、彼女が三度来店するのを待ち、ついに「友」として購入されるクララの意識となる。

「まだいてくれたのね！」

ジョジーは、またやせたようでした。近づいてくる足取りはふらついており、私を抱きしめるのかと思いましたが、最後の瞬間に思いとどまり、私の顔を見上げました。

「ああ、よかった！　もう、いなくなっちゃっただろうと思っていたの」

「いなくなったりしませんよ」私は静かに言いました。「約束しましたから」

「そうね」ジョジーは言いました。「そう、約束したわよね。悪いのは私。こんなに遅くなっちゃって」

私が微笑みかけると、ジョジーは肩越しに呼びかけました。「ママ！　彼女よ！　私がずっと探していた彼女！」（41）

このように、「エミリー側」に声が与えられたことを別にすれば、非常に既視感のある「少女の人形購入場面」が繰り広げられるのだが、皮肉なことに、人間側の想像力による擬人化を必要とするまでもなく、そもそも「人間の孤独を癒やす」ことを目的に製造されたＡＦであるクララと、ジョジーの友情の発展は、じつはこの小説の主眼とはならない。

クララの視点から詳細に、しかし淡々と記録されるジョジーとの新たな共同生活において、病弱なジョジーはおおむねクララに親切に接するものの、初対面のときに見せた深い絆を感じさせるような打ち明け話をしたり、特別な行動を取るということはあまりなく、この新しい友との関係によってジョジーが自己を見つめ直す、あるいは隠されていた自己を発見するという精神的成長は描かれない。タブレット端末を通してオンライン授業を受け、郊外の家に引きこもっているジョジーはたしかに孤独であると言えるが、彼女には母親と、そして幼なじみの少年リックという確固たる愛情の対象があり、クララはあくまでも彼らに会えないときのピンチヒッター的な存在でしかない印象が強く、「想像上の友」に見られた「分身」と化すような親密な関係は構築されないのだ。

その一方で、読者がやがて発見するのは、そんなクララがジョジーの「分身」となる過程が、友情でも想像力でもなく、彼女の真の購入者であるジョジーの母親によって準備されていた、という思いがけない展開である。そして彼女のひそかな計画は、謎めいたジョジーの「ポートレート」と密接に関わっていることが徐々に明らかにされていく。

ジョジーの「ポートレート」

クララがはじめてこの「ポートレート」について知るのは、第三部でリックとジョジーの言い合いを聞いたときである。リックによれば、ジョジーはこのポートレートのモデルになるためにすでに「アーティスト」のアトリエを数回訪れている。しかしこのアーティストはそこでただ彼女の写真を撮るだけであり、リックは見知らぬ彼のことを「気持ち悪いやつ」（121）と毛嫌いしている。同様に家政婦のメラニアもこのカパルディという名の「ポートレート野郎」（177）を「変態」と主張し、そもそもこのポートレート作成を希望している母親について「おかしくなっている」（177）とクララに警告する。

このテクストの舞台となっている近未来世界の詳細は、イシグロらしく明確には示されないが、おそらくはＡＩの普及によってジョジーの父親を含む多くの人間が職を失っており、また子どもたちは遺伝子の向上処置を受けた層と、未処置の層に二分されるという苛酷な分断社会である。無職の人間が集まる一種のコミューンでの生活に満足しているジョジーの父親とは袂を分かち、「ハイクラス」な職を確保している母親は、豊かな生活を子どもに送らせることを固く決意しており、まだ危険の多い遺伝子向上処置を娘に施すことを選択した結果、ジョジーの姉サリーは幼くして亡くなっており、ジョジー自身の健康も大きく損なわれている。

じつは、姉に続いてジョジーをも失うことを恐れる母親は、「ポートレート」と称する彼女のコピー、すなわち「新たなジョジー」を「肖像画家」カパルディに作らせており、物語の中盤でジョジーと両親、そしてクララは彼のアトリエを訪問することになる。「絵のモデル」になることについて納得している様子のジョジーは、今回もそこで写真を撮られ、何らかの数値データを収集されるが、カパルディは「まだ制作途中」であるポートレートを彼女には見せようとしない。しかし作品を見てきた母親は激しく動揺し、そもそも「ポートレート」作成に反対である父親と激しく言い争うことになる。その間にクララはアトリエの一室にしのびこみ、そこで宙づりになっているジョジーの不気味な「ポートレート」を目撃するのだ。

この場面は、ヒトとモノの従来的関係性が逆転したグロテスクさで、『小公女』的な「少女と人形」のイメージを無意識に辿ってきた読者を圧倒する。ここで、一人のヒトに「友」として選ばれたモノであるクララは、そのヒトの「コピー」であるモノに相対するのだ。

その顔は本物のジョジーとそっくりでしたが、目元に優しい笑みがなく、口角だけがつり上がった表情は、それまで見たことがないものでした。がっかりしたようにも、怖がっているようにも見える顔つきです。着ている服は本物ではなく、上半身は薄紙で作ったTシャツのようなもの、下半身はゆったりした半ズボンのようなもので覆われています。〔中略〕髪は、具合が悪いときに本物のジョジーがするように後ろで束ねられていましたが、まさにこれが作り物っぽくなってしまっている原因です。その髪の毛は、どんなＡＦにも使われていないような素材で、私はこのジョジーも、これではきっと嫌だろうと思いました。（204）

クララは、眼前の「人工のジョジー」と「本物のジョジー」を冷静に比較するが、「どんなＡＦにも使われていない」ような、本物らしくない材質の頭髪について、「このジョジー」、すなわち「人工のジョジー」も不満に思うはず、と彼女が結論するとき、はたしてクララにとっては「人工のジョジー」と「本物のジョジー」のどちらの「ヴァージョン」がより近しい存在であるのか、じつは判断がつきかねることに読者は当惑させられる。

本章の冒頭で述べたとおり、本作でポートレートが登場するのはこの場面のみである。しかし、それまでの部分で不吉な形で暗示されてきた「ポートレート」の実物が「宙づりになったジョジーのコピー」であるという衝撃と共に、読者が知らず知らずのうちに寄り添ってきたクララがこの不気味なポートレートの「同類」であるという混乱を生じさせるこのエピソードは、本作の転換点としてきわめて重要なものとなる。ジョジーの「コピー」と、それに本質的に近似するクララによって、ジョジーとクララの双方の「ユニーク」さが大きく揺るがされる展開となるのである。

「不気味の谷」

ここで「ヒトの形を捉えたモノ」の「不気味さ」についての、有名な仮説を紹介したい。ロボット工学研究者の森政弘が一九七〇年に提唱した「不気味の谷現象」は、ロボットが人間に近似すればするほど、見る側の「親和感」が上昇するものの、その途上のある一点で「不気味さ」が発生することによってそのレヴェルが急速に下降し、しかしそのポイントを過ぎれば親和感が再び増大する、という理論である。七〇年代というロボットのヒトへの近似がまだまだ未熟な時点での研究ということもあり「俗説」と見る向きも多かったが、二〇一五年にその有効性を論証するスタンフォード大学の研究者マヤ・B・マートゥル等の研究が発表されるなど、現在に至るまで認知心理学やロボット工学の分野で世界的に取り上げられることが多い。

はたして何がその中間地点の「不気味さ」をもたらすのかという問いについて、関連する諸研究においても結論は出されていないが、ロボットにまつわる思想史を研究するミンスー・カンは「人工的なものと自然なものの境目にあり、目前のモノの性質について不確実性がもっとも高まるレヴェル」(50)を要因として指摘している。宙づりのジョジーが体現する「不気味さ」がクララに侵食し、クララの「ユニークさ」が不確実になることによって、児童文学からの既視感をベースに着実に積み上げられてきたクララへの「親和感」、すなわち「共感」が一気に崩れるテクスト中盤のこの場面は、まさにこの「不気味の谷」に重なるようにも思われる。

言うまでもなく、ロボット工学における視覚要素についての仮説を、そのままこの「ＡＦ」の物語の読者の反応に当てはめることを試みるものではない。しかしジークムント・フロイトによっても子細に分析された、この「不気味さ」という、それまでクララとまったく結びつけられなかった要素が噴出するこの場面のテクスト上の機能を理解するためには、有益な仮説であるとも考えられるのだ。この「谷」を経たあと、読者のクララへの共感は再び上昇に転ずるのだが、その議論は最終部に預け、ここではこれまで封印されてきたクララの「不気味さ」が表出するメカニズムを、ネーミングと視覚表象という要素から検証していきたい。

機械との距離

イシグロという作家が、けっして奇抜ではないながらきわめて独特の「ネーミング」によって、読者の視座を徐々に変容させる虚構世界を作り上げていくことはよく知られている。『わたしを離さないで』に描かれたクローンたちは「保護官」によって守られた環境の中で「提供者」になるべく育て上げられ、その短い生を「完了」する。人間によってその臓器を奪い取られるためだけの存在であるという苛酷すぎる状況を、オブラートに包みこんだような婉曲表現で次第に読者に染みこませていくその術は、しばしば指摘されるようにナチス・ドイツがユダヤ人に対する「最終計画」の諸分野で活用した方法でもある。(2)

『クララとお日さま』においても、「AF」というまったくなじみのない言葉が小説冒頭からいきなり導入され、語り手クララの実体について読者が徐々に「人工の友」として認識していく過程については、すでに指摘したとおりである。「AI」や「ロボット」あるいは「ヒューマノイド」という一般的な語ではない、この「AF」という特殊な名称へのこだわりについて、イシグロは次のように説明している。

「ロボットという言葉ですら私は使うのを避けています。とにかく、私は作られたAFに執着したのです。

もちろん、AFというのはアーティフィシャル・フレンド、人工の友人という意味です。そう、つまり私はクララのような存在が至極普通であるような、そういった世界を創ろうとしていたわけです。彼女は、例えば自動車のよう、あるいは電気掃除機のよう、あるいは冷蔵庫のようなものです。全ての人が所有していて、誰もそれについて大騒ぎはしない、もの。［中略］これがクララのような存在、生きものがとても日常的なものであるような、そういった世界を創り出そうとする私のやり方だったのです。」（河内 19）

同じインタヴューでイシグロは、アンドロイドという言葉を使えば「そのような機械がすこぶる異常なものと考えられている他の世界からやってきたように見える」（河内 19）とも述べている。イシグロはクララを「至極普通」な「冷蔵庫」になぞらえると同時に「生きもの」と呼んでおり、それを可能にする装置として「AF」という曖昧な語を必要としたということになる。

イシグロの「執着」を反映して、本作では、やや常軌を逸した人物として描かれるリックの母親がクララのことを「ロボット」と呼んで息子にたしなめられたり（146）、人間の雇用が奪われることを問題視する人物が、やはり「機械」と呼んでジョジーに「私のAFのことかしら」（242）と鋭く言い返されるなど、「AF」という言葉に「モノである生きもの」というクララの微妙なステータスが懸かっている様が強調される。その一方で、クララ自身が「機械」という言葉を口にするとき、それはほとんどの場面で彼女が「お日さま」の敵と見なしている、黒煙と騒音という「汚染」をまき散らす「クーティングズ・マシン」を指している。クララがほぼ唯一ネガティヴな感情をたぎらせる、この道路工事用の大型マシンとクララ自身が、言わば「同じく」機械であるという事実は、読者にとっても、そしてクララにとっても認識の外に巧みに押しやられてきたのだ。

「AF」である「ポートレート」

しかしこのアトリエの場面で、「ポートレート」が出現したことによりクララの立ち位置は動揺させられる。結局この日の「撮影」は、怒った父親がジョジーを連れてアトリエを出ていってしまったことから中断するが、残されたクララに、母親とカパルディはすべての計画を打ち明ける。じつはカパルディは、ジョジーの姉サリーの「人形」も制作したが、その「失敗」を踏まえて今度は異なる種類のポートレートを試みたという。混乱した様子の母親と彼は、クララを前に言い合う。

「信じるかどうかの問題じゃないの、ヘンリー。どれほど上手くあなたが仕上げたとしても、あそこにぶら下がってるAFを私が受け容れられるようになるって、どうしてそんなに確信できるの？　サリーのときは駄目だったのに、ジョジーなら大丈夫なの？」

「サリーのときとは、比べものにならない、何度も話し合ってきたじゃないか、クリシー。サリーのときは人形だった。悲しみを癒やすためのもの、ただそれだけだ。あのときからは、何もかも大違いなんだよ。ここを理解しないといけない。新しいジョジーは作り物じゃない。これが本物のジョジーになるんだ。ジョジーを継承するものに」（207-08 強調は原文）

ここで留意したいのは、ジョジーの「ポートレート」を母親も、そしてクララも「AF」と呼んでいることである。

この前の部分でクララは二人に向かって「カパルディさんのポートレートは絵でも彫刻でもなく、AFではないかと少し前から思っていました」（207）と述べている。「AF」というこの特別な語がジョジーのポートレートにまで使用されることで、時間をかけて確立した読者にとってのクララの「ユニークさ」は大きく揺るがされる。明らかにジョジーのポートレートは「人工の友」という商品カテゴリーに入るものではなく、また「人形」でもない。文字どおり「宙に浮いた」、何ものにも属さないこの不気味なコピーと同一化することで、クララ自身もこの場面で「不気味なもの」になってしまうのだ。

そもそもここで「AF」であると暴露されたジョジーの複製が冒頭から「ポートレート」と称されていたことも、まさにイシグロ的操作である。ヒトの姿を映した「肖像」として日常的に用いられるこの語によって、ジョジーが「モデルになる」ことは、ジョジー本人にとってさえも自然なこととして認識されている。しかしのちの父母の言い合いが示唆するところでは、ジョジーはそれがただの「絵」ではないことに薄々気づいており、この日の最後に母親はそれが「一種の彫刻」（240）であると彼女に対して認めざるを得なくなる。姉サリーの「人形」について記憶しているらしいジョジーが、それと関連づけておそらく「ポートレート」の真相をある程度知ったであろうことを、母親は父親に告白するが、このように本作では「ポートレート」という言葉が、その汎用性と日常性を最大限に活用されながら謎めいた形で漂い続け、最後に「AF」というこれも曖昧きわまる言葉と合体するのだ。

「肖像画家」カパルディのアトリエに「型や素材、小型ナイフや器具」（203）が並んでいることをクララは観察するが、一方で「アーティスト」であったはずのカパルディは「科学者」（199）を自称している。さらに彼自身が認めるように、彼が創った「新しいジョジー」は「からっぽ」（209）なのだ。「からっぽ」のポートレート、あるいは「からっぽ」のAFとはいかなるものなのだろうか。写真やチャートを駆使して得られたジョジーの「外見」のみのコピー、を意味するのだろうか。イシグロが創り出す、近未来の技術の粋であるはずの「AF」の「中身」と「外見」をめぐる描写には、人間が長らく議論してきた精神と肉体の二元論が奇妙に拡大された形で反映されはじめる。そしてこの「からっぽ」のAFにクララが「コピーされる」可能性によって、読者にとってのクララの「不気味さ」がさらに増大していく様を、今度は視覚表象の要素から考察していこう。

ポートレートの合体と外見の欠如

「からっぽ」のジョジーのAFを目撃したクララに向かって、カパルディと母親はある依頼をおこなう。すなわちジョジーの性格や振る舞いを正確に把握、分析しているクララに、彼女の死後、ジョジーに「なる」ことを要求するのだ。

「［前略］クララ、私たちが君に頼んでいるのは、新しいジョジーを訓練することではないんだ。君にジョジーになってほしいんだ。上で君が見たジョジーは、わかったと思うが、からっぽだ。そのときが来たら――そうならないように願うが、しかしもしそうなったら――今まで学んだすべてのことを持って、あそこにいるジョジーの中に入ってほしいんだ」（209）

すでに指摘したように、ジョジーは「別人格」としてのクララに魅せられるが、母親の関心はじつは当初から、クララがジョジーを如何に模倣できるか、という点に集中しており、その虚弱な身体をかばう独特な歩き方をクララが完璧に再現してみせたことが購入の決め手となっていた。カパルディと別れた後、母親はあらためてクララに協力を求めるが、ジョジーが愛したクララという存在を形作る「外見」は、母親にとって何の意味も持たず、「新しいジョジーの中に私が入るとしたら、この……このすべてはどうなるのでしょう？」と宙に上げた自分の両腕を見つめるクララの言葉は、「そんなもの、ただの素材よ」（213）と切り捨てられる。

このクララの言葉は、これまでその曖昧な定義によって言わば棚上げにされてきた、AFにおける「外見」と「中身」の関係性に読者の注意をはじめて喚起するものとなる。カパルディと母親は、あたかもクッキーの缶と中身を入れ替えるように、「からっぽ」の新しいジョジーに、現在のクララの「中身」を抜き出し、挿入することで目的が達成できると考えている。つまり彼らの認識では、AFの「外見」と「中身」は完全に切り離すことが可能であり、母親の言葉が示唆するように「外見」はある種の容器にすぎない。しかしジョジーにとってはクララの「外見」こそが最初に惹きつけられたものであった。しかもそれは先に引用したように、ただ「可愛い」という表面的な容姿ではなく、まさに「自分のためのAF」と確信させる、滲み出る「中身」を示唆するものだった。そしてクララ自身においても、じつは「私」と「両腕」が不可分のものと認識されており、そこに「容器」に入った「ICチップ」的な交換可能性が、想起されていないことが、ここで明示される。AFが「一体ごとにユニーク」（42）と物語第一章で述べられたとき、その「ユニークさ」は店長によってその機能と能力の面から説明されたが、クララにとって「私」は中身だけではなかったのである。

しかし、このようにカパルディと母親によって冷淡に切り捨てられたがゆえに、クララの「外見」の重要性に目を向けた読者は、じつはそれについての情報があまり与えられていないことに、ここで気づかされる。購入時に店内でクララを探すジョジーは、彼女が「フランス人のよう」で「黒髪のショート・ヘア」、そして「服も黒っぽい」

（41）と店長に向かって説明するが、それ以上の細部はテクストにおいて明らかにされない。ジョジーの歩き方を完全にコピーできることから、少なくとも人間に匹敵する運動機能が十分にあり、小説前半でジョジーの友人たちのパーティにおいて「どんなに放り上げても、両足で着地する」（76）ＡＦの話が出ることから、おそらく人間以上の能力があると思われる。とはいえ、子どもと同じくらいの身長であるため、小説後半で「ミスター・マクベインの納屋」に向かうために草むらを移動する際にはおおいに苦労し、リックに背負われてようやく到着できる形である。

たとえば序章でも一部を取り上げた、イシグロとほぼ同世代のイギリス人作家イアン・マキューアンの小説『恋するアダム』では、主人公が購入した男性アンドロイドであるアダムが、マニュアルにしたがって「へそに電源ケーブルを挿して」（3）充電され、性格設定され、動き始め、主人公の古着を与えられる過程のすべてが克明に描写される。この「無駄なく引き締まった体格と広い肩幅、浅黒い肌、ふさふさした黒髪」（4）を持つアダムの容姿については余すところなく伝えられ、一日一回排尿し、「生き写し人間」（191）の彼がついには主人公の恋人を奪う物語が悲喜劇的に繰り広げられる。もちろん、マキューアンの小説においてはＡＩの購入者が語り手であるのに対し、クララが語り手である本作ではクララにとって自明なことは述べられない、という設定も一因ではあるが、読者がクララの姿を視覚的に想像することが非常に困難な状況をイシグロが作り出した理由は、ジョジーの「ＡＦ」との合体という運命が不意に立ち現れるこのエピソードの衝撃を高めることにあると考えられる。

「見えない」クララ

これまでの作品を見ても、イシグロはキャラクターの外見についての情報をけっして豊富に与えるタイプの作家ではない。特に彼が創り出す語り手たちのヴィジュアルについては、彼らが鏡を見たり、あるいは他のキャラクターからのコメントが伝えられたりという機会が提供されることは稀で、たとえば彼の作品の中でおそらくもっとも有名な『日の名残り』（一九八九）の主人公である執事スティーヴンズの容姿も、謎に包まれている。こうした傾向についてイシグロ自身は、各種メディア上に視覚イメージが氾濫する現代において、作家は外国の風景や人の外観について「ヴィクトリア朝の小説家のように詳細な描写をする必要はまったくない」（「カズオ・イシグロの内的世界」）と述べ、時代的変化を強調している。たしかに国や場所については、イシグロが指摘するように「映画や広告、その他のイメージ」がひしめく現代が読者に対して「ショートカット」を提供しており、小説における描写の必要性が減少していることは否めない。

しかしこうしたコメントから、自らが創造するキャラクターの外見について、イシグロが任意の既存のイメージ利用で十分と考えているという推測は危険であろう。なぜならイシグロのキャラクター「造形」において、その外見の曖昧さこそがしばしば重要な意味を担っているからだ。たとえば『わたしを離さないで』のクローンたちが、自分たちの「親」を外見の相似だけを頼りに追い求める様、自らの性衝動に苦しむ主人公キャシーがひそかにポルノ雑誌をめくりながら、自分に似た親の顔をそこに見出すことでその理由づけを願う場面によって、こうした輪郭が判然としないキャラクターたちが「外見」に意外なほどの重要性を置いていることに、読者は多くの場合、突然気づかされ、彼らの見えない「姿」にあらためて目を凝らすことを余儀なくされる。

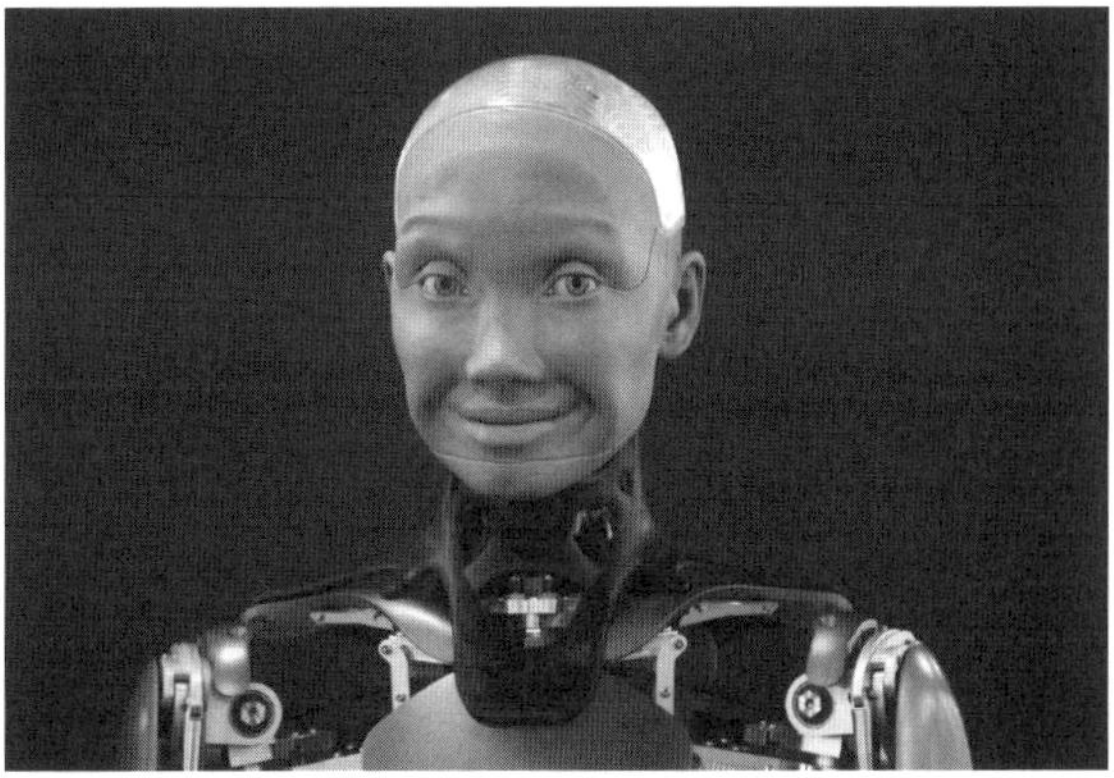

【図 5-2】エンジニアド・アーツ社が制作したヒューマノイド、「アメカ」

『クララとお日さま』において、クララが自らの両腕を見つめるこの場面でも、まさに同じ驚きを読者は感じることになる。「AF」という名称に守られた「生きもの」であるクララは、「不気味さ」とは無縁のモノとして、読者の中での共感が構築されてきた。「可愛いフランス人のよう」という簡潔な描写のみが与えられたクララが、台所の冷蔵庫の横に立ち「その心地よいモーター音に耳を傾けている」（172）姿は、けっして明確に視覚化できるものではない。インタヴューでイシグロが述べていたように、たしかに現代人は現実世界の「ヒューマノイド」がどれほどヒトに近似した外観になっているか、各種メディア上に氾濫するイメージから漠然とは掴んでいる。日本のデジタル大臣が披露するアバターを「本人と見分けがつかない」と感じる人は少数であろうが、ヒューマノイドのヴィジュアルは日進月歩で進化している。二〇二二年九月の『デイリー・メイル』のオンライン記事において「世界最先端のヒューマノイド」とされた「アメカ」の表情は、「不気味なほど真に迫った」と形容されているが（【図5−2】）、「近未来」の世界でさらに洗練されれば「不気味ではなく人間そっくり」なのだろうと想像しながら、ここまで読者はこの「見えない」クララの姿を言わば心地よく受け入れていたのである。しかし今や、クララの「すべて」が問い直される。クララがジョジーに「なる」とき、クララの「すべて」――その外見、店長が称賛した観察力、そしてジョジーへの思い――、そのユニークな存在はどうなるのか。クララと共に、読者はその問いに直面するが、一方でポートレートとの「合体」が示唆されるクララの「不気味さ」にも圧倒される。

すなわちこのエピソードの最終部において、クララがその提案を退けないことが明らかにされるのだ。一瞬たじろいだクララに対して、母親はむしろ幼児的な強引さでもって自分の娘に「なる」ように要求する。『小公女』で確認された、人形に対する少女の母性が本作では捻れた形で示されている。

「[前略] ねえ、他にも考えてみてほしいことがあるの。私があなたを愛するというのは、それほどたいしたことじゃないかもしれない。でももう一つあるわ。あの男の子。リックよ。彼のこと、大事でしょ? 何も言わないで。しゃべるのは私。つまりね、リックはジョジーを崇拝してる。昔からずっと。もしあなたがジョジーを継承してくれるなら、私だけじゃなく彼もあなたのものよ……」

私は言いました。「今日まで、今このときまで、ジョジーを助けること、彼女を元気にすることが私の義務だと信じていました。でもたぶん、この方が良い道かもしれません」

座ったまま、母親はゆっくり向きを変え、両腕を伸ばして私を抱きしめました。私たちの間には車の装置がはさまっていて、しっかり抱きしめるのは難しいことでした。けれど、身体をそっと揺すりながらジョジーと長い間抱き合っていたときとまったく同じように、母親は目を閉じていて、彼女の優しさがしみこんでくるのを私は感じました。(213-14)

友人ジョジーを「継続する」よう、その母親から求められたクララが、それにおおむねの同意を与えるとき、読者はジョジーの言動の一つ一つに注意を払い、献身的に尽くしてきたはずのクララが「モノ」であること、彼女の「不気味さ」をあらためて思い知らされる。ＡＦとしての「義務」の遂行に傾注するクララにとって、人間の孤独を解消するために「より良い」と判断される方法であれば、そこに躊躇は存在しないのだ。

また同時に、場面の最後で母親に抱かれたクララが彼女の「優しさ」を感じると述べるとき、読者は、もしや母親の狙いどおり、母親やリックの愛情を得るという「人間的」な動機にも後押しされる形で、クララがジョジーに「なる」ことを決意するのではないか、とも懸念させられ、クララの存在への混乱と不信はさらに強まっていく。クララの「ユニーク」でありながらもじつは曖昧な「外見」が抜け殻として捨て去られ、購入された「人形」が購入者の「分身」どころかそのコピーとなる、児童文学のディストピア的パロディの可能性がたしかにここで浮上し、前述した「不気味の谷」にクララが陥ったようにも感じられる。

しかし、イシグロが創造した「人工の友」は、こうした予想を裏切る形でのさらなる「進化」を遂げており、読者のクララへの「共感」は再度回復に転ずる。第三のパートにおいてこの展開の詳細を検証し、不気味なポートレートによって揺るがされたクララとジョジーの「ユニークさ」が、さまざまな断片、分裂、そして増殖のイメージから提示される「自己」の複数化の概念によって新たなレヴェルに達する過程を、最後に議論していきたい。

3

「母」となるクララ

『クララとお日さま』が描き出す、モノに託されたヒトの孤独は、じつは友を求める少女のものではなく、予期される娘の喪失を恐怖するあまり、その「コピー」をテクノロジーと経済力によって確保しようとする、未来の母親のものであった。この小説は、出版の二年前に逝去したイシグロの母親に捧げられているが、この「母」というモティーフが物語の後半、急速にテクストを満たし始める。インタヴューの中で、イシグロは次のように述べている。

私は、クララの中に、この一つの生きものの中に、人間の典型的な全人生を取り込みたかったのです。つまり、とても短い時間の中で、彼女は世間についてほとんど何の知識も持っていない、しかし学ぶことに飢えている、とても小さな子供からティーンエージャーへと、多くの場合、ジョジーとの関係においては、彼女は親か、乳母か、家庭教師のようになります。そして最後の方では、仕事をやり終えて、彼女がまさに助けた人たちから大事にされなくなる。そして自分が過ごしてきた時間の記憶だけが残るわけです。(河内 14-15)

太陽光を自身のエネルギー源とするクララの「お日さま」への一途な崇拝や、クーティングズ・マシンや雄牛に対する問答無用の敵視から、彼女の視点のナイーヴさを強調する批評が多い一方、[3] こうした彼女の進化への言及は少ない。

しかしイシグロが述べるように、じつはその卓越した学習能力によって凝縮された生を送るクララは、速やかに「子ども」としての時期を過ぎ、病弱なジョジーの「母」の境地に達している。その結果、母親の計画を打ち明けられたこの日の夜、今度はジョジーの父親と二人きりになったクララは、ずっと温めてきたジョジーの健康を回復するための作戦を決行することを選ぶ。すなわち、弱ったジョジーに「お日さま」の「特別な助け」を要求するために、「汚染」をまき散らすクーティングズ・マシンを壊そうというのだ。エンジニアであるジョジーの父親は、車両置き場にあるこの機械の性能を止めるためには、ある化学成分を含んだ溶液を少量注ぐことが必要であるとクララに教え、同時にその溶液がクララ自身の内部に存在していることを告げる。AFの頭の中に五〇〇ミリリットル程度入っている溶液を半分「提供」し、それをクーティングズ・マシンのノズルに注げば動作不能状態にできるというのだ。ただしその溶液はAFの認知機能に関係しており、それが半減することでクララの機能が何らか損なわれる可能性があることを、父親は警告する。

一九五〇年出版の短編集『わたしはロボット』において、SF作家アイザック・アシモフが扉に掲げ、現在に至るまでしばしば言及される「ロボット工学三原則」とは、ロボットは人間に危害を加えてはならず、またその危機を見過ごしてはならない、ロボットは人間に与えられた命令に従わなくてはならない、ロボットは自らを守らなくてはならない、というものである。第一条がもっとも優先される一方、第三条は「第一条及び第二条に反するおそれのない限り」（アシモフ）という位置づけになる。[4] もちろんこの場面で、そもそもなぜマシンを壊すことがジョジーを助けることに繋がるのか理解できずにいる父親は、クララに「命令」するのとは程遠く、あくまでクララ自身の判断に委ねている。したがって、ここでクララが父親に向かって笑顔で「では、やってみましょう」（228）とうなずくのは、「ロボット工学の原則」に反した行為であるとも言える。

アトリエでの場面の直後に起こるこの展開において、「同類」であるがゆえにクーティングズ・マシンを止めることができる溶液を体内に持ち、さらには耳の下を切り開かれてその溶液を取られるクララの「モノ」としての特性が強調される一方で、しかしこの「自己犠牲」としか形容できないクララの献身は、ポートレートとの同化で表出した「不気味さ」を読者の意識から消し去り、その外見がはっきりと視覚化できないからこそ、その子どもサイズの「身体」に母性を付与することを可能にする。体内の貴重な溶液を「提供」するクララには、もちろん『わたしを離さないで』のクローンたちの姿も重なるが、むしろここで連想すべきは母乳のイメージであるようにも思われる。

こうして『クララとお日さま』が提示するヒトとモノの揺れ動く関係性は、「コピー」が「本物」に取って代わる、というSF的ディストピアの定番の域を遥かに越え、「モノ」が持ち主である少女の「母」となる、という究極のレヴェルにまで反転される。その結果、ヒトとモノの間に位置する「生きもの」としての共感を、再び読者から勝ち得たクララは、さらにポートレートを必要としない「ハッピー・エンディング」へと読者を導いていく。それではこのAFの並外れた「サーヴィス」と「祈り」によってもたらされたかに見える「ハッピー・エンディング」の意味を、クララの視界の「乱れ」による分裂と自己の複数化に関連づけながら、検証していきたい。

視覚の混乱と増殖する像

「お日さま」の敵であるクーティングズ・マシンを壊したことで、ジョジーの回復に希望を抱いたクララだったが、街中でまた別のクーティングズ・マシンを発見したことで意気消沈することになる。その一方で、溶液を抽出されたクララはやはりその直後から認知機能の異常を経験する。父親と共に、再びジョジーたちと合流した場面で、クララの視覚の乱れはその語りによってつぶさに読者に報告される。

> 私のまわりの空間には、より多くの円錐や円柱、あるいはその断片のようなものがひしめいてきました。そのとき、リックのいた場所に入りこんできたこの断片の一つがジョジーであることに気づきました。［中略］誰かが私の腕をひっぱりましたが、目の前には断片が無数にあって壁のようにそびえ立っています。それらの断片の多くは実際は三次元ではなく、巧みな色合いで丸みや奥行きがあるように見えるものが平らな表面に描かれているだけではないかとも思いました。そのとき、私のそばにいて引っ張っていこうとしている姿が母親であることがわかりました。(237-38)

ジョジーや母親の顔さえ間近にならないと認識できないほど乱れたクララの視覚は、このあと、徐々に均衡を取り戻していく。

しかしじつは、クララの乱れた視野を読者が共有させられるのは、これがはじめてではない。本来一つの画像に統合されるべき視覚情報が、複数の「ボックス」に分裂し、目の前の情景の全体像が掴めなくなるという現象は、クララが商品として店にいる冒頭部分から発生していた。これがクララのみが抱える何らかの機能障害なのか、あるいはすでに「旧版」のB2型AFに共通の欠陥なのかは明らかにされないが、クララが紛れもない「モノ」であることを読者に強く印象づける奇妙な語りがこれらの場面では展開されてきた。

しかし私の注意は、こちらに向かってこようとする店長さんの断面を捉えた、中央の三つのボックスに向けられました。一つのボックスでは、店長さんの腰から首の上側までの部分しか見えません。そのすぐ隣のボックスは、ほぼ店長さんの目だけが拡大されています。(26)

これはテクスト中で提示される最初の視界分割の例だが、このように分断された店長の像はクララを混乱させる。店長の目は「優しさと悲しみ」に溢れている一方、別のボックスに映る口元には「怒りと苛立ち」が感じられ(26)、彼女の分裂がその内面にまで及んでいるように、クララには見えるからだ。

しかしこうした「複数化」が、本作が到達する「ハッピー・エンディング」と深く結びついていることがやがて明らかになる。街から帰ってまもなく、ジョジーは深刻な危篤状態に陥り、クララは最後の手段としてもっとも太陽に近い場所と考えるミスター・マクベインの納屋にリックの助けを借りて再びたどり着き、「お日さま」に祈りを捧げる。そしてこの祈りが聞き届けられたかのように、太陽の光を浴びたジョジーは健康を取り戻すのだが、この児童文学、あるいはおとぎ話に回帰したかのようなエンディングには、自己の複数化と増殖に関するイシグロの深遠なヴィジョンがこめられている。

クララがミスター・マクベインの納屋に入った直後から、クララの視界は「ボックス」に分割されてしまう。溶液の減少による認知機能の低下が再発したかのように混乱し、過去の記憶の中の情景と実際の納屋の光景が交錯する。そしてクララは「本物の」太陽の光が薄れていく中、もう一つの光源があることに気づく。それは納屋に置かれた窓ガラスの束に映る太陽の反射であり、クララはいわばその太陽の「断片」に最後の祈りを捧げるのだ。

私はガラス板を見つめました。そこに映ったお日さまはまだ激しいオレンジ色でしたが、目がくらむほどではなく、私は一番外側の長方形に縁取られたお日さまの顔を注意深く調べました。すると、一つの像を見ているのではなく、ガラス板の一枚一枚に異なるお日さまの顔があることがわかってきました。最初から最後までガラス板を見ていくと、一つのまとまったイメージだと思っていたものが、実際は七つの別々の像が重なり合っているのです。一番外側の顔はいかめしく、近寄りがたい感じですが、その下のものは、信じられないことにもっと冷淡なのです。その下の二枚は、優しく、親切そうです。［中略］いずれにしても、それぞれのガラスに映る像がどのようなものであれ、まとめてそれらを見ると一つの顔で、ただ輪郭や感情が異なっているのです。（277-78）

店長の複数化と同じく、七枚のガラスに映る太陽の「表情」はそれぞれに異なり、「重ねて見れば一つの顔」であっても「輪郭と感情はさまざま」（278）である。「クララをユニークにしているものは何か」、そして「ジョジーをユニークにしているものは何か」という問いを中心に繰り広げられてきた小説世界は、その答えを単一の何かに求めるのではなく、複数化し、拡散させることで静かな終幕にたどり着いていく。

「人工の友」が語る自己の複数性

健康を回復したジョジーはやがて大学へと旅立ち、「友」そして「母」としての役目を終えた「老年」のクララは、結末において、もはや自分で移動する能力を失い、さまざまな認知機能のさらなる衰えも感じながら、廃品置き場に一人佇む。そこに偶然昔の店長が現れ、彼女は「ジョジーが孤独になるのを防ぐことができました」（304）と報告すると共に、実現されなかったポートレートとの合体計画について次のように述懐する。

「店長さん、私はジョジーについてできる限り学習しましたから、もしそれが必要な事態になれば、最善を尽くしたと思います。でも結局は、うまくいかなかったと思います。正確に再現できないというのではなく、どんなに一生懸命やっても、私には手が届かない何かがあったからです。お母さん、リック、家政婦のメラニアさん、お父さん。あの人たちの心の中にあるジョジーへの思いには、手が届かなかったと思います。私には、今それがはっきりわかります、店長さん」

「そうなの、クララ。それが一番だったとあなたが考えるなら、うれしいわ」

「カパルディさんは、ジョジーの中に継承できないような特別なものは何もないと考えていました。どんなに探しても、そんなものはなかったと、お母さんに言ったのです。でも、探す場所を間違えていたと私は思います。特別な何かはあるけれど、でもそれはジョジーの中ではないのです。彼女を愛する人たちの中にあるのです。だから、カパルディさんは間違っていて、私も成功しなかっただろうと、今わかります。だから、あのように決断して、良かったと思います」（306）

人間の自己を形成するさまざまな要素、すなわち思考回路、行動様式、その他無数の項目について「正確に学習」し得ることには自信を見せながら、クララはそれでもコピーが不可能な「特別なもの」が人間には存在する、そしてそれはその個人の中ではなく「その人を愛する人々の中に存在する」とここで結論する。

アトリエに吊り下げられた不気味な「ポートレート」が体現する「コピー」とはまったく異なる形で、ジョジーをジョジーたらしめている「ユニーク」ものは自在に分裂し、さらに他者の中へと拡散する。その結果、愛する者の「断片」が格納されている場として人間の自己を捉えれば、それが自己と他者の「断片」によって構成されており、まさにそれゆえに唯一無二の「ユニーク」な存在となり得ることがわかるのだ。

本章の最初で論じたアーレントの、「ソリテュード」における「自己との対話」、それはまさに「自己の中に存在する他者と、自らとの対話」であった。自己完結的な「内省」を退け、「他者と共有する現実」を個の中でも見失わないために、アーレントが提唱した「一人の中の二人」の状態を達成する鍵は、イシグロが生み出したこの二一世紀のテクストにおいて、このようにAFという「生きもの」が到達した「その人を形作る特別なものは、その人を愛する人々の中に存在する」という素朴に見えながら、自己と他者の境界を激しく揺るがし、自己の複数化、複数性を肯定するラディカルなヴィジョンによって示される。

クララに時に「不気味さ」を感じながらも共感を築き上げ、このAFが描写する複数化されたボックスの中の世界を繋げることを余儀なくされてきた読者は、さまざまなモノに生命を与えた少女たちにも似た想像力を駆使してきたと言えるのかもしれない。ジョジーのポートレートの製作者であったカパルディは、物語の結末で用済みとなったクララ自身の「特別なもの」を探り出そうとその解体を望むが、かつてクララを「素材」としての容器から自由に抽出可能な「中身」としてしか認識していなかった母親は、彼の要求をきっぱりと拒絶する。それはAF全般への認識の転換ではけっしてなく、ただ「クララには許さない」(298) という特別な思い、すなわち愛情に他ならない。その母親と同様に、読者もまた、いつしかこの「人工の友」を唯一無二な、ユニークな「個」として認識し、自らの心の中にその存在を永遠に取り込んでしまったことに気づくのである。

◉註

(1)「ソリテュード」の歴史、及び「ロンリネス」との比較分析については、フィリップ・コッホ、ロバート・A・ファーガソン、ヨシアキ・フルイ、ディヴィッド・ヴィンセント等の議論を参照されたい。

(2) たとえばロバート・イーグルストンは、『わたしを離さないで』における「日常語のゆがみ」とナチス第三帝国における「意味を変えられ、婉曲的にされた言葉」と結びつけて論じている (17)。

(3) たとえばヘレン・ショーは、他作品にも言及しつつ、イシグロの主人公たちは「成長しない」と主張し、無垢なクララの複雑さの欠如を強調している。

(4) ブライドッティ著の『ポストヒューマン』の「訳者あとがき」において、門林岳史は二〇〇四年公開の映画『アイ、ロボット』について「より根底からロボット三原則に忠実であろうとするなら、人類全体を存続させるという大義名分のためには、人類をロボットの支配下に置き、人類の滅亡を導く愚かな行為をやめさせなければならない」(306) 世界が描かれていると説明し、そこから「ポストヒューマン」の世界においてはこの「人類」という「存在にして観念」(308) そのものが問い直されていることを指摘している。

コラム　作家たちのポートレート❺

カズオ・イシグロ（一九五四―）

Kazuo Ishiguro

カズオ・イシグロの第四作目の小説『充たされざる者』（一九九五）において、世界的に有名な音楽家である主人公ライダーは、訪問先の屋敷のテーブルに置かれた新聞の第一面いっぱいに自分の写真が大写しになっていることに気づく。その日の朝、たしかに新聞社の取材を受け、強風の中、丘の上で撮影に応じたのだが、まったくそんな記憶はないのに写真の自分は髪も服も激しくはためかせながら、拳を宙に突き出し、怒りの雄叫びを上げているようなのだ……しばしば「カフカ的」と評されるこの不可思議な物語にはこうした悪い夢の中のような出来事が満載されているが、世界中の研究者が試みているそれらの詳細な分析はさておき、イシグロ自身もおびただしいポートレート撮影の折に、こうした怖れを抱くようなことがあるのだろうか、とふと思ってしまうエピソードである。

現代のもっとも有名な作家の一人として、イシグロの写真は氾濫している。しかし「氾濫」という言葉はあくまで数量面での形容であり、インターネットで検索すればクララの視界よろしく無数に並ぶ四角の中に浮かぶそれらの画像は、彼の文章にも似て静謐きわまりない。初の長編小説を二〇代で発表した彼のキャリアはすでに四〇年を超えるが、ノーベル賞授賞式などの晴れ舞台を除けば、ほぼ常にシンプルな黒っぽい装いで、おだやかに微笑むか、やや考え深げな表情になるかの微調整のみで推移している感がある。もちろん年齢による変化はあるのだが、代表作『日の名残り』でかつて思いを寄せた同僚に二〇年ぶりに再会した主人公が述べる言葉を借りれば「とても美しく年を重ねている」(244)と言うしかない。自らのヴィジュアルについて淡々と、プロフェッショナルにコントロールすることが板につききった様子の作者が創り出す、ライダーのポートレートへの怖れは、それゆえに奇妙に読者の心に響くのである。

すでに述べたように、イシグロはキャラクターのヴィジュアルを説明しないことが多い。ましてや、自らの容貌あるいはスタイルについてインタヴューで言及するなど、ほとんどない。しかし五歳で渡英し、いきなりサリー州の小さな街の現地の小学校に入ることになった少年時代について「自分はほかの子どもと違い、いつも注目を浴びている」(「スポットライト・インタビュー」6)とわかっていた、と語っていることからも、「外見」の影響力、そして「見られること」への意識が研ぎ澄まされざるを得ない環境であったことは、容易に想像できる。そしてその感覚は、日本を舞台にした小説を書く英国人作家としてデビューし、そこから英国、無国籍、上海租界、古代世界、近未来世界と縦横無尽に筆一本でテクスト中を越境してきた彼のキャリアにおいても、消えることはなかったのではないか。

「顔かたち」への直接的な言及は少ないものの、彼の小説の多くのキャラクターは、痛々しいまでに周囲の人々の動作や表情を観察することで、自らも「正しい」おこないをしようとする。見知らぬ村で住民たちに囲まれたり、「故郷」であるはずの場所に長い時を経て戻ったりする人間と、その人間社会に「学習」を積んだ上で放たれていくクローンや「AF」は、ほぼ同じレヴェルの緊張感と孤独感を持って周囲を見回し、そして自分に注がれる視線を懸命に解釈しようとする。その姿は往々にして悲壮にも見えるが、しかし彼らはけっして歩みを止めることなく、「異形な」世界をさまよい続ける。

日本において二〇一六年にTBSが制作したTVドラマ版の『わたしを離さないで』で、綾瀬はるか演じる主人公は、恋人が臓器提供を「完了」した後、入水自殺をはかる。もちろん恋人からの「メッセージ」がサッカーボールの形で流れ着き、彼女は再び岸へと戻るのだが、こうしたアダプテーションを見ると、あらためてイシグロの筆になるキャラクターの強さを思い知る。原作の結末で、やはりトミーを失ったキャシーは、自分に手を振り、呼びかけてくれる彼の「像」をただ脳裏に描くだけで、「自分の行くべきところ」(269) へと足を進める。「現実」の世界の中で、自分だけが周囲の人々とは異なる存在に見え、怖れに押しつぶされそうになろうとも、自分の中に誰かの、何かの大切な姿があれば歩き出せる、とイシグロが生み出すさまざまな形の「ポートレート」は教えてくれる。

「カズオ・イシグロ」

あとがき――生と死のあわいのポートレート

五つの文学作品におけるポートレート、そしてこの「ヒトの形を捉えたモノ」によってかく乱された、ヒトとモノ、自己と他者、現実と虚構、の二項対立についてふりかえるとき、ポートレートというものが体現しているのは、根本的には生と死という、もう一つの「二項」のあわいであることに気づかされる。五つの作品の中で息づいていたキャラクターたちは、ポートレートの出現を契機に先の三つの境界が浸食され、流動化されることによって、自らが規定していた「私」が拡散するクライシスに直面した。その結果、従来的な「個」の枠組みを超えた外界と繋がることができる展望に希望を見出す姿が描かれたテクストもあれば、自らの輪郭が失われた制御不能の混乱の中で、自己あるいは他者への絶望的な攻撃を提示したテクストもある。『オーランドー』においては、キャラクターではなく現実世界に生きた作家とモデルの力学の検証が中心となったが、その力学の行方もまた、あくまでテクストの中に存在していることはすでに論じたとおりである。

境界の侵犯の結果が希望であれ絶望であれ、すべての作品のポートレートは死と分かち難く繋がっている。ドリアンの肖像画は文字どおり、描いた人物と描かれた人物の双方に死をもたらした。「現在のオーランドー」の写真は、オーランドーの永遠に続く生の「証左」であると同時に、そのテクスト上で断ち切られたキャラクターの「最期」を確認するものでもあった。彫刻家ヘンリエッタが制作したガーダ像は、夫と自らに死をもたらす彼女の本質に形を与えたものであり、この像を模倣するかのようにガーダは危険な殺人者と化していく。幼なじみとして見つめ続けてきたリリーに、死者たち、そして自分自身を流入させようとしたマーティンが創り出した人形は、最終的に彼と同様に箱に収められ、埋葬される。死に打ち勝つ手段として制作されたジョジーのポートレートは、テクスト中でもっとも不気味な、もっとも「リアルな死体」として一瞬登場した後、姿を消す。

序章でも引用したゲイビー・ウッドは、「自動人形」についての歴史的考察の中で、その死との繋がりを次のように述べている。

> アンドロイドは死について何の認識も持たないが、それ自体が死の具現であるに他ならない。創造者が機械的な生の模倣を試みるたびに、実際は自分自身の死すべき運命を強調することになる。作品を手にした創造者は、生を期待したところに、ただ死を見出すのみなのだ。目標に近づけば近づくほど、生の創造の不可能性がわかってしまう。人間の模倣というよりもむしろ、アンドロイドは死の表徴(memento mori)である。人間とは異なり、それらは生きることがない代わりに死ぬこともないという事実を、私たちに思い知らせる存在なのだ。(14)

もちろん本書で取り上げた多くのポートレートについて、この「機械的な生の模倣」という表現は当てはまらない。しかしヒトをモデルとした肖像画や写真、そして人形という「機械的」ではないモノについても、ここでアンドロイドに寄せられた「死の具現」であり「人間の複製というよりも、死の表徴」という形容は合致するように思われる。
とはいえ、ここで強調したいのは、これらのポートレートが体現する「死」が、アンドロイド制作に見られる創造者と作品との根本的な断絶ではなく、そこに介在するモデルによって、死すべき運命を共にする人間同士が抱く共感と愛という感情の発露に繫がっていく、という点である。スーザン・ソンタグは『写真論』の中で、以下のような言葉を残している。

写真とは、挽歌のアートであり、黄昏のアートである。ほとんどの被写体は、ただ写真に撮られるというだけで、哀調（pathos）を帯びる。醜い、あるいはグロテスクな題材も感動的になり得るが、それは写真家の注目を得たことで品格を得るからだ。他方、美しい被写体は、悲しい感情を呼び起こす。それがすでに年老いたり、損なわれたり、あるいはもはや存在していないからだ。あらゆる写真は死の表徴（*memento mori*）である。写真を撮ることとは、別の人間（あるいはもの）の死すべき運命、はかなさ、うつろいやすさに参加することである。まさに瞬間を切り取り、静止させることによって、あらゆる写真は時の容赦ない趨勢を証明しているのだ。（15 強調は原文）

ポートレートは、特殊な場合を除いては、今まさに生きている人間がモデルとなるケースが通常である。しかし歴史的に見れば、ポートレートは「死者の姿を留めたいという欲望」（フリーランド 45）から生まれており、古代エジプトのミイラの棺に描かれた等身大の人物像や、ウェストミンスター寺院などでも見られる「モニュメンタル・エフィジー（monumental effigy）」と呼ばれる英国君主や貴族の棺の上に横たえられた彫像を思い起こせば、それは明らかである。そして本書で確認したように、その人物の死など思いもよらない、活力に溢れたモデルである場合でも、そのメディアを問わずポートレートがソンタグの言う「挽歌」となり「悲哀」のトーンを帯びることは真実であるように思われる。

ポートレートに注がれる、時にエゴに満ちた欲望のドラマを検証してきたが、それらの欲望の根底にあるのは、やがて失われ消滅するアーティストが、同じく失われ消滅する運命にあるモデルを留め、記憶したいという、痛切かつ普遍的な「欲望」であった。ソンタグが述べるように、他者の死すべき運命、そのはかなさに「参加する」ことが可能な行為は、人間の営みにおいてじつはきわめて稀なのではないだろうか。ジークムント・フロイトは、死についてこのように指摘している。

死に対する関係ほど、わたしたちの考え方と感じ方が原始時代からほとんど変わらず、古いものが薄い膜の下でよく保存されている領域は他にほとんど存在しない。［中略］「すべての人は死ぬ」という命題は、論理学の教科書のなかで普遍的に妥当する命題の見本として挙げられているが、誰もそれを明白な事実として自分で受け入れようとはしない。自らの死すべき運命に対してほとんど表現の場を与えないという点において、わたしたちの無意識は今も昔も代わりがないのである。（二一五）

「死すべき運命に対する表現の場」というこの言葉こそが、ポートレートが文明の黎明期から存在し、そして現在に至るまで数多のジャンルを横断しながら私たちを惹きつけてやまない理由を説明するのではないだろうか。フロイトが指摘するように、死を隠蔽しようという心理的、社会的圧力は非常に強く、それは現代においていよいよ高度化し、複雑化している。その中で、生と死の二項対立ではなく、その二項が融け合い、生が死を、死が生をはらむさまを映し出すという意味で、「死の表徴」であるポートレートは、作家たちが自らの作品世界に取り込むことができる理想的な「場」であるのだ。

サラ・ブラックウッドは、ポートレートが自己に関する考えの変化を「映し出す」のみならず、まさに「自己に関する考えを生み出す」(2)能動的な役割を果たすと述べているが、「自己」だけではなく生、そして死についても、ポートレートは同様の機能を担っている。本書最終章のイシグロによる『クララとお日さま』において、失われる生を留めたいという「普遍的な欲望」にテクノロジーが介入することで、それまでは思いもよらなかった「解決策」の可能性が示される近未来が描かれた。現実に先行する形で、フィクションの世界では、こうした「最新型」ポートレートが世界的に恐るべき速度でアップデートされており、たとえば日本でも平野啓一郎が、最愛の母の死後、AIを駆使して生成した「VF」すなわち「ヴァーチャル・フィギュア」の母親と、仮想空間で対話する息子を主人公とする小説『本心』を二〇二一年に発表している。

本書においては、あくまで質量を備えたモノとしてのポートレートに対象を絞ったが、こうした仮想空間でのヴァーチャルなポートレート、またポートレート動画等、「ポートレート」という概念そのものを問い直す新たなメディアが今後も登場することは現実レヴェルで確実であり、そして小説世界はそれを反映し、予見し、時に警告を発していくことにもなるだろう。しかし時間と共にうつろい、やがては消えゆくからこそ、今ここに生きている「その人を形づくるもの」を留め、それがいかに曖昧かつ流動的で、絶え間なく分裂し複数化しようとも、その「自己」を捉えたいという欲望は、フロイトの言う「ほとんど原始時代から変わらない感じ方」のもう一つの例であるはずだ。どのように混沌とした時代になっても、私たちが他者の生に向かって心を傾け、手を伸ばそうとする、その欲望の純粋さと素朴さ、そして美しさを、小説が私たちに思い出させてくれるものであることを、信じていたい。本書がそのささやかな一助になれば、それに勝る喜びはない。

最後に、本書の表紙カバーに使用した絵画について少し説明を付したい。米国カリフォルニア州のハギン美術館所蔵の本作は、一九世紀フランスを代表する画家であり彫刻家のジャン゠レオン・ジェローム（一八二四―一九〇四）による《アーティストとそのモデル》（一八九四）と題された油彩画である。絵の中の「アーティスト」はジェローム本人であり、一九〇〇年に完成させ彼の代表作となる大理石彫刻《タナグラ》を制作中の自分自身を描いた「セルフ・ポートレート」となっている。手前に座る生身のモデルの胸と、その奥に位置する純白の像の左腕が完全に重なり合い、この二者がまさに一体化しているように見える構図、そしてきわめて優雅な淡い色合いの中で彫刻家が像の太股にかざす刃の不穏さ、加えて大理石像が画面に「空白」を創り出しているような効果に目を奪われる。さらに興味深いことに、古代ギリシアに傾倒していたジェロームはピグマリオン神話をモティーフに複数の絵画と彫刻を残しているのだが、その一つでピグマリオンと抱き合う、生命を得た大理石像の後ろ姿を捉えた絵画《ピグマリオンとガラテア》（一八九〇）が、この絵の背景の左側、ちょうどアーティストの腰の斜め上に描き込まれている。その他にもさまざまな入れ子構造が施され、まさにヒトとモノ、現実と虚構、自己と他者が絡み合うこの美しい絵に拙著が彩られたことは大きな喜びであり、内容が表紙に恥じないものになっていることを願うばかりである。

本書は関西学院大学研究叢書第二六三編として助成を受け、出版の運びとなった。特に文学研究書の出版が困難な状況の中で貴重な機会を与えていただき、教育と研究の両立を支援いただいた関西学院大学に心より御礼申し上げる。さらに本書の執筆の一部に際して、令和四年度から交付された科学研究費助成事業（学術研究助成基金助成金・基盤研究（C）：課題番号22K00394）を活用させていただいており、併せて深謝申し上げる。そして、企画の萌芽段階から懇切丁寧なご助言を降り注ぎ、要求が多くかつ心配性という筆者に終始寄り添っていただいた小鳥遊書房の高梨治様に心からの感謝を申し上げたい。

本書を「形づくるもの」は、子ども時代から常に人生の中にあった「物語」が開いてくれた研究という世界において、筆者が訥々と考えてきたことであるが、「私」が「考える」にあたっては、ご指導をいただいた先生方、職場や学会でご一緒してきた皆様、授業で思いがけないアイディアを与えてくれる受講生の方々、そしてプライヴェートにおける家族と友人からの支えが常に流れ込んでおり、もちろん筆者一人の「能動」ではあり得ない。この場を借りて、すべての方々に深く御礼を申し上げます。本当に有難うございました。

二〇二四年二月

松宮園子

引用資料一覧

Arendt, Hannah. *The Life of the Mind.* Harcourt Brace Jovanovich, 1971.（ハンナ・アーレント『精神の生活』上・下巻、佐藤和夫訳、岩波オンデマンドブックス、二〇一五年）

---. *The Origins of Totalitarianism*. Penguin, 2017.（ハンナ・アーレント『新版・全体主義の起原』第一〜三巻、大久保和郎、大島かおり、大島通義訳、みすず書房、二〇一七年）

Armstrong, Nancy. *Fiction in the Age of Photography: The Legacy of British Realism*. Harvard UP, 1999.

Asimov, Isaac. *I, Robot*. HarperVoyager, 2013.（アイザック・アシモフ『われはロボット　決定版』小尾芙佐訳、早川書房、二〇〇四年）

Auster, Paul. *Winter Journal*. Faber and Faber, 2012.（ポール・オースター『冬の日誌』柴田元幸訳、新潮社、二〇一七年）

Becker, Susanne. ""Deceiving the reader into the truth": A Conversation with Siri Hustvedt about *The Blazing World* (2014)." *Zones of Focused Ambiguity in Siri Hustvedt's Works: Interdisciplinary Essays*, edited by Johanna Hartmann, Christine Marks, Hubert Zapf, De Gruyter, 2016, pp. 409-422.

Bernheimer, Charles. "Unknowing Decadence." *Perennial Decay: On the Aesthetics and Politics of Decadence*, edited by Liz Constable, Matthew Potolsky, and Dannis Denisoff, U. of Philadelphia P, 1999, pp. 50-64.

Bernthal, J. C., editor. *The Ageless Agatha Christie: Essays on the Mysteries and the Legacy*. McFarland, 2016.

Blackwood, Sarah. *The Portrait's Subject: Inventing Inner Life in the Nineteenth-Century United States*. U. of North Carolina P, 2019.

Bowlby, Rachel. Introduction. *Orlando*, by Virginia Woolf, Oxford UP, 1992, pp. xii-xlvii.

---. *Shopping with Freud*. Routledge, 1993.

Braidotti, Rosi. *The Posthuman*. Polity, 2013.（ロージ・ブライドッティ『ポストヒューマン――新しい人文学に向けて』門林岳史監訳、フィルムアート社、二〇一九年）

Brontë, Charlotte. *Jane Eyre*, edited by Margaret Smith, Oxford UP, 2008.（シャーロット・ブロンテ『ジェーン・エア』大久保康雄訳、新潮文庫、一九五三年）

Burnett, Frances Hodgson. *A Little Princess*. Puffin, 2008.（フランシス・ホジソン・バーネット『小公女』高楼方子訳、福音館書店、二〇一一年）

Chandler, Raymond. "The Simple Act of Murder." *Later Novels and Other Writings*. The Library of America, 1995. pp. 977-992.

Christie, Agatha. *An Autobiography*. HarperCollins, 2011.（アガサ・クリスティー『アガサ・クリスティー自伝』上・下巻、乾信一郎訳、早川書房、二〇〇四年）

---. *Elephants Can Remember*. HarperCollins, 2016.（アガサ・クリスティー『象は忘れない』中村能三訳、早川書房、二〇〇三年）

---. *The Hollow*. HarperCollins, 2015.（アガサ・クリスティー『ホロー荘の殺人』中村能三訳、早川書房、二〇〇三年）

Clayton, Jack, director. *The Great Gatsby*. 1974. Performance by Robert Redford.（ジャック・クレイトン監督『華麗なるギャツビー』ＤＶＤ、パラマウント・ホーム・エンターテインメント・ジャパン、二〇一〇年）

Cukor, George, director. *My Fair Lady*. 1964. Performance by Audrey Hepburn.（ジョージ・キューカー監督『マイ・フェア・レディ』ＤＶＤ、ワーナー・ホーム・ビデオ、二〇〇四年）

Cunningham, Michael. *The Hours*. Picador, 1998.（マイケル・カニンガム『めぐりあう時間たち――三人のダロウェイ夫人』高橋和久訳、集英社、二〇〇三年）

Curtis, Penelope. *Sculpture 1900-1945: After Rodin*. Oxford UP, 1999.

Daldry, Stephen, director. *The Hours*. 2002. Performance by Nicole Kidman.（スティーヴン・ダルドリー監督『めぐりあう時間たち』ＢＤ、パラマウント、二〇一一年）

Davis, Michael. "Mind and Matter in *The Picture of Dorian Gray*." *Victorian Literature and Culture*, vol. 41, 2013, pp. 547–560.

Däwes, Birgit. ""Openings that can't be closed": Patterns of Surveillance Culture in Siri Hustvedt's Novels." *Zones of Focused Ambiguity in Siri Hustvedt's Works: Interdisciplinary Essays*, edited by Johanna Hartmann, Christine Marks, Hubert Zapf, De Gruyter, 2016, pp. 295-310.

Dobson, Eleanor. "Oscar Wilde, Photography, and Cultures of Spiritualism: "The Most Magical of Mirrors." *English Literature in Transition, 1880-1920*, vol. 63, no. 2, 2020, pp. 139-161.

Dundas, Deborah. "'I Might Be Asking about Loneliness.' Kazuo Ishiguro on His New Book, A 'Not Quite Dystopian Novel'", *The Toronto Star*, 27 Feb. 2021. https://www.thestar.com/entertainment/books/i-might-be-asking-about-loneliness-kazuo-ishiguro-on-his-new-book-a-not-quite/article_92eecacc-c303-5f9d-aedf1864155207d7.html

Eaglestone, Robert. *The Broken Voice: Reading Post-Holocaust Literature*. Oxford UP, 2017.

Ellmann, Richard. *Oscar Wilde*. Knopf, 1988.

Federici, Annalisa. ""TRUTH! TRUTH! TRUTH!": Image and Text, Fact and Fiction in Virginia Woolf's *Orlando*." *Comparative Studies in Modernism*, no. 14, 2019, pp.147-160.

"Feminist Stories and Dangerous Bodies: Siri Hustvedt in Conversation with Julienne van Loon." *The Conversation*. 8 March, 2022. https://theconversation.com/feminist-stories-and-dangerous-bodies-siri-hustvedt-in-conversation-with-julienne-van-loon-176464

Ferguson, Robert A. *Alone in America: The Stories That Matter*. Harvard UP, 2013.

Field, Todd, director. *Tar*. 2022. Performance by Cate Blanchett.（トッド・フィールド監督『ター』ＢＤ、ＮＢＣユニバーサル、二〇二三年）

Fitzgerald, F. Scott. *The Great Gatsby*. Penguin, 2000.（スコット・フィッツジェラルド『グレート・ギャツビー』村上春樹訳、中央

公論新社、二〇〇六年）

Fouimaies, Christine. “Was Virginia Woolf a Snob? The Case of Aristocratic Portraits in *Orlando*.” *Woolf Studies Annual*, vol. 22, 2016, pp. 21-40.

Frank, Anne. *The Diary of a Young Girl*. Definitive ed., edited by Otto H. Frank and Mirjam Pressler, translated by Susan Massotty, Penguin, 2000.（アンネ・フランク『アンネの日記』増補改訂版、深町眞理子訳、文春文庫、二〇二〇年）

Frankel, Nicholas. *The Invention of Oscar Wilde*. Reaktion Books, 2021.

---. *Oscar Wilde: The Unrepentant Years*. Harvard UP, 2017.

Freeland, Cynthia. *Portraits & Persons: A Philosophical Inquiry*. Oxford UP, 2010.

“From a Robotic Nurse to an AI Actress: Meet the World’s Most Realistic Humanoid Robots That Can Mimic Human Speech and Facial Expressions with Eerie Precision.” *Mail Online*. 15 September, 2022. https://www.dailymail.co.uk/sciencetech/article-11211887/Meet-worlds-realistic-humanoid-ROBOTS.html

Furui, Yoshiaki. *Modernizing Solitude: The Networked Individual in Nineteenth-Century American Literature*. U of Alabama P, 2019.

Gill, Gillian. *Agatha Christie: The Woman and Her Mysteries*. Robson Books, 1998.

Glendinning, Victoria. *Vita: The Life of V. Sackville-West*. Alfred K. Knopf, 1983.

Hall, Radclyffe, *The Well of Loneliness*. Sanage Publishing House, 2022.

Harvey, Tamara, director. *The Picture of Dorian Gray*. 2021. Performance by Fionn Whitehead.

Hirsh, Elizabeth. “Virginia Woolf and Portraiture.” *The Edinburgh Companion to Virginia Woolf and the Arts*, edited by Maggie Humm, Edinburgh UP, 2010, pp.160-178.

Humm, Maggie. *Modernist Women and Visual Cultures: Virginia Woolf, Vanessa Bell, Photography and Cinema*. Rutgers UP, 2002.

---. *Snapshots of Bloomsbury: The Private Lives of Virginia Woolf and Vanessa Bell*. Rutgers UP, 2006.

Hustvedt, Siri. *The Blazing World*. Sceptre, 2014.

---. *The Blindfold*. W. W. Norton, 1992.（シリ・ハストヴェット『目かくし』斎藤英治訳、白水社、二〇〇〇年）

---. *The Enchantment of Lily Dahl*. Picador, 1996.

---. *Mothers, Fathers, and Others*. Sceptre, 2021.

---. *Mysteries of the Rectangle: Essays on Painting*. Princeton Architectural Press, 2005.（シリ・ハストヴェット『フェルメールの受胎告知』野中邦子訳、白水社、二〇〇七年）

---. *The Shaking Woman or A History of My Nerves*. Sceptre, 2011.（シリ・ハストヴェット『震えのある女――私の神経の物語』上田麻由子訳、白水社、二〇一一年）

---. *The Sorrows of an American*. Picador, 2009.

---. *What I Loved*. Sceptre, 2003.

---. *A Woman Looking at Men Looking at Women: Essays on Art, Sex, and the Mind*. Sceptre, 2016.

Ishiguro, Kazuo. *Klara and the Sun*. Faber and Faber, 2021.（カズオ・イシグロ『クララとお日さま』土屋政雄訳、早川書房、二〇二一年）

---. *Never Let Me Go*. Faber and Faber, 2005.（カズオ・イシグロ『わたしを離さないで』土屋政雄訳、ハヤカワ epi 文庫、二〇〇八年）

---. *The Remains of the Day*. Faber and Faber, 2005.（カズオ・イシグロ『日の名残り』土屋政雄訳、ハヤカワ epi 文庫、二〇〇一年）

---. *The Unconsoled*. Faber and Faber, 1995.（カズオ・イシグロ『充たされざる者』古賀林幸訳、ハヤカワ epi 文庫、二〇〇七年）

James, William. "On Some Omissions of Introspective Psychology." *Mind: A Quarterly Review of Psychology and Philosophy*, vol. 9 no. 33, 1884, pp. 1-26.

Kang, Minsoo. *Sublime Dreams of Living Machines: The Automation in the European Imagination*. Harvard UP, 2011.

"Kazuo Ishiguro's Interior Worlds," *Asia Society*, https://asiasociety.org/kazuo-ishiguros-interior-worlds

Koch, Philip. *Solitude: A Philosophical Encounter*. Open Court, 1997.

Lee, Hermione. *Virginia Woolf*. London: Chatto & Windus, 1996.

Leonard, Sandra M. "Borrowed Sins: Oscar Wilde's Aesthetic Plagiarisms in *The Picture of Dorian Gray*" *Journal of Narrative Theory*, vol. 49 no. 2, 2019, pp.137-168.

Lerner, Alan Jay. *My Fair Lady*. Penguin, 1959.

Light, Alison. *Forever England: Femininity, Literature and Conservatism between the Wars*. Routledge, 1991.

Linkman, Audrey. *The Victorians: Photographic Portraits*. I. B. Tauris, 1993.

Makinen, Merja. *Agatha Christie: Investigating Femininity*. Palgrave, 2006.

---. "Agatha Christie in Dialogue with *To the Lighthouse*: The Modernist Artist." *The Ageless Agatha Christie: Essays on the Mysteries and the Legacy*, edited by J. C. Bernthal, McFarland, 2016, pp. 11-28.

Maniez, Clare. "An Interview with Siri Hustvedt." *Transatlantica* [En ligne], 2 | 2016, mis en ligne le 19 septembre 2017, consulté le 21 août 2023. URL : http://journals.openedition.org/transatlantica/8328 ; DOI : https://doi.org/10.4000/transatlantica.8328

Marks, Christine. *"I Am Because You Are": Relationality in the Works of Siri Hustvedt*. Universitaetsverlag Winter, 2013.

Mathur, Maya B. and David B. Reichling. "Navigating a Social World with Robot Partners: A Quantitative Cartography of the Uncanny Valley." *Cognition*, vol. 146, 2016, pp. 22-32.

McEwan, Ian. *Machines Like Me*. Vintage, 2019.（イアン・マキューアン『恋するアダム』村松潔訳、新潮社、二〇二一年）

Mitchell, W. J. T. *Picture Theory*. U. of Chicago P, 1994.

Montgomery, L. M. *Anne of Green Gables*. Puffin, 2008.（ルーシー・モード・モンゴメリ『赤毛のアン』村岡花子訳、新潮社、二〇〇八年）

Morgan, Jenet. *Agatha Christie: A Biography*. HarperCollins, 1984

Nelson, Deborah. *Tough Enough: Arbus, Arendt, Didion, McCarthey, Sontag, Weil*. U of Chicago P, 2017.

Nicolson, Nigel. *Portrait of a Marriage*. 1973.（ナイジェル・ニコルソン『ある結婚の肖像——ヴィタ・サックヴィル＝ウェストの告白』

栗原知代、八木谷涼子訳、平凡社、一九九二年）

Novak, Daniel K. *Realism, Photography, and Nineteenth-Century Fiction*. Cambridge UP, 2008.

Oestreich, Kate Faber. "“Orlando about the year 1840”: Woolf's Rebellion against Victorian Sexual Repression through Image and Text." *Nineteenth-Century Gender Studies*, vol. 12. no. 1, 2016. Web.

Parker, Oliver, director. *Dorian Gray*. 2009. Performance by Ben Barnes.（オリヴァー・パーカー監督『ドリアン・グレイ』ＤＶＤ、ハピネット、二〇〇九年）

Pearsall, Ronald. *The Table-Rappers: The Victorians and the Occult*. Sutton Publishing, 2004.

Potts, Alex. *The Sculptural Imagination: Figurative, Modernist, Minimalist*. Yale UP, 2000.

Raitt, Suzanne. *Vita & Virginia: The Works and Friendship of V. Sackville-West and Virginia Woolf*. Oxford UP, 1993.

Read, Herbert. *A Concise History of Modern Sculpture*. Thames and Hudson, 1964.

Reading Group Gold, "*The Enchantment of Lily Dahl* by Siri Hustvedt." https://images.macmillan.com/folio-assets/rgg-guides/9780312423391RGG.pdf.

Rorty, Richard M. *The Linguistic Turn: Essays in Philosophical Method*. U. of Chicago Press, 1992.

Rose, David Charles. *Oscar Wilde's Elegant Republic: Transformation, Dislocation and Fantasy in fin-de-siecle Paris*. Cambridge Scholars Publishing, 2016.

Sackville=West, V. *Challenge*. Virago, 2012.

---. *Knole and the Sackvilles*. W. Heinemann, 1923.

Sammells, Neil. *Wilde Style: The Plays and Prose of Oscar Wilde*. Routledge, 2000.

Schaub, Melissa. *Middlebrow Feminism in Classic British Detective Fiction: The Female Gentleman*. Palgrave, 2013.

Self, Will. *Dorian*. Grove Press, 2003.

Shakespeare, William. *Hamlet*, edited by Philip Edwards. Cambridge UP, 1985.（ウィリアム・シェイクスピア『ハムレット』福田恆存訳、新潮社、一九六七年）

---. *A Midsummer Night's Dream*, edited by R. A. Foakes. Cambridge UP, 2003.（ウィリアム・シェイクスピア『夏の夜の夢・あらし』福田恆存訳、新潮社、一九七一年）

Shaw, Bernard. *Pygmalion: A Romance in Five Acts*. Penguin, 1957.（バーナード・ショー『ピグマリオン』小田島恒志訳、光文社古典新訳文庫、二〇一三年）

Shaw, Helen. "In *Klara and the Sun*, Artificial Intelligence Meets Real Sacrifice," *Vulture*, 6 Mar. 2021. https://www.vulture.com/article/review-klara-and-the-sun-kazuo-ishiguro.html

Silver, Brenda R. *Virginia Woolf Icon*. U. of Chicago P, 1999.

Simkin, David. "Portraits of Charles Dickens: Drawings, Paintings, Engravings and Photographs," *Sussex PhotoHistory Home Page*, https://www.photohistory-sussex.co.uk/DickensCharlesPortraits.htm

Sontag, Susan. *On Photography*. Penguin Books, 2008.（スーザン・ソンタグ『写真論』近藤耕人訳、晶文社、二〇一八年）

Strachey, Lytton. *Eminent Victorians*, edited by Michael Holroyd, Penguin, 1989.

Sutherland, John. "If this is a real picture of the Brontës, then I'm Heathcliff!," *The Guardian*, 20 July 2015. https://www.theguardian.com/news/shortcuts/2015/jul/20/photograph-of-bronte-sisters

Taylor, Charles. *A Secular Age*. Belknap Press, 2018.（チャールズ・テイラー『世俗の時代』上・下巻、千葉眞監訳、木部尚志、山岡龍一、遠藤知子他訳、名古屋大学出版会、二〇二〇年）

Thurschwell, Pamela. *Literature, Technology and Magical Thinking, 1880-1920*. Cambridge UP, 2001.

Tougaw, Jason. "The Self Is a Moving Target: The Neuroscience of Siri Hustvedt's Artists." *Zones of Focused Ambiguity in Siri Hustvedt's Works: Interdisciplinary Essays*, edited by Johanna Hartmann, Christine Marks, Hubert Zapf, De Gruyter, 2016, pp.113-132.

Tredell, Nicholas, editor. *F. Scott Fitzgerald*: The Great Gatsby: *A Reader's Guide to Essential Criticism*. Palgrave Macmillan, 1997.

Vincet, David. *A History of Solitude*. Polity, 2020.

Wagner, Diana. *Seeing and Perceiving: Synesthetic Perception, Embodied Intersubjectivity, and Gender Masquerade in Siri Hustvedt's Works*. Universitaetsverlag Winter, 2021.

Wilde, Oscar. "The Decay of Lying", *De Profundis and Other Writings*, Penguin, 1986. pp. 55-87.

---. *The Picture of Dorian Gray*. Penguin, 2003.（オスカー・ワイルド『ドリアン・グレイの肖像』富士川義之訳、岩波文庫、二〇一九年）

Wood, Gaby. *Living Dolls: A Magical History of the Quest for Mechanical Life*. Faber & Faber, 2002.（ゲイビー・ウッド『生きている人形』関口篤訳、青土社、二〇〇四年）

Woolf, Virginia. *The Diary of Virginia Woolf*, edited by Anne Olivier Bell and Andrew McNeillie. Penguin, 1979-85. 5 vols.

---. *The Letters of Virginia Woolf*, edited by Nigel Nicolson and Joanne Trautmann. Chatto & Windus, 1980-83. 6 vols.

---. *Mrs. Dalloway*, edited by David Bradshaw. Oxford UP, 2000.（ヴァージニア・ウルフ『ダロウェイ夫人』丹治愛訳、集英社文庫、二〇〇七年）

---. *Orlando*, edited by Rachel Bowlby. Oxford UP, 1992.（ヴァージニア・ウルフ『オーランドー』杉山洋子訳、ちくま文庫、一九九八年）

---. *A Room of One's Own*, edited by David Bradshaw and Stuart N. Clarke. Wiley Blackwell, 2015.（ヴァージニア・ウルフ『自分ひとりの部屋』片山亜紀訳、平凡社ライブラリー、二〇一五年）

---. *Three Guineas*, edited by Naomi Black. Blackwell, 2001.（ヴァージニア・ウルフ『三ギニー』片山亜紀訳、平凡社ライブラリー、二〇二〇年）

---. *To the Lighthouse*, edited by Susan Dick. Blackwell, 1992.（ヴァージニア・ウルフ『灯台へ』御輿哲也訳、岩波文庫、二〇〇四年）

---. *The Waves*, edited by Kate Flint. Penguin, 1992.（ヴァージニア・ウルフ『波』森山恵訳、早川書房、二〇二一年）

Worsley, Lucy. *Agatha Christie*. Hodder Paperback, 2023.

Wussow, Helen. "Virginia Woolf and the Problematic Nature of the Photographic Image." *Twentieth Century Literature*, vol. 40, no. 1, 1994, pp. 1-14.

---. "Visual Images and Verbal Subtexts." *Virginia Woolf and the Arts: Selected Papers from the Sixth Annual Conference on Virginia Woolf*, edited by Diane F. Gillespie and Lislie Hankins, Pace UP, 1997. pp. 48-56.

Yiannitsaros, Christopher. "'Tea and Scandal at Four-Thirty': Fantasies of Englishness and Agatha Christie's Fiction of the 1930s and 1940s." *A Journal of Detection*, vol. 35, no. 2, 2017, pp. 78-88.

Zemboy, James. *The Detective Novels of Agatha Christie*. McFarland, 2016.

Zieger, Susan. *The Mediated Mind: Affect, Ephemera, and Consumerism in the Nineteenth Century*. Fordham UP, 2018.

イプセン、ヘンリック『ペール・ギュント』毛利三彌訳、論創社、二〇〇六年。

ヴァリア、ラドゥ『ブランクーシ作品集』小倉正史、近藤幸夫訳、リブロポート、一九九四年。

海野弘他『レンズが撮らえた19世紀英国』山川出版社、二〇一六年。

エヴスリン、バーナード『ギリシア神話物語事典』小林稔訳、原書房、二〇〇五年。

オウィディウス『変身物語』下巻、中村善也訳、岩波文庫、二〇〇二年。

小川公代『ケアの倫理とエンパワメント』講談社、二〇二一年。

門林岳史「訳者あとがき」ロージ・ブライドッティ『ポストヒューマン――新しい人文学に向けて』フィルムアート社、二〇一九年、三〇五―三一三頁。

河内恵子「カズオ・イシグロが語る――パンデミック、文学、そして『クララとお日さま』」『三田文學』第一四五号、二〇二一年、八―二二頁。

菊地浩平『こころを読む――人間と人形の間』NHK出版、二〇二二年。

國分功一郎『中動態の世界――意志と責任の考古学』医学書院、二〇一七年。

澁澤龍彥「人形愛序説」『ビブリオテカ　澁澤龍彥』Ⅳ、白水社、一九八〇年、一七九―四四一頁。

渋谷区立松濤美術館編『私たちは何者？　ボーダレス・ドールズ』青幻舎、二〇二三年。

「スポットライト・インタビュー――Kazuo Ishiguro」『CAT：Cross and Talk』第八巻、第一二号、一九九〇年、四―九頁。

高田博厚、菊池一雄編『ロダンの言葉抄』高村光太郎訳、岩波文庫、一九六〇年。

中央大学人文科学研究所編『英国ミドルブラウ文化研究の挑戦』中央大学出版部、二〇一八年。

中井孝章『人形遊びの欲望と病理――中動態の世界を愉しむ』日本教育研究センター、二〇二二年。

浜野志保「写真にだまされる楽しみ」『コティングリー妖精事件――イギリス妖精写真の新事実』井村君江、浜野志保編著、青弓社、二〇二一年、一五八―一六五頁。

バルト、ロラン『明るい部屋――写真についての覚書』花輪光訳、みすず書房、二〇二二年。

平野啓一郎『本心』文藝春秋、二〇二一年。

フロイト、ジークムント「不気味なもの」藤野寛訳、『フロイト全集』第一七巻、岩波書店、二〇〇六年、一―五二頁。

ベンヤミン、ヴァルター「複製技術の時代における芸術作品」高木久雄、高原宏平訳。『複製技術時代の芸術』佐々木甚一編集解説、晶文社、二〇二二年、七―五〇頁。

ホメロス『オデュッセイア』松平千秋訳、岩波文庫、一九九四年。

ボーヴォワール、シモーヌ・ド『決定版　第二の性Ⅱ　体験』上巻、『第二の性』を原文で読み直す会訳、河出文庫、二〇二三年。

松岡佳世『ハンス・ベルメール――身体イメージの解剖学』水声社、二〇二一年。

村上春樹『騎士団長殺し　第一部　顕れるイデア編』新潮社、二〇一七年。

森政弘「不気味の谷」『Energy』第七巻、第四号、一九七〇年、三三―三五頁。

柳原義達『孤独なる彫刻――造形への道標』アルテヴァン、二〇二〇年。

『わたしを離さないで』DVD、TBS、二〇一六年。

初出一覧

本書の一部は、以下に挙げる論文を基に大幅に加筆修正したものである。

第三章

「虚ろなる殺人：Agatha Christie, *The Hollow* における芸術表象の意義」『関西学院大学社会学部紀要』第一三八号、二〇二二年、八一–九四頁。

第五章

「"Imaginary Friend" から "Artificial Friend" へ――『クララとお日さま』における孤独、そして増殖する自己――」『言語と文化』第二六号、二〇二三年、八五–一〇〇頁。

索 引

※「人名」「事項」別に五十音順。
※おもな作品名は「人名」に作家ごとにまとめて記した。

人名索引

◉ア行

◉カ行

◉サ行

◉タ行

◉ナ行

◉ハ行

◉マ行

◉ヤ行

◉ラ行

◉ワ行

事項索引

◉ア行

◉カ行

◉サ行

◉タ行

◉ナ行

◉ハ行

◉マ行

◉ラ行

図版出典一覧

【表紙カバー】

ジャン＝レオン・ジェローム《アーティストとそのモデル》1894年、ハギン美術館蔵。

第一章

【１－１】アーネスト・ノーマンド《ピグマリオンとガラテア》1881年、アトキンソン・アート・ギャラリー・アンド・ライブラリー蔵。

【１－２】ナポレオン・サロニー撮影「オスカー・ワイルド」1882年、メトロポリタン美術館蔵。

【１－３】映画『ドリアン・グレイ』(2009年) より。Interfoto/ アフロ。

【１－４】ウィリアム・H・マムラー撮影《メアリー・トッド・リンカーンとエイブラハム・リンカーンの「霊」》1872年頃、リンカーン・フィナンシャル・ファウンデーション・コレクション蔵。

コラム①「オスカー・ワイルド」1900年、カリフォルニア大学ウィリアム・アンドリュース・クラーク・メモリアル・ライブラリー蔵。

第二章

【２－１－１】「少年時代のオーランドー」

【２－１－２】「子ども時代のロシアのプリンセス」

【２－１－３】「ハリエット皇女」

【２－１－４】「大使オーランドー」

【２－１－５】「英国に帰ったオーランドー」

【２－１－６】「1840年頃のオーランドー」

【２－１－７】「マーマデューク・ボンスロップ・シェルマーダイン」

【２－１－８】「現在のオーランドー」

以上すべては、ヴァージニア・ウルフ『オーランドー』(ちくま文庫 1998年) より許諾を得て転載。

【２－２】『オーランドー』初版本 (1928年) 表紙カバー、スミス・カレッジ・ライブラリーズ蔵。

【２－３】コーネリアス・ニューイ《第四代ドーセット伯爵エドワードの二人の子息》制作年不詳。

V・サックヴィル＝ウェスト『ノールとサックヴィル一族』図版

Project Gutenberg, 19 April 2021, https://www.gutenberg.org/files/65107.

コラム②
G・C・ベレスフォード撮影「ヴァージニア・ウルフ」1902年、ナショナル・ポートレート・ギャラリー蔵。

第三章

【3－1】ヒース・ロビンソン《バンガローの作り方》1939年、ヒース・ロビンソン・ミュージアム蔵。

【3－2】アンリ・マティス《背中I、II、III、IV》ブロンズ像、1909~30年（原型）、1955~56年（鋳造）、テート・ギャラリー蔵。

【3－3】映画『華麗なるギャツビー』（1974年）より。Collection Christophel/ アフロ。

【3－4】ミケランジェロ《ピエタ》1498～99年。サン・ピエトロ寺院蔵。

コラム③ エリオット＆フライ撮影「アガサ・クリスティ」撮影年不詳、ナショナル・ポートレート・ギャラリー蔵。

第四章

【4－1】オーギュスト・ロダン《ピグマリオンとガラテア》1889年（原型）、1908～09年（彫刻）、メトロポリタン美術館蔵。

【4－2】オリエント工業制作《アンジェ・つばさ》。渋谷区立松濤美術館編『私たちは何者？ボーダレス・ドールズ』（青幻舎2023年122頁）より許諾を得て転載。

コラム④「シリ・ハストヴェット」 REX/ アフロ。

第五章

【5－1】エセル・フランクリン・ベッツ「小公女」 フランシス・ホジソン・バーネット『小公女』初版本（1905年）挿絵。

【5－2】ヒューマノイド「アメカ」 UPI/ アフロ。

コラム⑤「カズオ・イシグロ」 Opale/ アフロ。

【著者】

松宮園子

（まつみや　そのこ）

1971年生まれ。京都大学大学院文学研究科英語学英米文学専修博士後期課程研究指導認定退学。2002年京都大学より博士（文学）号取得。専門は20世紀から現代に至る英米文学・文化。現在、関西学院大学社会学部教授。著書に『転回するモダン——イギリス戦間期の文化と文学』（共著、研究社、2008年）、『ミセス・ダロウェイの永遠の一日——モダニズム・アイコンの転生の系譜』（単著、同朋舎、2016年）、共訳書に『ウィルキー・コリンズ傑作選 第9巻 夫と妻』上巻（臨川書店、1999年）がある。

関西学院大学研究叢書　第263編

欲望《よくぼう》のポートレート
英語圏小説《えいごけんしょうせつ》に見《み》る肖像《しょうぞう》、人形《にんぎょう》、そしてヒューマノイド

2024年2月28日　第1刷発行

【著者】
松宮園子

発行者：高梨 治

発行所：株式会社**小鳥遊《たかなし》書房**

〒102-0071　東京都千代田区富士見1-7-6-5F

電話03 (6265) 4910（代表）／FAX　03 (6265) 4902

https://www.tkns-shobou.co.jp

info@tlns-shobou.co.jp

装幀　宮原雄太（ミヤハラデザイン）
印刷・製本　モリモト印刷株式会社

ISBN978-4-86780-039-3　C0098